背着故乡去远行

徐可 著

作家出版社
全国百佳出版社

绘者：罗雪村

徐可，江苏如皋人，现居北京。中国作家协会会员，启功研究会理事，高级编辑。

致力于散文写作实践和理论研究，主张真情写作，提倡弘扬中华美学传统。著译有《三更有梦书当枕（之一、之二）》《三读启功》《汤姆·索亚历险记》《六个恐怖的故事》等。

作品散见于各大报刊，其中一些被选入各种选本及中小学语文课本。曾获中国新闻奖、丰子恺中外散文奖、中国报人散文奖、中国海洋文学奖等。

目录 CONTENTS

第二辑　大地十记

第三辑　山川草木

第四辑　若有所思

背着故乡去远行——代序

1984 年 9 月初，我第一次离开家乡到外地上大学。在此之前，我的活动范围小得可怜，初中之前基本就在本村（那时叫“大队”）。人民公社时期，每个大队都办有学校，从幼儿园到小学到初中“一条龙”。一般而言，每个孩子都可以完成初中教育。能否考上高中，大体取决于两个因素：一是学习成绩，二是经济条件，二者缺一不可。为了孩子的前途，大多数的家庭哪怕砸锅卖铁，也要供孩子上学，以便跳离农门。我们大队的那个学校叫“阔东河学校”。每天早晨，我沿着门前小河边的土路，迎着朝霞上学去；每天傍晚，依然沿着这条土路，顶着夕阳回家来。多年以后，当我回想起这所早已不存在的学校时，我才想到一个问题：阔东河是什么河？故乡的小河极多，大多是无名的，从来没有听说过哪条河叫阔东河。如同里下河不是河一样，阔东河也不是河。也许只是一个记忆吧。

家门前的小河、河边的土路和阔东河学校，都给我留下了深刻的记忆。河边的土路，路面铺着一层薄薄的细沙，在太阳的照耀下金光闪烁，令我遐想人生美好的前程，十几岁的我曾为此写下过一篇稚嫩的散文《闪光的路》。我在阔东河学校完成了幼儿园到初中教育，历时 9 年半，其中经历了两次学制改革（小学时由春季入学改为秋季入学，初中时由两年制改为三年制）。这里留下了我的很多回忆，辛酸的，甜蜜的，可是我却没有为她写下过一个字。

这几乎就是我每天的行动路线。高中进了位于县城的省级重点中学，寄宿制，离家又远，除了隔一两个月回一趟家之外，更没机会外出。若不是因为几乎所有的亲戚家都在邻县，恐怕连离开本县的机会都没有。我家和邻县只隔一条小河，生活习惯、方言风俗几乎完全一样，而且属于同一个市（专区、地区），所以实际上从来没有离开过家乡。

家乡所在地是江海平原，位于江苏省东部。从江海平原这个名字就可以看出，家乡的地貌有三大要素：江、海和平原。江是长江，海是黄海，大江大海相冲击，形成这片大平原，故名江海平原，又叫南通平原或如皋平原。江海平原东临黄海，南濒长江，北接里下河平原，这片一望无际的广袤土地上，曾经演绎过许多或凄美或悲壮的故事。然而在我生活于斯的那个年代，这里太平静了，平静得连风吹过时都不好意思发出大声。阡陌相通，鸡犬相闻，邻人友善，岁月安宁。

于是决定出去走一走，离开家乡去看看外面的世界。第一次离开家乡，我没想到这第一步就迈得很大，一步就跨到了远在千里之外的首都北京，那所著名的高等学府为我打开了别一个天地。而且，这一离开，就再也回不去了。客居京城三十多年，也走南闯北、东奔西走三十多年，“流水它带走光阴的故事，改变了一个人……”。岁月它改变的岂止是一个人的容貌。举个小小的例子，从小吃惯米饭的我，不知从何时开始，对面食的兴趣竟超过了米饭；曾经被我视为懒人食物的饺子，现在却成了最爱的食物之一（北谚有云：“好吃不过饺子，舒服不过倒着。”又云：“谁家过年还不吃顿饺子？”可见在北人眼里，饺子是最好吃的美食）；曾经闻不得羊肉的膻味，现在涮羊肉、烤羊肉串却吃得满嘴流油……胃是最不会伪装、最不会骗人的，喜欢就是喜欢，不喜欢就是不喜欢。你让它装，一时片刻可以，时间稍长它就会抗议。如果从文化学角度来研究，饮食习惯的改变，恐怕包含了很多内容和意义，我只知道，我离故乡的距离越来越远了……

的确，在很长时间内，我以为我已经远离故乡了。从地理距离上，这是不消说的；从心理上来说，似乎在有意无意之间，我也在远离着故乡……

人都说童年美好，可是我的童年、少年留给我的，却是饥饿和贫穷的记忆。这是我们那个年代的人共同的记忆。这些年不少朋友出差或旅游到我家乡，都由衷赞叹：你们老家真富啊！是的，现在的家乡几乎是全中国最富庶的地区了，老家人住的房子比我在北京的都好，侄辈们开的车几年就要换一辆新的。变化之大，用小时候常用的成语"翻天覆地"来形容，一点都不为过。可奇怪的是，如此沃野千里、河流密布、风调雨顺、物产丰阜之乡，为何在那么多年里却穷成那样，穷得让它的子民屋不遮漏、食不果腹、衣不蔽体？过去家乡流传一首歌，其中有一句"小六子，吃供应"。说的是在地区所属六县里，本县排名第六，每年都要靠国家"供应"（救济）。原来总觉得穷是件怪丢人的事情，后来才明白，家家贫穷，人人挨饿，那就不是个人的问题了。

所以，在很长时间里，我是不愿意回想故乡，不愿意回想童年生活的。每一次回望，带来的只是辛酸。

奇怪的是，随着时间的推移、年龄的增长，故乡，在我心目中的分量却越来越重，一些以为早已忘却的记忆却越来越清晰。这些年来，故乡的人、物、事，经常在我脑海中浮现。一些之前觉得很无聊的童年游戏，现在想起来却充满童趣；一些以前觉得苦涩的往事，现在想起来却那么温馨。比如，我们那个年代的小孩大多玩过同样的游戏，跳格子、打弹子、推铁环、"绷大河"等等，但是像"锹儿站"这样的游戏，几乎就是我们当地独有的了。再比如堂姑家失窃事件，在我的记忆里深藏多年了，但我也仅仅把它视为一件小小的盗窃案而已；事隔多年，我才从队长劈手打掉二爹爹手中的舀子这一举动中体味出人性的善良。还有电影场上发生的那个故事，多年来我一直羞于说出口，现在想来，那其实是在那个特殊的年代，在封闭的乡村，一名年轻女子对爱情的饥渴和大胆的追求（当然追求的方式未必妥当）。隔过三十多年的迷雾回望故乡，我读出了过去很多年读不出的东西。于是，我极吝啬地、零零星星地，写了几篇回忆故乡的短文。我始终认为，亲情散文、乡情散文，都要慎重，既不要刻意地美化故乡、诗化故乡，也不要一味展示过去的苦难以赚取同情的眼泪。所以，我总是写得很克制，很冷静，尽量不让内心的感情左右我的文笔。

由于工作的缘故，这些年来，我走过了很多地方，到过高度发达的东部沿海城市，也去过经济落后的西部地区；看过繁花似锦、丽山秀水，也见过莽莽荒原、茫茫大漠。在大地上行走，我不仅用脚，也用心。古人云："读万卷书，行万里路。"我喜欢读书，也喜欢旅行。在我看来，读书与旅行，不但能增长学识、见识，也是了解社会、认识人生的重要途径。每到一地，我都用心观察、用心体会，力图发掘人所未见、未闻、未思。每一个地方都能给我别样的感受，让我有所思有所悟有所得。我把这些所见所思所悟所得记录下来，试图端出一盘有点独特风味的“私家菜”。于是，有了本书中第二、第三辑那些文字。大地之大，山川之美，无可想象，前人所述备矣，到此一游式的游记只能是拾人牙慧。如果没有自己独到的感受，那么还是请“惜字如金”吧。我就像一只踽踽独行的蚂蚁，试图留下一点与众不同的小小印记而已。

在大地上行走，故乡离得越来越远，变得越来越小，小到了只剩下地图上一个小小的黑点。见过了太多的风景，家乡的风景变得越来越平淡无奇。本县南濒长江，可是在家乡长到了十几岁却从来没有见过长江；直到离开家乡三十年之后，才有机会第一次站在家乡的江边看长江，却早已没有了第一次看到长江时的兴奋。看缓缓流淌的浑浊而浩渺的江水，看巍峨的巨轮和大桥，心情竟无比平静。

然而正是这样的平淡，才是故乡在游子心中应有的形象。苦难也好，幸福也罢，都被雨打风吹去；贫穷也好，富裕也罢，故乡始终是生你养你的地方。历经岁月的风风雨雨，故乡早就洗净铅华，平淡是真。乡愁既不是“牧歌”也不是“挽歌”，而是平平常常一首老歌。

其实，我知道，无论我走得多远，也无论我走得多久，故乡都如影随形，紧紧地跟着我，一刻都不分离。故乡是人生的起点，也必将是人生的终点。无论最后叶落何方，你的心肯定会回到故乡的。就像当年那首校园歌曲里唱的：“蜗牛背着那重重的壳呀，一步一步地往上爬。”小小的蜗牛，无论走得多远，永远背负着重重的壳。那是它的家，是它安身立命之所在。也是它的家乡。

感谢里下河文学研究中心垂青，将我这部不成熟的集子纳入“里下河文学流派作家·星书系”，让我得以有机会再次回望故乡。如前所述，我家就在江海平原和里下河平原接壤地带，无论是地理条件、气候条件、生活习惯、风俗人情、方言口音还是文化传统，两地都高度一致，几无区别。相同文化传统的熏陶，使我们的审美趣味也高度接近。里下河文学旗帜性人物汪曾祺先生是我最喜爱的现代作家之一，汪先生的冲淡平和、隽永多姿令我着迷。从中学起我就爱读汪先生的作品，几十年里诵读不辍，越读越有味。

这本书里，放进了我十几岁二十岁时的几篇习作，其稚嫩、青涩是显而易见的。但我不悔少年，愿意让读者看到一个少年对文学的热爱。几十年过去了，虽然文风有所变化，但这份挚爱却从未改变。

感谢作家出版社同仁们的辛勤劳动；特别要感谢著名画家罗雪村先生、马叙先生为本书精心绘制的漫画头像和插图。

戊戌年秋日，北京团结湖

第一辑

故乡十忆

家乡，是我的
精神避难所
无论出走多年
不管走得多远
永远在那里
静静守候

夜行

——故乡杂忆之一

路边的刺槐树的枝叶在夜风中簌簌作响。田野里有许多小虫，那是乡村的无名歌手在歌唱。偶尔，从哪家的住宅里传出小狗的吠声，轻轻的，柔和的，仿佛被月光惊醒了清梦，又似乎不愿意惊动梦中的乡村……

一

对于一个热爱生活的人来说，生活中的一切都能引起他极大的兴趣。比如说，夜晚，对他就有一种微妙的诱惑；而夜行，在他则是妙不可言的享受。

假设这是一个月白风清的夏季的夜。月光满窗，微风习习，在屋里自然是坐不住的。出去走走吧——我说的是，在乡间的小路上走一走。

湛蓝的夜空如月光下静静的湖水。虽有清风徐来，然而微波不兴，水平如镜。这湖水清亮而透明，罩着乳白色的月光，显得深远而神秘莫测。

弯弯的月牙如一只小船，浮在静静的湖面上。你走，它也走，与你同行；你停，它也停，静静地守候在那里。如旅途中忠实的伴侣，永远陪伴着你；又似乎在准备着，载你到那硕大无朋的湖上去尽情游玩一番——只要你愿意。

月光静静地泻落下来，真像是一团轻盈的水汽，又像是薄薄的晨雾，整个天地间是乳白色的一片。摸摸身上，衣衫微微含湿，透出些许凉意——这时，你会真切地体会到“月光如水”的妙处。

大气在微微地颤动着，似乎被习习的夜风吹动了一般。那风如情人的酥手，轻轻地抚着你的面颊，你的头发，你的肌肤；送过来一缕幽香，微微的，细细的，几乎感觉不到，然而你又真切地感觉到了，而且，那幽香一直充斥于你的鼻息，似乎盈满了整个大气。

那幽香是从月宫中的桂树上飘下来的么?

路边的刺槐树的枝叶在夜风中簌簌作响。田野里有许多小虫，那是乡村的无名歌手在歌唱。偶尔，从哪家的住宅里传出小狗的吠声，轻轻的，柔和的，仿佛被月光惊醒了清梦，又似乎不愿意惊动梦中的乡村……

啊，月夜！啊，夜行！

二

即使是阴霾满天、乌云密布吧，你也完全不必有丝毫恐惧，也不必大失所望。夜晚的美，不仅仅在于夜景。只要你有心，总能发现夜行的乐趣。

三

跟您说说我的一次夜行吧。

是一个夏天的晚上，我们航行在家乡的一条河流上。

那一年，我的家乡遭了洪灾。连日的大雨，把成片成片的庄稼地都淹没了，许多宅基不高的人家屋里都是齐踝的水。这条并不算大的河，也是河水暴涨，浑浊的河水几与岸平。

船是小船，只能容纳四五个人。那一天，哥哥和几个小伙子被队上派出去干一件事。少年的我，出于好奇，也跟着他们去了。等到办完事往回赶，天已黑了。

那天是个阴天，天上没有月亮，也没有星星，只有一团团乌云在急急地滚动着；风儿一阵紧似一阵，俨然调兵遣将的统帅。眼看一场大雨就要来了。

但这些丝毫影响不了大家的欢乐情绪。完成任务后的喜悦，长久地笼罩着小伙子们。他们一边把船撑得飞快，一边说说笑笑，打打闹闹，仿佛在显示年轻人旺盛的精力。

终于，大雨下来了。黄豆粒大的雨点，打在船板上，噼噼啪啪作响；砸在人身上，一下下地疼。平时温驯得像个乡村姑娘似的小河，这会儿也变得粗野起来，掀起了浪头，一阵阵地向小船进攻，把浑浊、冰凉的河水泼在我们的身上。

哥哥他们让我躲进船篷里——船上唯一可以避雨的地方。他们披上各式雨具——蓑衣、塑料布，甚至围裙，个个担起了一份责任：有的撑船，有的把舵；剩下的，往船外舀水——如果听凭船舱里注满雨水，那就完了。

那些临时找出的“雨衣”，并不能挡住雨水的侵袭。不一会儿，他们身上就湿透了。虽然是夏天，但夜晚还是很凉的，特别是这么一个多雨的夏天。我看见他们的身体在微微颤抖。

但暴雨又能拿小伙子们奈何！不知是谁带的头，小伙子们齐刷刷地脱下了蓑衣，脱下了上衣，脱下了长裤，只穿一条裤头！多么健壮的身躯！与其让湿衣捂出病来，还不如干脆让雨水淋个痛快！

又有谁带头打起了号子。立刻，有人和起来，两个，三个，四个，连我也哼起来了。“嗬——嗨！”“嗬——嗨！”多么气派！多么有力！和着有力的号子，小船飞快地向前。

黑漆漆的夜如一只庞大的野兽，沉重地压在我们的头顶上；恶浊的浪涛时时袭来，小船如初入大林莽的行人，不时受到葛藤的阻挡，简直是寸步难行了，而且时时有倾覆的危险。但是，在四个乐观的小伙子的调摆下，小船还是顺利地前进着。

夏天的雨，来得快，去得也快。一会儿，风停了，雨住了，连月亮也露出笑脸来了。小河笼罩在牛乳似的月光里，又恢复了文静的面孔。小船静静地行驶着，笑声荡漾在河面上。

不知是谁眼尖，发现远远前方的岸上有灯光。好几支手电筒往河里乱照。侧耳细听，隐隐约约听到焦急的呼唤。多么熟悉的声音！原来是我们的父母亲不放心，接我们来了。小伙子们陡然长了劲头，把船撑得飞快，朝着灯光……

哦，夜行，夜行！如果没有这次夜行，我怎么能看到这些动人的场面，享受到这么多的乐趣呢？

四

如果有可能，我是绝对不会放过夜行的机会的。

只要你真正热爱生活，一定能发现生活里的美！

1984年

家乡的刺槐树

——故乡杂忆之二

我总也忘不了家乡的刺槐。在那个贫穷的年代，它填饱过我饥饿的肚子；在我灰暗的童年，它给了我多少乐趣！

一

在我心灵的海洋上，常常有绿色的波涛滚滚流过。那是你吗，家乡的刺槐？

在我感情的琴弦上，常常有铮铮的乐声悠悠扬起。那是你吗，家乡的刺槐？

是我的心里回荡着你绿色的进行曲？还是你超凡的生命力攫取了我的心？家乡的刺槐树，你深深地扎根在我的心田……

二

刺槐树，是我的家乡的树。

在我的家乡，刺槐是随处可见的。田间地头，房前屋后，路边河畔，到处站满了刺槐坚实而腼腆的身影。一出门，如果看见树，那十有八九就是刺槐。它是太平凡了，谁会注意它呢？

可是，如果你细心观察，你不能不惊叹于刺槐的美。挺拔的树干，粗糙的皮肤，尖利的小刺，繁茂的树冠。这是一种阳刚之美，一种野性之美，一种奋发向上、充满勃勃生机的美。

在北京故宫的御花园内，我看见过一株奇特的古树——严格地说，是两棵树，在漫长的岁月中，它们渐渐合而为一，成为有名的“连理树”。那千古的奇观，吸引了不少的游人。许多人在这里流连、照相。而我却忽然想起家乡的刺槐来了。刺槐也是美的呀，为什么没有人给它照相呢？

因为刺槐朴素？因为刺槐的满身尖刺？

三

小时候，我曾经从别处挖来一棵幼小的刺槐树苗，栽在我家屋后的小竹园边。粗心的我，以后竟再也没有照料过它，连一次水也没给它浇过，完全忘了它的存在。

好多年过去了，我也长大了。有一天，父亲说：“园子里那棵刺槐太大了，影响竹子生长了，把它砍了吧。”我随父亲去帮忙。看着树，我忽然愣住了。我的记忆之火复燃了。这不是我栽下的那棵树吗？长这么大了，我怎么一直没注意呢？它是怎样成长的呢？

我仰视着这棵刺槐。它的树冠是那样大，突出于竹林之上，占据了很大一块空间，享受着充分的阳光。我想，它的根一定也很发达。刺槐，它不求助于人类，全靠自己努力，上承受着温暖的阳光，下汲取着足够的养分，是自己长大成材的呀。

我把视线投向远处的刺槐树林。它们是怎样长起来的呢？是萌芽于飞鸟嘴里掉落的树籽？还是孕育于春风吹来的果实？或是由我一样粗心的人栽种？我相信，它们的成长道路一定跟这棵刺槐相同。

刺槐，是大地的儿子。

四

我上小学的时候，学校旁有一座小土山，上面遍布着刺槐树。哦，那可是我们的乐园呀！每当下课或者放学后，我们就爬上土山，在树林里捉迷藏、玩打仗。那时候，学生要学工学农学军，我们常常“行军拉练”，也大多在这土山上钻树林。

后来，公社忽然调集了大批民工来削平土山了。刺槐被砍光了，土山被夷为平地，种上了庄稼。据说，这是为了大办农业。农民们并不满意，我们更不满意了。唉，我们失去了乐园呀！

长大后，我才渐渐明白了，刺槐，岂止是为我们提供了一个乐园，它的用处可大了。且不说为劳乏的农人提供阴凉、为破旧的草屋挡风遮雨吧，它还是打家具、盖房屋的好材料呢。我们上学用的课桌、凳子，都是用刺槐木做的。尽管时间久了，容易变形，但人们还是乐意用它。它适应力强，生长快而又实用。桌子或者凳子坏了，随意伐倒一棵刺槐，很快就能做出新的。人们喜爱的是它的朴素、实用。

再说说刺槐花吧。这是一种白色的小花，淡雅、素洁。每到夏季，刺槐花一串一串地开了。远远望去，像漫天飘飞的柳絮，似覆盖树枝的雪花，整个村庄都成了花的海洋。刺槐花，不但美，而且是一种可口的小菜。摘回去，炒着吃，烙饼吃，都行，清甜中带着一股淡淡的香气。小时候，家家都穷。春夏之季，青黄不接，刺槐花为多少人家解决过口粮不足的难题啊。现在想起来，回忆中还带着淡淡的香气呢。

刺槐还有更大的用处呢：它的茎、皮、根、叶、花、果实，都可入药，为人们医治疾病。刺槐叶是很好的饲料，无论是鲜叶还是枯落叶，都为牲畜所喜食。刺槐还是很好的蜜源植物，著名的“槐花蜜”，就是蜜蜂采集刺槐花蜜酿成的。可以说，刺槐全身都是宝，一点废料都没有。

刺槐，你要求于人类的甚少，可为什么能给人类贡献那么多呢？

五

儿时的小伙伴对我说：你还记得老家的刺槐树吗？现在可是少见了。

是的。如今在我的家乡，已经难觅刺槐的身影了。这些年来，家乡的变化可大了。低矮、破旧的草屋不见了，代之以漂亮、舒适的瓦房；人们的生活好了，再也不用为填饱肚子发愁了。与之相伴的，是环境的污染和生态的日益恶化。清澈见底、鱼虾嬉戏的小河，变成了污浊不堪、鱼虾不生的臭水沟；道路两旁成排的刺槐不见了，硬邦邦的水泥路在太阳底下蒸腾着窒人的热气。刺槐树哪儿去了？似乎谁也说不明白。问起来，答曰：现在谁还用刺槐？

可是我总也忘不了家乡的刺槐。在那个贫穷的年代，它填饱过我饥饿的肚子；在我灰暗的童年，它给了我多少乐趣！我是在刺槐的怀抱中长大的呀，我能忘记人生中遇到的很多东西，独不能忘记家乡的刺槐！虽然没有刺槐那样健壮的体魄，可它坚强的性格给了我巨大的力量，使我这么多年来不畏艰难，一路前行。我要用我这支无力的笔，为故乡的刺槐写下一点苍白的文字，怀念心中那永远的绿色！

六

刺槐树也值得写吗？那么土气的树？

怎么说呢，朋友？有人歌颂那参天的大树，也有人赞美那贴地的小草；有人喜爱那雍容华贵的牡丹，也有人怜爱那质朴无华的野花。我身上至少还有刺槐淡淡的影子，我的笔下当然可以流出刺槐绿色的歌。

七

让那绿色的波涛从我心灵的海洋中涌动吧，让它荡涤我的心灵；让那铮铮的乐声从我感情的琴弦上扬起吧，让它砥砺我的意志；让家乡的刺槐——那绿色的灵魂，永远深深地扎根于我的心田……

1984 年

别情

——故乡杂忆之三

如今，三十年过去了，父亲已经走了，母亲也老了。可我总也忘不了那雨夜，忘不了父亲的背影，母亲的眼神……

那一天凌晨，正是黎明前最黑暗的时刻，我怀揣着大学录取通知书，告别亲人，踏上了赴校的漫漫长途。

姐姐特地从家里赶来为我送行——把正在生病的一岁的儿子丢在家里，来为我送行。

动身前一天的晚上，家里人都到深夜才睡。本来，接到通知书后，一切都准备好了。可父亲母亲不放心，生怕有什么东西落下了。母亲说："到了北京可不比在县里读书……"说着，眼眶又红了。

在父母亲的催促下，我和哥哥早早就睡下了。——我们明天要早起去长途汽车站。我躺在床上，哪里睡得着？只听见外屋里父亲、母亲和姐姐的低语声，还有隐隐约约的叹息声。一时，外面又有了雨声，开始很小，后来竟渐渐大起来，雨点打在树叶、竹叶上，"啪啪"地响。一会儿，母亲蹑手蹑脚地走进来，站在床边看我；我便侧身朝里，很粗地呼吸，假装睡着了。这样静静地过了一会儿，又有了轻轻的脚步声——母亲吸着鼻子出去了。我就这么睁着眼睛躺着，听着这些声音，想象着有生以来的第一次远行，心里很迷乱，不知是紧张，还是兴奋，翻来覆去，把床板压得吱吱叫。

不知何时才迷迷糊糊地入睡，不知何时又迷迷糊糊地醒来。窗外仍是滴滴答答的雨声和呜咽似的风声。外屋仍亮着灯。鼻息中是饭香、菜香。只听母亲说道："把孩子叫醒吧。"

"让他们再睡一会儿吧，早着呢。"这是父亲的声音。

"苦就苦这么一回吧，赶不上车就麻烦了。"母亲的话是无可奈何的。

父亲把我们叫起。母亲说，天下雨，路上恐怕不好走，不如早些动身，到学校再休息。

早饭很丰盛，是米饭、炖肉和炒菜。可是哪里吃得下！勉强吃了点。两个哥哥早已穿好雨衣，扶着自行车，在外面等着。父亲执意要送我们一程，也拿着手电筒，在外面等着。

该动身了。

姐姐帮我穿好雨衣。我站在门口，看着哥哥他们，他们在黑暗中看着我；回过头来再看看屋里——

桌上的煤油灯，大概灯油快干了，灯光渐渐地暗淡下去；摇曳的灯光下，屋里忽明忽暗。母亲坐在桌旁，一动不动，如雕塑一般；眼睛看着地上，定定的，无神的，一声不吭。姐姐坐在母亲身旁，眼眶红红的，也低着头。

我的脑子一刹那变得非常迟钝，血液似乎凝住了，脑海里一片空白，什么话也想不出了。好容易憋出一句：

"妈，我走了。"

母亲似乎没有听见，仍定定地看着地上。好久，才低低地应了一声：

"好的。"

我的鼻子一下子酸了。我咬着嘴唇。姐姐也抬起头，吩咐我："到学校立即写信回来。"

"嗯。"我使劲地点了下头，不敢多语，一转身，便走进黑暗里，再也没有回头。

我们上路了。

那时才凌晨四点多钟，天黑得很，不时地有一股凉风吹来，雨不紧不慢地下着。旁边是条小河，河水静悄悄地沉在梦里；河边的芦苇也在风中摇曳而且低吟着。

父亲在前面领路，我跟在后面，再后面就是推着自行车的大哥、二哥。雨衣在身上摩擦着，发出令人讨厌的“呼啦呼啦”的声音；自行车的链条“咯咯”地哼着，似乎想唱一支歌，但总也唱不全——因为烂泥巴不住地粘在车轮上。

父亲打着雨伞，在前面慢慢走着。手电筒的光束一闪一闪的，黑暗中，只看见他模糊的背影。但他的谨慎、小心便是黑夜也掩不住的。他走得那样慢，脚步是摸索着向前的。每遇着一个小水洼儿，就用手电筒一照，示意我们绕过去。我并没怎么踩到水洼，可他的脚上、腿上肯定溅了不少泥水。

出村了。

大哥对父亲说：“父啊，你回去吧，不用送了。”父亲抬头看看天，说：“再送一程吧。”又在头里走了。

这时，我浑身突然冷起来，如掉进冰窟窿里，直打哆嗦，牙齿咯咯打架，说不出话来。我回首望望村庄，村庄被夜的黑面纱裹着，不肯对我露出真面目。朦朦胧胧的，倒有点让人留恋。我想起了家中的母亲，这时该在灯下垂泪吧？——我的牙齿响得更厉害了。

又走了一程。天渐渐亮了。雨停了，东方露出鱼肚白。在哥哥们的劝说下，父亲终于停下了脚步。

“我回去了，”父亲看着我，说，“到校后立即写信回来。”

我说不出一个字来。我的牙齿在咯咯打架，我尽力咬紧牙关，不让父亲看出来。看着父亲往回走了几步，忽然又停下来。

“路上小心啊。这土路上不能骑就不要骑，到公路上蹬快点。”

说完，走了。

看着父亲远去的背影，我想流泪，可流不出。我的身子在颤抖。

到北京后，我便赶紧给家里写信，报告我旅途的情形。不久，接到哥哥的回信。他在信中说：“那天送走你后，回到家里，父亲便趴在床上大哭，我们也跟着流泪。我们长这么大还没见父亲哭过，这是头一回。……母亲也病倒了。那些日子，她硬是撑着为你准备行装，你一走她就倒下了。”过了些日子，父亲又来信说：“你妈妈和我很不放心，问你现在冬衣置全了没有？”捧读家书，泪光晶莹中，我似乎又看到了暗淡的灯光下，母亲无神的眼和黑暗中父亲模糊的背影……

我闭上眼，不敢面对这样的眼神、这样的背影……

1984 年

作者小志：这是三十年前的一篇文字。如今，父亲已经走了，母亲也老了。可我总也忘不了那雨夜，忘不了父亲的背影，母亲的眼神……重读旧文，依然泣下。

2014 年

外婆家

——故乡杂忆之四

不管时间如何流逝，我都不会忘记在外婆家的快乐时光，不会忘记那一群淳朴而善良的人。

从我家向北走十几分钟，就是一条无名的小河。这是我们这个村的最北边，也是我们这个县的最北边，过了河就进入邻县的地界了。但在我们这些小孩子的心里没有这些概念，我们叫它们“河南”“河北”。

河很窄，水很清很浅，河上没有桥，但是有一道土坝，中有涵洞，通常情况下可以走过去；遇到下雨天，河水涨了，淹了土坝，挽起裤腿脱了鞋，蹚水也能过去。大人们担心孩子的安全，遇上下雨天就不让我们走这条近路，只好绕道东边的那条大路，那边有一座小桥。虽然远了一点，但是也没关系，不过多走十几分钟罢了。我们一样很开心。

小河两边，是一模一样的景象。都是大片大片的农田，都是沿河两岸一字排开的土墙草房，都是一样在地里劳作的农民，外人根本看不出区别。可是在幼年的我的眼里，河南河北可大不一样。河北是令人向往的人间福地。

因为，我的外婆家就在河北。

过了小河，向北再走二十分钟，就是外婆家了。外婆家在一条南北向的小河东岸，三间土墙草房，跟前后各家各户的房子“长”得一模一样，以至于幼时的我经常进错人家。可是，就是这普通得不能再普通的草房子，对我却充满了魅力，吸引着我过些日子就想去。

外婆家有好吃的。

小的时候，家里穷，缺衣少食。我记得那时，一天三顿都是玉米面熬的稀粥，里面撒了几粒米，没有干货、没有油水，喝下去不多时，肚子就饿得咕咕叫。可是到外婆家就不一样了，不但有白米饭，还有红烧肉、蒸蛋羹、煮小鱼，香得恨不得连舌头都吃下去。那时不懂事，不知道这是客人才有的待遇，以为外婆家天天都过这样的好日子，所以隔三岔五老喜欢往外婆家跑。

外婆家不光有好吃的，还有好玩的。我的小舅小姨，那时候也就十七八岁，虽然还没结婚，但是已经成为家中的劳动力了。他们都喜欢我，有空就带着我玩。有一次，小姨不知道因为什么事情惹恼了我，被我追着满地里跑，这件事成为多年的笑谈。我都参加工作了，回去他们还会说起来。外婆家西边的小河，水不深，两岸长满了芦苇。夏天，小舅就带我下河游水、摸鱼。河水又清又凉，透过水面都能看到水中游来游去的小鱼、小虾；河底泥里，有好多河蚌、螺蛳。我们带着网兜、铲子、鱼篓，每次都收获满满。抓来的小鱼、小虾、河蚌、螺蛳，用清水养着，等把污泥吐干净了，就成为我们的美食，几天都吃不完。

外婆家人都善良，长寿，在当地很受人尊重。外婆的母亲（我们叫她太婆婆）和外婆的婆婆（我们叫她太太），都活到九十多岁；我外公也活到八十多岁。只有外婆，身体不好，好像是肺气肿，七十多岁就去世了。可能是因为长期受着疾病的折磨，外婆的脾气不大好，经常唠唠叨叨的，可是我一点也不怕她。外婆喜欢笑，她满脸皱纹，沟壑纵横，一笑起来皱纹都挤到一块了。她又有点眨巴眼，所以充满了喜感。小时候我都是跟外婆一起睡，经常半夜尿床了，或者吃多了吐了，她就半夜起来一边收拾床单，一边嘀嘀咕咕地说我，反正我一会儿又睡着了。

外公外婆最大的憾事，是我的妈妈嫁得不好。外公外婆有三儿三女，我妈是老大。我的爷爷是邻县远近有名的木匠，家道殷实；我的父亲是家中的独子，是徐家唯一的财产继承人。外公外婆以为女儿来到这样的人家，以后肯定吃穿不愁了，所以就把他们的大女儿、我的妈妈从“河北”嫁到了“河南”。谁料我的爷爷奶奶太宠爱儿子，不舍得让他吃苦学艺。后来家道中落，孩子又多，生活很困难。这事成了外公外婆心里永远的痛，他们认为哪儿都不如本地好，所以后来我的二姨、三姨都没让她们嫁出本县。外公心硬，不喜欢这个女婿，连带着对我们这些孩子也没好脸色；外婆心善，虽然恨铁不成钢，但是心疼女儿和外孙，经常把我们接到家里去住几天，改善一下伙食。她常常眨巴着眼睛，唠叨着父亲不争气，让我的母亲和我们跟着受苦，说着就抹眼泪。

外婆的邻居们也都很好。在当地，外公家是一个大家族，前后一大片人家都是他的本家，自然也是我家的亲戚了。不管是本家还是别的邻居，对我们都很好。每次见到我们，老远就热情地打招呼："大姑娘来了！""细相公真痛！"——"姑娘"，是对别人家晚辈女子的尊称，不管她是否已嫁；我妈排行老大，自然是"大姑娘"。"相公"，是对别人家年轻男子的尊称，"细相公"就是"小相公"。"痛"，就是"可爱"的意思。他们会热情地邀请我们去家里"耍子"、吃花生、吃瓜子、吃糖果，家里做了好吃的也会盛了送过来叫我们吃。那些爷爷奶奶、大伯大妈、叔叔婶婶、哥哥姐姐，我至今都不知道他们的名字，可是他们都拿我当自家的小孩子一样，我可以随便到任何一家去玩去吃，完全没有陌生感。

在上小学之前，我多半时间都是在外婆家度过的，已经把外婆家当成自己的家了。在外婆家度过的那些快乐的日子，给我留下了终生难忘的温暖的记忆。虽然外公外婆已经去世二十多年了，但我永远也忘不了他们！我时时想念外婆，想念她的乡亲们，想念在外婆家的幸福生活。有一次，我梦见外公外婆，他们住在一个清澈的湖边，蓝色的月光给他们披上一层薄薄的衣衫，天地间一片澄净祥和。我知道，他们已经进天堂了，他们在那边生活得很幸福。我还写过一篇题为《桥》的短篇小说，把这些美好的童年回忆糅合在里面，受到了评论家的高度评价，有论者指出："那种宁静清澈，逍遥自在的田园生活，加上孩子们的无瑕纯真，使得整个小说流淌着一股孩童般单纯天真的气息，具有一种朴茂清约的自然之美。"不管时间如何流逝，我都不会忘记在外婆家的快乐时光，不会忘记那一群淳朴而善良的人。

2016 年

梦中的外公外婆

——故乡杂忆之五

我的外公外婆，就披着这样的月光，坐在屋前湖边的一条大路上，与过往的行人打着招呼，微微笑着，很轻松、很惬意的样子。

明天就是清明节了，估计很多人都会回乡扫墓祭祖，追思先人。我是没法回去了。不过前不久梦到外公外婆，和他们说了话，看到他们生活得很好，心里也是一种安慰了。

我是在一个月光皎洁的夜晚见到外公外婆的。在一个湖边，有两间小草屋，那就是外公外婆的家了。房子虽小，周围的环境却很优美。湖不大，水面静静的，被青青的芦苇包围着，湖面上和芦苇荡上空氤氲着薄薄的水汽。碧蓝的天空如水洗过一般，蓝得透明；东北方向挂着一轮又大又圆的月亮，洒下清冷的光辉；东南方向点缀着一颗大大的星星。天地间充满了月光，一片澄明、庄严、肃穆、圣洁。总之，美极了，我一时无法尽述。

我的外公外婆，就披着这样的月光，坐在屋前湖边的一条大路上，与过往的行人打着招呼，微微笑着，很轻松、很惬意的样子。我告诉他们我将要到某个地方工作去了，他们也只是微笑着颔首，并没有多说什么，很超然的样子，但我知道他们是为我高兴的。

我小时候在外公外婆家住了很长时间，外婆对我特别好。那时候家里穷，觉得在外婆家真好，天天有肉吃，有鸡蛋吃。现在想想，其实外婆是因为我在那儿才买肉的。那时候不懂，就是喜欢在外婆家住着，不愿意回家。外婆的身体不好，脾气也不好，不光对大人发脾气，对我们小孩子也发脾气，但我们一点也不怕她。我怕的是外公，还有舅舅舅妈。我还依稀记得小时候跟外婆一起睡，夜里尿床，或者因为晚饭吃得不合适（多半是因为吃得太饱了）而呕吐在床上，外婆一边唠唠叨叨地说我，一边起来换垫子、换被子。外婆爱唠叨，有点眨巴眼，我还记得她一边眨巴着眼睛一边不停唠叨的样子，想起来真温馨。外婆笑起来也蛮可爱的，是很开心的那种笑。她很瘦，脸上有很多皱纹，一笑起来皱纹都挤到一块了。

外婆的妈妈和婆婆都长寿，活到了九十多岁，可外婆七十多岁就去世了。外婆去世我并不知道，家里没告诉我，所以没能回去送别她老人家。为这件事我对家里很有意见，他们不知道我有多么爱我的外婆。这么重要的时刻都没让我见外婆最后一面，这成了我心中一个永久的结，一个永远的痛。我一直想给外婆写一篇文章，但我不敢写，我不敢想起外婆，因为一想起就要流泪。外婆在世的时候我没能尽孝，等我参加工作了，她又走了，再也没有了尽孝的机会。外公比外婆活得时间长。我对外公的感情没有那么深，但我每次回去都要去看他，给他买很多好吃的，心中仿佛有点补偿外婆的感觉。在他八十多岁的时候，我还曾经陪他挤睡在一张小床上，听他夜里不断地咳嗽、吐痰。我知道，外公心里也是高兴的，他觉得这个有点出息的外孙没有嫌弃他。去年夏天，我特地请了个假，回去给爷爷奶奶、外公外婆扫墓，总算了却了一桩心愿，此后才觉得稍稍心安了一些（顺便说一下，我没见过我爷爷，奶奶在我很小的时候就去世了，也没什么印象）。现在我看到外公外婆生活在那么美的一个地方，知道他们在天堂生活得很好，我也放心了。

2008 年

父啊，我的父啊

——故乡杂忆之六

我曾经很不喜欢“父啊”这个称谓，觉得它土，乡里乡气的，当着别人的面都叫不出口。现在，我却特别怀念可以叫“父啊”的时光。如果时间可以停滞，我多么希望一直这么叫下去。

料理完父亲的后事，回到北京后，我也病倒了，连着烧了好几天。迷迷糊糊中，脑子里全是父亲生前的样子。

父亲是农历七月二十五 18 时 35 分走的，这一天是他 76 岁生日的前一天。那天上午，接到家中电话后，我来不及请假，就先订了当日回家的机票。马不停蹄、争分夺秒地往回赶，到家已是傍晚六点多钟，父亲已处于弥留状态。他双目紧闭，神态安详，仿佛睡着了一般。家人喊他，告诉他我回来了，没有反应；又让我喊，我握着他的手，一迭连声地喊“父啊！父啊！”，还是没有任何反应，我却哽咽得喊不出来了。母亲不让我哭，我不知道这是什么规矩，只好强行忍着（后来才知道这是家乡的一种什么习俗）。众人连声地呼唤，父亲终于长长地呼出了一口气，仿佛刚刚睡醒一样。眼睛也睁开了，我多么希望他能看我一眼，但是没有。他的眼睛直视着天花板，目光呆滞，眼神空洞，对周围的人和声没有任何反应，我这才真切地意识到死神临近了。转瞬之间，他又闭上了眼睛，仿佛困了、累了，又睡着了。众人皆以为这次真的走了，我偏不信。我握着他青筋暴露的手，抚着他瘦骨嶙峋的胸，一遍遍地呼唤，终于又有了呼吸。我终是克制不住，跑到屋外捂着嘴啜泣，生怕被别人听到。过不多时，侄子走过来，告诉我，爷爷走了。我进去一看，还跟刚才一样，双目紧闭，神态安详，仿佛睡着一般。这一刻，距我到家仅十几分钟。

十几分钟！他是在等他的小儿子吗?

从小到大，我和父亲并不很亲。我们家乡有很多很奇怪的习惯，其中之一便是：对父母的称谓会因家庭条件的不同、父母对孩子娇惯程度的不同而不同。家境较好的、父母对孩子较娇惯的，叫“爸爸”“妈妈”或“娘”；家境较差的、父母对孩子没那么宠爱的，都单叫一个“父”“妈”，“父”后加语助词“啊”，叫“父啊”。我家穷，孩子多，父母对我们自然宠爱不过来，理所当然地是叫“父啊”的那一类。直至今天，尽管感觉有点别扭，我还是叫他“父啊”，始终不好意思改口叫一声“爸爸”。

父亲给我的印象是忠厚、懦弱、胆小怕事，树叶子掉下来都怕砸破脑袋。他读过高小，算是一个文化人，当过村（那时叫生产队）里的会计。但是他太轻信别人，村民从队里借点钱、借点粮什么的，他从来不记账，绝对相信别人。到年底一查账，亏空了，找谁谁也不认账，只好由他赔偿，会计工作丢了，家被抄了——稍微值一点钱的八仙桌之类的都被抬走了。屋漏偏逢连阴雨。当地有名的一个小偷又光顾了我家，把能拿走的全拿走了。抄家、遭窃，这两幕场景都被年幼的我看见了，在我心里留下深深的阴影，终生难忘。

父亲对外人谦卑，对自己的孩子却非常严厉，我们与别人家的孩子有了冲突，他不仅不护着我们，反而责备我们，我认为他这是怕得罪别人。我自小很乖，不爱惹事，挨打算是少的了，但也有刻骨铭心的几次。印象最深的一次是，他不知为什么打我，一巴掌把我打得摔倒在地上，我捂着脸含着泪却不敢哭，心里恐惧极了。那时父亲在我心目中就是一副暴君的嘴脸。直到长大懂事后，听到村人夸老徐家的孩子“懂事、有教养”，我才对父亲的严厉有了一丝感激。

父亲第一次对我显现出温情的一面是在我 19 岁那年。那年我考上了北京的一所大学。那时交通不便，我要到十几里外的县城坐长途汽车，到省城后再坐火车到北京。前往学校报到的那天，下着大雨，两位哥哥用自行车送我，我们天不亮就出发了。父亲坚持要送我。他在前面打着手电筒给我们照路。我们在沉沉的夜色中默默地走了一程又一程，只听到唰唰的雨声和脚踩泥泞的路面发出的嘎吱嘎吱声。我一次次催他回去，他总不肯。大概走了半个小时或是一个小时，天色微微亮了，父亲总算停下了脚步，叮嘱我到了就给家里写信。我走了几步回头看看，他还在原地站着。我鼻子有点酸酸的。后来才了解到，父亲回到家后，就趴在床上大哭了一场。我这才知道，原来凶巴巴的父亲还有这么温情的一面。

随着我在事业上取得了一点成绩，父亲对我的态度变得尊敬、谦恭，甚至有点拘谨，有点小心翼翼。他跟我说话总是小声地、赔着笑脸。这让我很是不安。小时候觉得父亲很高大、威严，现在才发现他原来是那么瘦小、卑微。我当然喜欢一个和蔼可亲、可以让我随便撒娇撒欢儿的父亲，可是父亲对我这种态度让我很不习惯，况且我也早已过了撒娇的年龄。我知道父亲是为我高兴，为我自豪。在他的眼里，这个最小的儿子还是有点出息的，让人尊敬的。他用自己的方式表达着这种尊敬。我没有制止他这样做，因为我认为那会让他很尴尬。

我对父亲一向是客客气气的，从来不顶撞他，但有一件事令我一直心怀愧疚。有一年我回老家，家乡领导要请我吃饭，并请我父亲和村支书参加。领导的意思是，我的父母年迈多病，我在外地照顾不上，请村里多多关照。不巧村支书不在家，我想那父亲也别去了，免得有蹭饭之嫌。当时父亲已经换好了新衣服，等着走呢。我跟他说明情况后他没说什么。事后母亲告诉我，父亲已经跟左邻右舍说了，市领导要请他和儿子一起吃饭。我一听后悔莫及！父亲那点可怜的虚荣心，就这么被他的儿子轻轻地戳破了。

父亲去世前半个月左右，已经报过一次病危。我匆匆赶回家去，尽管已有心理准备，但还是被吓了一跳。父亲本来就瘦，可现在瘦得只剩下骨头了，眼窝深陷，颧骨突出，看着非常吓人。那时他生活已经无法自理，我帮他擦洗身子，他像个孩子似的不好意思，轻轻地说：“脏。”我说：“没事。”其实心里还是很不舒服的。一个那么要强的人，现在只能任人摆布，想着就难受。在家待了几天，大概母亲跟他说了什么，有一天他跟我说：“你工作忙，先回去吧，有了特殊情况再回来。”我“嗯”了一声，一出门眼泪就下来了。

这么多年来，我跟父亲交流很少，我总觉得他什么都不懂，跟他说不到一块。我曾经很不喜欢“父啊”这个称谓，觉得它土，乡里乡气的，当着别人的面都叫不出口。现在，我却特别怀念可以叫“父啊”的时光。如果时间可以停滞，我多么希望一直这么叫下去：

父啊！我的父啊！

2013 年

怀念《春泥》

——故乡杂忆之七

三十多年过去了，我始终没有忘记《春泥》，我一直怀念着朴素而清新的《春泥》。

听说《春泥》杂志要复刊了，我非常高兴。对家乡的这份杂志，我怀有一份特殊的感情，因为我和她有着特殊的缘分。

那是二十个世纪七十年代末八十年代初，我正在老家如皋上初中，县文化馆办了一份文学刊物《春泥》。从创刊词中我了解到，1949 年以前，如皋的一批进步学生成立了一个文学团体“春泥社”，他们在《如皋导报》上创办了文艺副刊《春泥》，发表诗歌、小品文和评论等。为了纪念“春泥社”和《春泥》副刊，县里办了这份《春泥》杂志。我那时正是“文学少年”，爱好文学，爱好写作，我的作文在全校是出了名的，还曾在全区被作为范文巡展。在老师的鼓动下，我不知用什么手段从贫寒的父母那里要到了一点钱，订了一份杂志。

我真的很喜欢这份杂志！杂志的封面上，“春泥”二字，是当时的省委书记写的，他是当年参与创办《春泥》副刊的进步学生之一，对如皋很有感情。他写的“春泥”二字，应该是行草，体态优美而笔力遒劲，有一定的书法功底，我至今还记得那两个字的样子。也是从杂志中我了解到，“春泥”二字出自龚自珍的诗：“落红不是无情物，化作春泥更护花。”从这里也可以看出，当年的创办者培养作者、爱护作者的殷殷之情，这也让我对她满怀感激之情。顺便说一下，那时“文革”结束不久，我们能够读到的古诗词很少。可是在这本杂志上，我零零星星读到了一些诗句。除此以外，还有“几处早莺争暖树，谁家新燕啄春泥？”，还有“秋风清，秋月明，落叶聚还散，寒鸦栖复惊。相思相见知何日，此时此夜难为情”，等等。这些诗句，有的是作为书法作品，有的是作为画作上的题诗，被刊登在杂志的封二封三。那时，因为作文好，老师把他的上下两册《唐诗选》送给我作为奖励，我每天早起就读几首。我把这些诗句都抄在笔记本上，反复背诵，印象深刻，至今不忘。

最让我喜欢的是《春泥》上刊登的那些作品，有小说、散文、诗歌、民歌，还有书法、绘画，等等。作为一本县级文学刊物，《春泥》的乡土气息非常浓厚，用现在的话说就是非常“接地气”。虽然我现在想不起具体的作品了，但是在我的印象中，那些作品都是很朴素而清新的，就像清晨草叶上晶莹的露珠一样。这些作品的作者，估计大多是如皋的业余作者。可是那时在我眼里，他们都是大神一样的人物，就像如今的文坛大咖一样，令人景仰。因为喜欢，每期杂志我都珍惜地保存着，可惜上大学后，我放在老家的那些书刊和中学时代的习作都不见了。

前面说过，我从小作文就写得好，课余还喜欢学着写些诗歌散文。可是生活在偏僻乡村，对外界一无所知，不知道有什么文学刊物，写了也不知道往哪儿投稿。读了《春泥》上的作品后，我萌生了给她投稿的念头。于是我就写了一篇很短的小说《破冰者》。作品讲述的是这样一个故事：在我的家乡，河道纵横，沟汊密布，小船成了人们出行和运输物资的主要交通工具。特别是村前的一条河，是人们出行的主要通道。可是每年一到冬天，河面结冰，船行受阻，给人们带来极大的不便。有一位老爹看到这种情形后，便主动承担起了破冰的任务。每天凌晨，天还没亮，他就撑着小船下河破冰去了。起初，人们对他的行动很不理解，甚至还为他砸冰的声音吵醒了美梦而责备他。老爹默默承受着人们的误解和责备，每天坚持下河破冰，为乡亲们解决了出行困难的问题，终于赢得了人们的理解和赞扬。大致就是这么个故事吧，忘记结尾是怎样处理的了。我把它写在作文本纸上，偷偷地寄给了杂志社，不敢让人知道，生怕发表不了被人笑话。

过了一些日子，忽然收到寄自“如皋县文化馆”的一封信，打开一看，是《春泥》编辑部的“用稿通知”！“通知”中写道：你的作品《破冰者》已经收到，经研究准备采用。请于某月某日来编辑部商量修改意见。这封信让我激动万分，也在村里引起了轰动！乡亲们都说，这孩子以后好了，能够到县文化馆工作了。我心里暗自窃笑，我的志向何止于此呢？

到了当日，我便请假去了县城——班主任兼语文老师得知这个喜讯，异常高兴，当即准了我的假，是我的哥哥用自行车驮我去的。不知为何，我们老家把进城叫作“上街”，至今依然如此。“上街”，是一件很让人羡慕的事情，因为街上有好看的、好玩的、好吃的。我长到这么大，还没怎么上过街呢，所以不免怯生生的。

进得县城，我们无暇他顾，就直奔文化馆而去。文化馆在当年的钟鼓楼下面——可惜现在已被拆除了。编辑部的老师们都和蔼可亲，他们没想到作者是一个十几岁的初中生，对我嘘寒问暖，热情得让我有点诚惶诚恐。所谓的修改，其实没有多少，只不过让我把稿子誊抄到编辑部的稿纸上，在文字上约略作了一点小的改动。有一位年纪较大的老师，多年来我一直把他的名字记成“张友渔”，与那位有名的大法学家张友渔同名同姓——最近如皋的朋友告诉我，应该是“张正余”——看样子是编辑部负责人，一直在跟我亲切交谈，教我怎样观察生活，怎样积累素材，怎样学习写作。我毕恭毕敬地听着，感到茅塞顿开，受益匪浅。

抄完后，张老师看了一遍，满意地说：挺好，下期就发表。你就回家等着吧。

这次“上街”，让我激动了很长时间。一来自己的处女作要发表了，第二见到了令人尊敬的编辑老师，受到了那么多的点拨，这对我的写作是多么巨大的鼓舞和启发啊！

可是我在家等啊等啊，却再也没有等到“下一期”《春泥》。等来的却是四开小报《如皋文艺》，铜版纸印刷的。上有启事，大意是《春泥》因故（是经费问题？）停办了，改为《如皋文艺》。这么四个版的小报上，登的都是说唱一类的通俗文艺作品，没有小说、散文等纯文学作品的地盘，自然也见不到我的处女作了。再到后来，《如皋文艺》也停办了。我的处女作也终于不知所终。

虽然如此，我还是非常感谢《春泥》。她的“用稿通知”，是对一个初中生写作能力的肯定，对我是巨大的鼓舞，给了我在文学道路上坚持走下去的勇气。我至今仍然把《破冰者》视为我发表的第一篇作品，视作我写作生涯的起点。而编辑部老师们热情的点拨，对于一个不知写作为何物的少年来说不啻指点迷津，他们亲切的态度尤其让我感觉到了文学的美好。特别是那位张正余老师，虽然他的面孔在我印象中早已模糊，但我只要想起他，心中就感觉到非常温暖。

三十多年过去了，我始终没有忘记《春泥》，我一直怀念着朴素而清新的《春泥》。今天，得知她要复刊了，我由衷地高兴——为家乡的文学事业高兴，为家乡的写作者们高兴！我希望这片“春泥”，更加丰厚肥沃，呵护一株株文学幼苗茁壮成长，枝繁叶茂，开花结果！

2015 年

『锹儿站，家里喊』

——故乡杂忆之八

童年的趣事，现在想起来，一个人还禁不住吃吃地笑。其实，这些游戏都简单得可怜，可是那时候我们却乐此不疲。

从前农村的孩子，一般很早就能帮父母亲做很多事了，诸如洗衣、烧饭、扫地、喂猪喂羊喂鸡喂鸭……这些活儿几乎都由孩子们包了。在我的童年、少年时代，孩子们还担负着一项很重要的任务：挖猪草。

听说有些地方猪是放养的，让它们到野外自己找草吃，那倒挺省事的；我们老家可不是这样。我们那里，猪一律是圈养的，猪在圈里整天除了吃就是睡。这圈养的方法，很利于猪长膘，却苦了我们做孩子的：天天要提了竹篮子，到地里去挖猪草。猪草洗净晾干后，切碎了，拌着饲料喂猪。两只一百多斤的猪，一天得吃一大筐草，而这一大筐草就要由小孩们去挖回来，大人是没空也不屑干这种轻巧活儿的。

劳苦的父母们，每天早早下地干活时，总要顺便叫醒孩子们，叫他们去挖猪草。夏日的早晨，你听吧：

“二小，还不快起来去挖猪草，等会儿天热了又挖不成！”——这是很不耐烦的语气。

“三儿，起来吧！趁早凉去挖点猪草，回来再睡。”——这是带着心疼的语气。

怨不得父母心狠，农村人没有财路，就指望着这两头猪啊！

顺便说一下，那时孩子多，很多父母图省事，连小名都懒得给孩子起，就“二小”“三儿”这么叫着。挖猪草这样的活儿是小的干的，等长到十几岁了就要跟大人一样干农活了。

因此，在我们那儿，孩子们几乎个个都是挖草能手。

我小时候也常常挖猪草。我在家里是最小的，家务活儿自有哥哥姐姐们做。不过挖猪草这事儿非同一般，他们顾不过来，有时也会找到我头上的。于是，我便拎一只最小的竹篮，随小伙伴们下田去。

挖猪草最好的时间是在清晨，太阳将升未升之际，晓风拂面，毛茸茸的草叶上挂着晶莹的露珠，光脚丫子踩上去，一股凉意从脚下蹿到头顶，一下子睡意全消，蒙眬的睡眼睁开了，劲头也上来了。晚上挖草当然也好，可那时候的草就不如早上的鲜嫩了。

在农村，挖猪草是一件最轻松的活计，所以才由孩子们承担。不过在我们看来，那仍然是一件苦差事。要长时间弯着腰不说，最苦的是小手往往被草叶的毛边边划得火辣辣地疼。好在我们玩心重，总能苦中作乐，把挖猪草这样的苦事变成一场有趣的游戏。如果没有“玩”的内容，干什么都没劲了。小伙伴们会根据自家的条件，分别带上军棋、象棋、跳棋、扑克、花生、蚕豆、大豆、火柴……这些东西都是背着父母偷偷带上的，花生、蚕豆之类还是“偷”的。带着干啥？玩呗！吃呗！

到了地里，先拣块草多的地方，猛干一气；看看挖得差不多有大半篮了，便歇下手来，找个阴凉地方，拿出早就准备好藏在某个隐秘地方的旧“汤罐”（旧式灶台上利用灶火烧水用的器皿，也可用来煮别的东西），用碎砖块支好，做成一个临时灶台；把花生、豆子倒进罐里，用捡来的枯树枝在汤罐下面生上火，由一个孩子负责，边烧火边用小木棍在罐里搅动；别的孩子坐下来，打扑克、下棋。一会儿，花生、豆子在罐里欢叫着跳动了，香气扑鼻。于是便灭了火，把花生、豆子倒在一张旧报纸上。大家顾不得花生、豆子还在冒着青烟，抓起来就往嘴里送。眼泪烫得滚下来了，嘴唇吃得黑黑的了，玩得也更起劲了，你争我夺地几乎吵翻了天。等花生、豆子吃完了，半天时间也差不多过去了，再去挖一点猪草，虚虚地把篮子填满，便回家了。

更有趣的是玩打仗。十来个小伙伴，分成两队，分别埋伏在一条小河两边的高岸下。每队有指挥员、战士和弹药手。大伙儿把草倒在一起，腾出篮子给"弹药手"运输子弹——小土块。准备妥当了，两位"军官"互相通通气，然后高喊一声："打！——"密集的"子弹"便接二连三地飞向"敌人"阵地。几分钟过后，一方的脑袋都埋下去了，不还击了，另一方便欢呼起来："敌人失败喽！——"冷不防对方的"子弹"又如雨点般飞过来了，这样"战斗"又继续下去。到最后，打得难分难解，不分胜负，两边便一齐高呼："我们胜利喽！我们胜利喽！"战斗就不了了之。然后，大家便分猪草。我一般挖得最少，所以总能吃到甜头，往往能分到半篮草，蓬松松的有大半篮，喜洋洋地回家了。

玩的花样当然不止这一些，还有一种是玩"锹儿站"。这种游戏极其简单，可以算是比赛，也可以算是赌博，不知别的地方有没有？它是这样的：几个人凑成一伙儿，在地上挖一个小坑，每个人从自己的篮子里抓一把猪草填进去；首先，通过"手心手背"或者"锤子剪刀布"决定先后顺序，然后开始比赛。小朋友们按照自己排到的序号，一个个轮流站在坑边，一手拎住挖草用的小铁锹的木柄，升至胸口处；这时，别的小朋友就一边拍手，一边唱道："锹儿站，家里喊；锹儿倒，家里找。"那孩子手一松，小铁锹掉下去了。如果小锹能竖着插进坑里（站住了），他就赢了，坑里的草就归他，于是大家再把坑里填上草，轮到下一个。如果小锹倒了，他就输了。这个游戏看似简单，其实也有一定难度，小锹"站住"的概率并不高，有时候一轮下来一个"站住"的都没有。一个人如果运气好的话，几轮下来可以赢回小半篮猪草；运气不好的也许一直输下去。这于会挖草的孩子来说不算什么，我们不会挖草的却拿了棒槌当了针（真），一心想赢回一篮来；可是往往事与愿违，越是想赢越是输得多，最后连老本都输光了，只好垂头丧气地顶着大太阳再去挖草。那时的神情真像一个赌棍似的！

童年的趣事，现在想起来，一个人还禁不住吃吃地笑。其实，这些游戏都简单得可怜，可是那时候我们却乐此不疲。在我们那普遍贫困的童年时代，除了这一点点缀，又还有什么乐趣呢？

2015 年

昨晚你到哪去了

——故乡杂忆之九

我身上的血液再次涌上头部，晕乎乎地好像喝醉了酒一样；脸上火烧火燎地发烫，心好像要爆炸一样。

从早上开始，一个喜讯就在空气中悄悄传播——

今天晚上，公社放映队要来一队放电影啦！

这个好消息是我最好的朋友陈冬告诉我的。他是在上午第一堂课下课后，把我拉到操场边上偷偷告诉我的，还让我千万千万不要告诉别人，那情形就像地下党接头一样。“晚上我带凳子，你早点过来啊。”

其实这个秘密根本保不住，班上家在一队的同学早就告诉各自的好朋友了，还不到放学时间，消息已经在全校传遍了。整整一天，同学们一个个两眼放光，抓耳挠腮，完全没有心思上课，只盼着天快黑下来。

这是二十世纪七十年代下半叶，虽然“文革”已经结束了，但是人民公社还没有解散。我们这个生产大队共分十个生产队，我们平时的活动范围基本就在本队。陈冬在一队，我在四队，中间隔着两个队和两条小河。如果不是同学，我们恐怕没有机会成为好友。大队支书也在一队，是他的本家叔叔，所以他的消息是可靠的。

这个消息让我兴奋了一天。在二十世纪七十年代，看电影是乡村文娱生活中的一件大事。每当这一天，人们都像过节一样欢天喜地，邀请自己的亲朋好友来看电影。每次外婆那里放电影，她都会让我的小舅舅把几个女儿请回去，先吃顿团圆饭，然后看电影。一般是母亲带我们几个孩子去，当晚就住在外婆家，第二天才回来。父亲则留在家里看家。

那年我十四岁，正上初二。下午放学回家，我早早做完作业，吃完晚饭，就和哥哥姐姐他们一起去了，他们自己带着长凳。

那时，每个生产队都有一个仓库，仓库的旁边还有几间房子，分别是饲养场、队部办公室、值班室等。仓库前面有一个开阔的场地，很平整，我们叫它“大场”，是生产队用来晒粮、开会的。大场的另一个功用就是电影场，当然，一年顶多也就用上一两次。

我来到一队大场，场上黑压压的已经满是人了，嗡嗡一片大声聊着天，就像一群巨型苍蝇发出的声音。场边的两根水泥柱上已经绑上了幕布，白煞煞的分外醒目。柱子上挂着一盏汽灯，发出嗞嗞嗞的声音，雪亮雪亮的灯光把银幕周围一片照得亮堂堂的。时令刚刚进入夏天，晚上的天气还很凉爽，很舒服，人们都穿着单衣单裤。我用手拢在嘴边大声喊了两声：“陈冬！陈冬——”只见黑压压的人群中站起来一个黑影，一边招手一边答应：“唉——我在这儿呢。”我穿过人群走进去找到他，在长凳上坐下来。

电影放映员还没来，显然是在陈支书家吃饭喝酒呢。在我们这里，电影放映员是最受欢迎的人，他们的到来意味着我们将一饱眼福。所以，他们到哪里都有当地的大队干部好吃好喝地招待，吃饱喝足了才开始放电影。

等了一会儿，电影放映员终于在陈支书和一众大队干部的陪同下出现了。人群中出现了小小的骚动，嗡嗡声更响了，就像一群苍蝇发现腐食一样。陈支书照例先讲话。放映机旁有个话筒，银幕两边的水泥柱上各挂着一个喇叭，把他的声音传出很远。陈支书是复员军人，口才了得，水平很高，他从国际形势讲到国内形势，又从全国形势讲到全省、全县形势，然后落脚到本大队当前的形势和任务上。最后指出今晚的电影非常精彩，请大家专心观看。陈支书个儿不高，但声音洪亮，滔滔不绝，势如破竹，最终把一片嗡嗡声压得鸦雀无声。在对全体干部和全体社员提出几条要求后，汽灯灭了，翘首期盼的电影终于开始放映了。

就在这时，突然听到一个清脆的声音在耳边响起：

“对不起，我能坐这儿吗？”

我们抬头一看，旁边站着一个姑娘。黑暗之中看不清她的面庞，不过从她的声音和身材判断，应该是二十岁上下。陈冬答应了，把屁股往右挪了一下，我跟着他往右挪到中间，那位姑娘说了一声“谢谢啊”，就在我左边坐下了。按我们从小接受的教养，应该让客人、长辈坐在凳子中间。不过这是电影场，面对的又是一位连面目都看不清的陌生姑娘，我们就没这些讲究了。

今天放的是《渡江侦察记》。这部电影我们都没有看过，但是看过小人书，知道大概内容。不过小人书总不如电影过瘾，所以我们都看得很投入。身边坐了一个陌生人，而且是一位姑娘，多少有点令人拘谨。加之，姑娘身上有一股好闻的味道，也让我有点不习惯。不过，电影确实诱人，所以，也就是短短一小会儿，我们就忘了身边这个陌生人，完全沉浸到剧情中去了。

《渡江侦察记》是一部战争片，有 1954 年的黑白版和 1974 年的彩色版。我们看的是彩色版，那应该是 1974 年的。影片讲的是 1949 年渡江战役前夕，解放军某部为配合大军作战，由李连长率领侦察班渡江探明敌人江防部署，与江南游击队接上关系。敌人发现江边铁丝网被人剪开缺口，便令情报处处长会同保安队长侯登科率人马搜捕。侦察员吴老贵巧妙地通过封锁线，击毙侯登科。在游击队的配合下，侦察员以民工身份混入敌军江防要塞，巧取江防工事图。不料，敌情又有变化，为探明虚实，侦察员们机警应变，摸清榴弹炮阵地部署，驱车返回途中，被敌情报处长识破，侦察员周长喜壮烈牺牲。敌人张网搜索，吴老贵与小马趁天黑过江传送情报，吴老贵为掩护小马牺牲了。小马不辱使命，终于及时送回情报。人民解放军胜利地渡过长江，侦察兵们又投入新的战斗。十几岁的男生对“打仗的电影”最感兴趣了，著名演员陈述饰演的敌情报处处长给我们的印象尤其深刻。所以我看得津津有味，随着影片情节的发展，时而紧张，时而放松；时而开怀大笑，时而双眉紧蹙。

我正看得入迷，突然，我感觉一只手压在我放在膝盖上的双手上，然后慢慢地抓住了我的左手！

毫无疑问，这是那位姑娘的手！我稍稍垂下眼睑就可以看出，是她的右手抓着我的手。我不敢扭头看她，不知道她是什么表情，不知道发生了什么，也不知道她为什么突然抓住我的手。我全身的血嗡的一下都涌到头上了，脸上烫烫的，全身僵硬的，心都要跳出来了！

在那个封闭的时代、封闭的乡村，像我们这么大的孩子，没有接受过任何有关青春期的教育，对男女之情更是一窍不通。可是毕竟是一个大男生了，猛然间有一位姑娘抓住我的手，令我慌乱，令我不安！我全身僵硬，一动也不敢动，连呼吸都不敢了！

我稍稍侧脸，偷偷观察她，只见她目不转睛地盯着银幕，看得很入迷，好像什么都没发生一样，或者说好像没意识到发生了什么一样。这让我对自己的感觉产生了怀疑，难道是我的错觉？是我在做梦？可是她的手真真切切地抓住我的手了啊。也许，她是无意的？她看得太入神了，把我当成了自己的家人？或者被紧张剧情吓着了，情不自禁地寻找一个依靠？

我调整呼吸，稍稍放松因高度紧张而僵硬的身体和紧绷的神经，装着无意地把手从她的手下轻轻地抽出来。我想现在她应该发现自己犯的错误了吧，应该把她的手移开了吧？

可接下来的事情让我更加吃惊，也更加慌乱。她的手并没有因为我的手抽出而移开，反而又放在我的膝盖上了！仿佛她的手就是要找个地方放着，而我仅仅是抽去了一层纸而已。不仅如此，她的手还在我的腿上轻轻摩挲着。动作很轻很缓很柔，虽然隔着一层单裤，但我还是能感觉到她手的温度。

我身上的血液再次涌上头部，晕乎乎地好像喝醉了酒一样；脸上火烧火燎地发烫，心好像要爆炸一样。我说不清当时是什么感觉，但显然慌乱高过了一切。我不知道她要干什么，不知道接下来会发生什么。最要命的是：如果这件事被我的同学陈冬发现了，那我就没脸见人了！

在我们班那些半大小子中间，最难堪的事就是拿男女同学开玩笑。那几个捣蛋鬼最喜欢开的玩笑，就是哪个男生和哪个女生好，哪个男生和哪个女生是一对。我脸皮薄，从来不参与这类玩笑，更怕别人拿我开这样的玩笑，曾经被班上最淘气的同学开的玩笑羞得面红耳赤，恨不得找个地洞钻进去。陈冬虽然是我最好的朋友，但是他也喜欢开这样的玩笑，如果被他发现了，他怎么舍得放弃这么绝佳的素材呢？我是班长，如果发生了这样的丑事，我还怎么做人呢！

我坐在那儿，全身不自觉地战栗起来。我坐立不安，根本无心看电影，只盼着她赶紧把手拿开。可是她似乎并无此意，手一直稳稳笃笃地放在我的腿上，轻轻地摩挲着。我轻轻推开她的手，可她过一会儿又放上来了。现在事情已经很明朗了，她根本就不是无心的，而是有意的！

我的脑子里飞快地运转着，实在不知道怎么才能摆脱她。我不敢声张，那样无异于自我暴露。经过一番短暂而激烈的思想斗争，我终于不得不做出一个痛苦的决定：不看电影了，赶紧逃跑！

放弃这么心爱的电影不看，我的心情可想而知。可是跟可能降临的危险相比，我只能做出这样的牺牲。看得出来，她是打定主意缠上我了。我见过生产队的那些小伙子跟大姑娘小媳妇搂搂抱抱、摸摸掐掐，她一个大姑娘家，怎么也做得出这样的事呢？如果我不跑的话，谁知道她还会做出什么出格的事来呢？我打定主意后，就跟陈冬说，我要去场边解个手。说完，我弯腰起身，悄悄离开了。陈冬正沉浸在电影情节中，也没顾上理我，也许根本就没听到我说什么。

我在黑暗中跌跌撞撞地往回走，脑子里晕晕乎乎的，身上像打摆子似的直打哆嗦。回到家后，爸爸妈妈已经睡下了，屋里黑黢黢的。我轻轻推开虚掩的门，摸进房里就躺下了。

那一夜，我第一次失眠了，脑子里满是那个面目模糊的姑娘，左腿膝盖上似乎一直热乎乎的。

第二天上学，陈冬见到我，劈头便问："昨晚你去哪儿了?! "

我说："我肚子疼，先回家了。"我不敢看他的眼睛，脸上滚烫滚烫的，像做了什么坏事似的。说完，扭头就走了。

岁月一晃几十年过去了，直到这篇文章的结束，那个姑娘仍让我神思不定。她是胶片中走来的幽灵？还是我幻觉的记忆？我想，她终将伴随我一生的猜想了。

2015 年

贼子

——故乡杂忆之十

那个贼子双手被反扭在背后，用麻绳捆绑起来，吊在树上。脚尖刚刚够着地面，半悬空着。细看上去，年龄不大，个头不高，又瘦又小。

一

傍晚时分，东头人家传来一阵尖利的哭声，然后是愤怒的叫骂声。哭声夹杂着骂声。哭声是女人的，一个中年女人发出的；骂声是男人的，一个老头儿发出的。

大人们都在生产队的大田里干活，还没放工；除了有老人的，家家户户都锁着门，静悄悄的。我们几个小毛孩子放学刚回家，正聚在一起玩耍。在一片静寂中，这哭骂声格外刺耳。循着声音找去，哭声和怒骂声都来自二爹爹（二爷爷）家。哭的是他的独生女儿，我的堂姑；骂的正是我二爹爹，一个脾气火暴的老头儿。我爹爹兄弟三个，老大——也就是我爹爹——和老三早就死了，三年灾害的时候饿死的；就剩二爹爹还活着，在这个家族中辈分最高。他正在破口大骂："这个挨枪毙的！这个挨枪毙的！家里要灭门绝户！""灭门绝户"，是我们这里骂人最狠的话，非有深仇大恨说不出这么恶毒的咒语，可见他骂的并不是他的女儿、我的堂姑。从他们的哭骂二重唱中我们得知，他骂的是一个贼子——小偷。

二爹爹家遭贼了。

二爹爹没有儿子，只有一个女儿，招了个上门女婿。女婿在兰州工作。听说特别远，具体在哪儿？不知道。只知道很远很远，远得好像在天边一样，我们有限的想象力根本无法抵达。当然也不知道他为什么要到那么远的地方去工作，做什么工作。只知道是一个很大的城市，比我们的县城要大多了。他一年回来一次——过年的时候回来。穿一件皮夹克——我们穿的都是鼓鼓囊囊、土了吧唧的老棉袄，这皮夹克，只在电影里看到坏人穿过。头发往后梳着，大背头，很洋气，很气派，像画像和电影里的大人物一样，比我们大队的干部要气派多了。说一口蛮里骨碌的话，跟我们这儿人说的话不一样，虽然差不多也能听懂，但是发音怪怪的，令人生畏。每次回来带很多东西，还有我们不多见的糖果，亲戚、本家的孩子能够分到一块两块。请当地有头有脸的人物喝酒，打长牌——类似麻将的一种游戏，赌钱的。因为有人在外面工作，所以他们家比别人家都有钱，住的是砖墙瓦房——别家几乎都是土墙草房。

像他家这样的在我们村里不多，也就两三户。还有一个是我的三外公——我妈的三叔。这可真是一位大人物，在上海工作，据说是一个什么厂长，派头十足，说话从鼻孔里出声。那些平日不可一世的大队干部，见了他都赔着笑脸。另一位也是我的本家，我的一个堂姐夫。可巧了，也是“倒插门”，他倒不远，就在南京工作——其实我们也不知道有多远。不过毕竟在本省，感觉上比那个什么兰州要近多了。大忙的时候，他会回来帮忙，割稻，割麦，跟农民一样干活。人精精瘦瘦的，穿着精精神神的，也说着一口蛮话——我们这儿把一切非本地话都称作“蛮话”，很让人敬畏。后来我到北京上大学后，我堂姐说了好几次，让我路过南京的时候到堂姐夫那里去住。那时，从北京坐一夜绿皮火车到南京，再坐长途汽车回家。买不到当天的汽车票的话，就要在南京住一宿。我有好多同学在南京上学，每次都是住在他们的宿舍。拗不过堂姐的热情，有一次我就去了。才知道他是一个工人，好像在一家兵工厂工作，几个人住一个集体宿舍，上下铺，跟学生宿舍一样。稍有不同的是人少一点，大概三四个人吧。自己用小煤油炉在楼道里烧饭吃。因为多了一个人，一个工友临时到别处借宿了一晚。这是后话。

那是二十世纪七十年代初，没有哪儿不穷的。大家过的都是一样的苦日子。只有极少几家条件好些，住着当地罕见的砖墙瓦房，估计早都被贼子盯上了。偏偏二爹爹家倒霉，没看好门，被贼子偷了。我们本地的贼子不多，只有一个，曾经偷过我家，那还是我三四岁的时候。这次偷他家的是一个外地贼，过路贼。

我们村里的住户，沿着两条河一字排开：一溜沿着南边的小河由东向西左右排开，门前是一条宽阔的土路，到我家西侧转折向北，通往邻县的一个小镇，那是本地的主干道，每天人来车往，很是热闹；一溜沿着东边的小河由南向北前后排开，小河与房屋之间有一条窄窄的土路，算是支道吧。三条路正好形成两个 90° 的直角，我们两家正好住在东西两个路口把角处，都是最繁忙的“交通要道”。我家屋后有一个竹园，很显眼，路人问路、村人指路都是以这个竹园为标志物。村里平时很少有外地人来，只有这条大道例外，天天有陌生的过路人。这两个位置最显眼，只要想偷，很容易得手。白天人们都在地里干活，家里都没人，正好下手。一旦得手，半个小时就能跑到邻县小镇。

这个贼子估计早就踩好点了。一下手就偷了好多首饰，平时舍不得穿的新衣服，大概还有钱。堂姑的孩子放学回家，看到锁着的大门被人“卸”下来了，吓坏了，连屋也不敢进，赶紧跑去叫回爹爹和妈妈。进屋一看，一片狼藉。

二爹爹和堂姑的哭骂声在村里回荡，刚刚下工的人们都聚拢过来。毫无疑问，贼子肯定是往邻县逃去了。从我们这里到邻县小镇，中间是一大片平坦的农田，还有两条小河，河边是芦苇荡，贼子无处藏身。如果进了小镇，那就不好找了。有几个小伙子自告奋勇，去抓贼子。有的骑车，有的跑路，带着麻绳。还好，贼子还没跑到小镇就被抓住了。估计是背着东西跑不快。

一根绳子把他绑回来了。

二

在我童年的记忆里，我们老家一共遭过三次贼。

第一次，是我家被偷。偷窃的是本地的那个贼子。那时，我还没上幼儿园（当时，上小学前需上一年所谓的“幼儿园”）。应该是三四岁的时候。我家还住在老住宅地。我奶奶还在，一个人住两间房，坐北朝南；我家住三间房，在奶奶房子的西侧，坐西朝东。我家西边，是三奶奶和她的儿子一家。

那一天，我哥哥带我从外婆家回家。哥哥也小，不过比我大几岁。刚刚走到奶奶家屋后，突然看到有人闪进我家家门。那时，家家户户用的都是木门，门是两扇，两侧门框上下各有两个凹槽，门轴卡在凹槽里，开门关门时可以转动。白天出门用铁锁锁上，晚上睡觉用木闩闩上。如果忘了带钥匙，可以抬起门板从凹槽里卸下来。这样的门，防君子不防贼子。我们一眼看出那是我们当地的贼子，他采取的就是这样的“卸门法”。

这个贼子是个惯偷，因为偷盗，已经多次被公社抓去，五花大绑，头上被剃了横竖两道，涂成一个红十字，游街批斗，听说还挨打。可他贼性不改，出来又照偷不误。于是每隔一段时间就被抓走批斗，每隔一段时间就听到他的媳妇号啕大哭，跳脚骂街。不过这个贼子有个特点，他只到外面去偷，从来不偷本地人家。兔子不吃窝边草，这大概是偷盗界的“帮规”吧。所以虽然我们都知道他是贼子，但谁也没见过他偷盗，谁家也没被他偷过，他的“英雄事迹”只流传于人们口耳间。每次他被抓走了，才知道他又偷东西了。这次不知为什么，他怎么会看上了我家。

这个贼子，五大三粗，虎背熊腰，个头很高，长相很凶，他那牛卵一样的眼睛一瞪就能吓死人。声音也很凶，一声吼就能吓破人的胆。后来有一段时间，他改邪归正，不当贼子，改杀猪了——能杀猪就能杀人，所以一样吓人。虽然他并不偷本地人家，但是大家都怕他，小心翼翼地跟他保持礼貌的距离。

当时大人们都在生产队的地里上工，不知为什么我奶奶也不在家——估计是到三奶奶家串门聊天去了。家里没有人，静悄悄的。同样不知为什么，这个贼子不用上工，他就到我家“上工”来了。我和我哥哥吓得躲在奶奶屋后，既不敢逃跑，也不敢出声，连大气也不敢出——怕被他发现，被他掐死。那时我们在电影里看到过坏人掐死小孩的镜头。我们耐心地等待着，直等到他干完活，带上劳动成果，走得很远了，这才敢起身跑到田里，叫回了父母亲。检查的结果，是家里值钱的东西都没了——本来也没什么值钱的东西，只不过是一个贫穷之家最值钱的东西罢了。报告到队上，结果是——没有结果，因为谁也不敢去招惹他，更不敢报案。这事就不了了之了。

第二次，是生产队被盗。那是我上小学的时候。当时生产队有一个很大的仓库，砖墙瓦房，主要是堆放粮食，兼存生产工具。旁边有值班室，每天有人值夜看守。虽然是砖墙，但也很旧了，有的砖已经松动了。大概没想到会有人偷，生产队也没有修补。有一年，半夜里，仓库后墙被人挖了个大洞，偷走了好几袋粮食，稻子、麦子、豆子之类。这次偷盗属于专业水准，有预谋，有准备，有配合，不是一个贼子所能完成的。值班员睡得太死了，居然一点动静都没有听到。第二天起来后才发现，贼子早就不知道跑哪儿去了。

现在这是第三次。

三

正是农历五月，春末夏初。气温适中，清爽宜人。

农人们干了一天的活，可是晚上还不得歇。麦子收割了，要抓紧脱粒，趁大太阳晒干归仓。怕下雨。一下雨就全完了。如果淋了雨，再好再多的粮食都废了。所以晚上社员们还要到生产队的大场上去脱粒。那年头，经常这样“挑灯夜战”，好像是“农业学大寨”的做法。我的父母回家歇了会儿，擦把汗，咕咚咕咚喝了几口水，只听队长的口哨“嘟嘟——”地响了起来，又赶忙出门“夜战”去了。

生产队的仓库前有一个很大的场地，我们叫它大场，很平整，用来开会，打稻子，打麦子，打豆子，剥玉米；晒稻子，晒麦子，晒玉米，晒豆子，偶尔公社的电影放映员也会来这里放一场电影。仓库旁边是办公室兼会计室、饲养室、值班室。大场的东边，有一个圆形的水池，四周池壁用砖砌成，有台阶通往池中。这是生产队里的牛专用的“避暑山庄”。每到天热了，池里蓄上大半池水，水牛干完活后，就被赶到池里歇着。它们大概是卧在池底，把整个身子都淹在水里，只留下脑袋在水面上，既可消暑降温，又可防蚊蝇叮咬。水池很大，可以容纳好几头牛。不知道是什么人的发明，真聪明！

几支电灯、汽灯把大场照得亮如白昼。几台脱粒机在突突突地轰鸣。社员们在忙着，有的负责操作机器，有的负责传递麦捆，有的负责往机器里递喂麦捆，有的负责把脱过粒的麦秆堆到一起。脱粒既是体力活，又是个技术活，要技术熟练，胆大心细，不是所有人都能干的。曾经有人手被卷进脱粒机里，血肉模糊，导致残疾。

晚上干活辛苦，但也有好处——生产队里管饭。这是一年中少有的生产队管饭的机会。白米饭，红烧肉，还有青菜，可以放开肚皮吃，管够。还有稀饭，没有掺玉米糁的，纯米粥。那时穷，平时连肚子都填不饱，更别说吃肉了。所以，晚上干活不但不苦，还是美事。不但干活的大人可以吃，像我们这样的小毛猴子来蹭饭，也没人说你。

何况今天还多了一样乐趣：有贼子可看。

贼子有什么好看的？是啊，不知道。就是好奇，想看。

我和小伙伴们都去了，要看看这个贼子到底长着怎样的三头六臂。

四

贼子被抓回来了，就绑在大场边的树上。

我们赶到大场上，饭菜已经烧好了。空气里弥漫着饭香、肉香，香喷喷的，让人直流口水。脱粒机依然轰鸣着，一部分人仍然在干活；另一部分歇了手里的活，一人抱着一个大碗，围在大树下，边吃饭吃肉边看热闹。

大场上很亮，只有大树那边有点暗，又被人们围着，看不清贼子什么样。我们使劲吞咽了几口口水，终究是馋虫战胜了好奇心，先跑到盛饭的大木桶前，每人盛了一碗米饭，上面堆满了油汪汪的红烧肉——青菜是不屑吃的。有肉吃，谁还吃菜啊？像饿死鬼投胎，一个个端着饭碗狼吞虎咽，一边吃着，一边相约着去看贼子。

贼子就在大场东边的树上吊着。可是我们竟有点犯怵。在我们心目中，我们本地的那个贼子就是天下所有贼子的“范本”。五大三粗，长相凶狠，一瞪眼、一声吼就能吓死人。虽然明知贼子已经被捆起来了，可是心里还是有点发毛。也许是担心贼子记住我们的相貌，以后报复我们吧。不过我们还是鼓起勇气，互相招呼着，挤进人群，终于看到那个贼子了。谁知这么一看，倒让我们大失所望。

那个贼子双手被反扭在背后，用麻绳捆绑起来，吊在树上。脚尖刚刚够着地面，半悬空着。细看上去，年龄不大，估摸也就十几二十岁吧；个头不高，又瘦又小，穿一身脏兮兮的破衣裤，身上的黑肉都露出来了——哪有肉，都是黑皮，瘦骨嶙峋的。脸上又黑又脏；头发乱蓬蓬的，像乱草一样，也是又长又脏。一股馊臭味，不知道几天没洗澡了。生产队长——也是我大伯——正在大声地呵斥他。我的二爹爹，也在旁边，边骂骂咧咧边抽他耳光。他低垂着脑袋，嘴边被打破了，鼻涕、口水和着血，一起往下流。一直在哼哼，看上去可怜巴巴的，谁都可以上去踢他一脚，打他一巴掌，一点也没有想象中的凶狠。

虽然快到夏天了，可是晚上还是挺凉的。可那个贼子却是满头大汗，脸上大滴大滴的汗珠一直在往下滚。只听他嘴里在哼哼着：

"爹爹奶奶啊，求求你们了，给我点水喝吧。"

不知道他哼哼多久了，有气无力的，好像快虚脱了，反正没人理他。见我们来了，他又大声哼哼起来：

"爹爹奶奶啊，求求你们了，给我点水喝吧。"

也许是嫌贼子叫得烦了，我的二爹爹气冲冲地拿起一只舀子，走到池边舀满了水——水里混合了牛粪、牛尿和其他脏物。二爹爹是生产队的饲养员，他可知道这水有多脏！端到贼子跟前，举起来就要喂给他喝。只见生产队长一把打掉二爹爹手里的舀子，断喝一声：

"你昏了！要害杀他啊！"

那水不但脏，而且很凉。

队长转过头来，让人盛了一碗稀饭，端到贼子嘴边，让他喝。那贼子像饿急了的狗一样，伸长脖子，就着碗边把粥喝完。还想吃，队长不理他了。

这个贼子的长相，一下子粉碎了我们对贼子的所有想象。我们很快就对他没了兴趣，回家睡觉去了。听说第二天，生产队里的民兵就把他押送到公社去了。

2018 年

第二辑 大地十记

我在大地上行走
像一只
孤独的蚂蚁
虽然渺小
也要留下
小小的印记

水润南阳

——大地十记之一

没想到，第一次来南阳，来到南阳的第一个晚上，我心心念念的竟是南阳的水。

晚餐过后，主人热情地邀请作家们移步会议室，笔墨纸砚早已备好，希望各位留下墨宝。几位作家兼书家铺纸濡笔，潇洒挥毫，行云流水，墨香四溢。我不擅书，再三推辞不过，只好恭恭敬敬地写了四个字：

真水无香。

这是乙未年七月初七日，我第一次到南阳，到南阳的第一个晚上。主人把我们安排在鸭河口水库旁边的一个宾馆。

我自己都不明白为什么会写下这么几个字。

南阳于我而言，是一座既熟悉又陌生的城市。说熟悉，是因为她大名鼎鼎，我从中学起就在课本以及各种文学作品、史学著作里屡屡与她相遇；说陌生，是因为从未有缘与她“肌肤相亲”。南阳于我而言，又是一本厚重的大书，厚重得令人敬畏，让人仰视。翻开这本大书，我看到了四五十万年前白河上游“南召猿人”的身影，领略了春秋战国高超发达的铸铜、冶铁工艺，发现了西汉完备先进的水利设施，品鉴了明朝丰美精湛的园林、绘画、雕塑、书法，欣赏了清朝巍峨壮观的古建筑……据说，大诗人李白对南阳情有独钟，不仅多次光顾，而且留下了很多名篇佳构，热情礼赞南阳的美丽与繁华："清歌遏流云，艳舞有余闲。遨游盛宛洛，冠盖随风还。""惜彼落日暮，爱此寒泉清。西辉逐流水，荡漾游子情。空歌望云月，曲尽长松声。"他那首著名的《送友人》，就是创作于南阳的白水之滨："青山横北郭，白水绕东城。此地一为别，孤蓬万里征。浮云游子意，落日故人情。挥手自兹去，萧萧班马鸣。"所以，我是带着朝圣的心情来的，下定决心要好好读一番这本厚重的大书。

没想到，第一次来南阳，来到南阳的第一个晚上，我心心念念的竟是南阳的水。

其实到这个时候为止，我并没有真正见到南阳的水。夜宿鸭河畔，窗外虫声呢哝，树影婆娑，我辗转反侧无法入眠。拉开窗帘，一窗月光倾泻而下。我久久凝视着薄雾弥漫的秋夜，努力想象着月光下静静沉睡的一池清水的模样，脑中油然冒出一首打油诗："春江水暖鸭先知，鸭河水暖谁先知？左思右忖觅不得，明朝下河问鸭去。"当我把这首打油诗在微信朋友圈"发表"之后，一位著名诗人点赞曰："有禅机。"

难道世界上真的有心灵感应这回事吗？第二天早上，主人好像知道我的心事似的，居然真的安排我们下河了。当然并没有真的下水，河里也没有鸭子，我们只是坐着快艇在水库里转了一圈。到这个时候，我才有幸一睹鸭河芳容。站在坝上眺望水库，但见碧波万顷，湖天一色；群峰叠翠，绿烟霭霭。坐上快艇，我们向湖中心飞速前行。水中鱼儿游弋，水面鸟儿低掠。透过水面向下看，湖水蓝得像海水一样，深不见底。船夫打趣说：我给你们捞几条鱼，中午吃吧？他的话勾起了我对童年往事的回忆，那时候门前的小河水清澈见底，水中的鱼虾、水草清晰可见，我们经常在河里游泳戏水、摸鱼摸虾。作为一个在长江边长大、对水有特殊感情的人来说，能在中原地带见到这么丰沛、这么清澈的水，真的既亲切又惊讶！

其实我这是井底之见了。南阳真是一块风水宝地，她各种资源都很丰富，而水资源更是特别丰富。南阳河流众多，分属长江、淮河、黄河三大水系，长度在百公里以上的河流就有 10 条，水资源总量达 70 多亿立方米，水储量、亩均水量及人均水量均居河南第一。

都说一方水土养一方人，人们把水排在土的前面，可见对水的重视。如果没有水，土地会干涸、龟裂，寸草不生，颗粒无收，如何养人？水是万物之源。大地有了水，才肥沃起来；城市有了水，才灵动起来；植物有了水，才滋润起来；人有了水，才美丽起来；南阳有了水，所以物华天宝，人杰地灵。南阳矿产资源丰富，天然碱、蓝石棉、高铝矿物等储量居全国之冠，独山玉是中国四大名玉之一；南阳植物资源丰富，是全国粮、棉、油、烟的集中产地，果类、中药材、月季花全国有名，素有“中州粮仓”“天然药库”之称；南阳名人辈出，“科圣”张衡、“商圣”范蠡、“智圣”诸葛亮、“谋圣”姜子牙、“医圣”张仲景等都是出生或曾活动于此；到今天，“南阳作家群”还是引人注目的一个文学现象，许多作家的名字如雷贯耳，我们这一行采风的作家中就有好几位是南阳人。这样厚重的文化积淀，这么丰饶的物产资源，无不是拜水所赐。古人说：“上善若水。”又说：“智者乐水。”南阳的水，使这方土地更加灵气滋润，使这里的人们更加智慧善良。

凡是到过江南水乡的人，无不对那里户户临水、家家枕河、“小桥流水人家”的景致赞不绝口。相比之下，南阳的水显然少了一份婉转，一份浪漫，一份诗意。它就那么实实在在地澄碧着，在澄碧中不经意地暴露出自己的美丽。它就那么实实在在地浇灌着土地，滋润着万物，养育着生民。南阳人似乎并没有过多地做过水文章，要说做文章的话，也是实实在在的文章。这一点，真的很像河南人的性格，淳朴，憨厚，实在。南阳的水利是自古有名的，西汉时就是全国三大灌区之一。如今，南阳又成为南水北调中线工程的核心水源地和渠首所在地。她的水不仅滋养着当地的万物，还向京津冀等缺水地区慷慨地敞开了胸膛。

那一天，我们不惧长途奔波，只为了去看一眼南水北调渠首和丹江口水库。南阳的空气特别洁净，阳光几乎没有任何遮蔽地直射下来，阳光下的湖水比鸭河水还清还蓝，宛如一枚巨大的蓝宝石。主人介绍的一组数据深深地打动了我：南阳 10 万民工用了 5 年零 8 个月时间修成引丹总干渠，141 人牺牲，2880 人受伤致残；库区淹没土地总面积 144 平方公里，迁出、安置移民近 20 万人，各项损失多达 90 亿元；关、停、并、转水源区污染企业近 500 家，南阳水源地水质已连续 7 年保持优良。

我们默默地凝视水库，向这一方清水致敬。

2016 年

丝绸盛泽

——大地十记之二

盛泽，一块五彩斑斓、轻柔光滑的丝绸，轻轻地飘落在江南的山光水色间，装点得这片山水分外妖娆。

一

一块五彩斑斓、柔软光滑的丝绸飘落在江南的山光水色中，人们给她起了一个好听的名字，叫“盛泽”。

盛泽是苏州市吴江区下属的一个镇，地处江浙两省的交界处，春秋时期是吴越两国的边城之地，可吴可越。当地有学问的老人说，盛泽地名的由来，有好几种版本；可是我还是愿意“望文生义”，相信这个名字肯定与当地湖泊众多有关。

的确，盛泽“盛泽”，湖泊众多，水资源丰富。盛泽镇的东西两头，分别是两个湖。东为菱叶渡，俗称东白漾，虽然面积很小，但它的四周却连通着五条河。西为盛泽荡，俗称西白漾，又名舜湖，这是一个大湖，纵横逾四里，水势壮阔，烟波浩渺。两湖之间，一条市河横贯东西，两岸就是镇里最为繁华的南北两大街。徜徉在镇区的任何一个地方，随处可见一湾湾绿水，一座座小桥，幽雅而又富于水乡情致。据地方志记载，舜湖周围 10 公里，“水光回绕，遥接平林，凫渚花汀，更多殊境。波卷洞庭之雪浪，源探天目之云根，贾舶渔舟，疾催飞鸟，千树万落，掩映烟峦”。

这里简直就是上帝赐予的一方宝地。地处太湖流域的盛泽，沃野平展，阡陌纵横，湖荡密布，雨量充沛，气候温暖，物产丰阜。

在这丰富的物产中，有两种毫不起眼的生物结合在一起，衍生出了一种美丽绝伦的物件。

在漫山遍野的草木植被中，有一种树，叫桑树。千百年来，它春绿秋黄，冬天叶枯掉落，无人理会。

在无以计数的动物中，有一种虫儿，人们叫它蚕。多少年间，它吐丝结茧，羽化成蛾，自生自灭，无人理会。

不知道是哪一朝哪一代、哪一年哪一月，不知道是哪个聪明的先人，突然发现桑叶可以喂蚕，蚕可以结茧，茧可以缫丝，丝可以织成布匹，缝成衣裳……

于是，一种叫作“丝绸”的东西问世了。它的发明者不知道，这种薄如蝉翼、轻如鸿毛、柔滑似水的东西，竟会价比黄金，竟会闹出惊天动地的大动静，铺就一条中国通往西域的“丝绸之路”……

二

在一只形同筛子的竹编容器中，一只肥嘟嘟的蚕宝宝正在专心致志地啮食着鲜嫩洁净的桑叶。它是那样贪婪，那样专心，以致无暇理会它的小伙伴们——它们也都在埋头啮食着桑叶，顾不上彼此交流。

它们是那样专注于眼前的美食，谁也没有注意到，在它们的容器旁，站立着一位瘦削的农人，那是它们的主人，正用欣赏的眼光温柔地抚摸着它们。是他，以及他的家人，为蚕宝宝们准备了如此鲜嫩洁净的盛宴。他们知道，蚕宝宝爱干净，不能容忍一丁点不洁。

这些蚕宝宝已经经过三轮蜕皮了，在它们的生命中，这已经是壮年了。它们将完全成熟，渐渐停止进食，准备“上山”吐丝结茧。而它们的主人，已经准备好了结茧所需的簇器，准备迎接蚕的一生中最辉煌时刻的到来。

蚕宝宝的生命很短暂，短暂到只有四十到六十天；蚕宝宝的思维很简单，它们只是拼命地吃桑叶，把自己吃得白白胖胖的，然后吐丝结茧，羽化成蛾。它们没想到，自己用生命吐出的丝，对人类还有那么大用场，没想到洁白的丝线能变成多彩的丝绸。

蚕宝宝没想到的，盛泽人想到了。早在五千年前，太湖流域的先民们就已学会了栽桑、养蚕、缫丝、织绸。至唐代，盛泽一带的丝绸生产已渐成规模，几乎家家户户都养蚕缫丝。“四邻多是老农家，百树鸡桑半顷麻。尽趁晴明修网架，每和烟雨掉缫车。”这是晚唐诗人陆龟蒙寓居吴江时所作的诗句，可见当时吴江地区养蚕缫丝已相当普遍。元代，著名的意大利旅行家马可·波罗游历到此，目睹了这里生产的生丝和绸缎，见到了许多商人和手工艺工人，称赞这里生产的绸缎质量最好，并在《马可·波罗游记》中记述了将绸缎运至省中出卖的情况。

明代，随着东南沿海的开发，盛泽的手工丝织业迅速兴起和发展，形成颇具影响的产业。据乾隆《吴江县志》记载，明成化、弘治（1465—1505）以后，“盛泽、黄溪四五十里间，居民乃尽逐绫绸之利，有力者雇人织挽，贫者皆自织，而令童稚挽花。女工不事纺绩，日夕治丝”。明末清初，盛泽的丝绸贸易日趋繁阜，先后出现了新杭绸市、黄溪绸市和盛泽绸市，形成了“水乡成一市，罗绮走中原”的盛况。明末著名文学家冯梦龙在《醒世恒言》中描绘当时的盛泽是：“市上两岸绸丝牙行，约千百家，远近村坊织成绸匹，俱到此上市。四方商贾来收买的，蜂攒蚁集，挨挤不开，路途无伫足之隙。乃出产锦绣之乡，积聚绫罗之地。”随着丝绸业产量不断增长，外省的绸商纷纷来盛泽采购丝绸，并在盛泽建立会馆。从顺治（1644—1661）到嘉庆（1796—1820）年间，盛泽先后建成了金陵、任城、山西、绍兴、宁绍、华阳、徽宁、济东八大会馆，“为全国所仅见”。

从明代中叶至今的五百年间，虽然世事变迁，历经盛衰，然而丝绸业始终是盛泽经济的支柱。盛泽以一个小镇的规模，与苏州、杭州、湖州并称为中国四大绸都。民国年间，有报纸形容盛泽“日出万绸，衣被天下”，就是当时盛泽最好的写照。

三

丝绸的发明者，一定是位风华绝代的美女。她热爱美，又有着超群的想象力。

传说中的丝绸发明者嫘祖，正是这样一位绝色佳人。她是传说中的北方部落首领黄帝轩辕氏的元妃。据说是她发明了养蚕治丝，北周以后被祀为“先蚕”（蚕神）。唐代著名韬略家、大诗人李白的老师赵蕤所题《嫘祖圣地》碑文称：“嫘祖首创种桑养蚕之法，抽丝编绢之术，谏诤黄帝，旨定农桑，法制衣裳，兴嫁娶，尚礼仪，架宫室，奠国基，统一中原，弼政之功，殁世不忘。是以尊为先蚕。”元代金履祥《通鉴纲目前编·外纪》载：“西陵氏之女嫘祖为黄帝元妃，始教民育蚕，治丝茧以供衣服，而天下无皴瘃之患，后世祀为先蚕。”盛泽的先蚕祠是江南地区仅存的供奉“蚕神”嫘祖的庙宇。自古以来，每年蚕月开始时，蚕农都会祭祀嫘祖。传说中嫘祖的生日“小满”当天，先蚕祠都会举行规模盛大的祭祀活动，同时连唱三天“小满戏”以酬谢嫘祖恩泽。

传说当然不可考也不可信，可是我们还是要感谢聪明的先人，为我们发明了这么一种美丽的面料，把这世界装扮得更加绚丽多彩。盛泽人也许不是最早发明丝绸的人，但是他们把丝绸做到了极致，做出了世界上最美的丝绸，做成了中国最大的丝绸产地。

盛泽生产的丝绸种类繁多，品质优秀。春秋战国时期，当地的养蚕方法已经十分讲究，缫出的蚕丝质量很高，其纤维之细之匀，可与近代相媲美，当时已有“一女不织或受之寒”的民谚。秦汉时期，盛泽丝绸技术飞跃发展，染、织、绣工艺空前提高。隋唐五代时期，丝绸工艺技术达到前所未有的水平，各种产品丰富多彩，特别是纬锦大量出现，标志着提花技术的重要变革。唐代，盛泽生产的吴绫成为贡品。明正德《姑苏志》上说：“绫，诸县皆有之，而吴江为盛。唐时充贡，谓之吴绫。”到了明代，丝绸技术高度成熟，盛泽生产的丝绸就有绢、罗、绫、绸、纱、绵布、苎布、缣丝布等许多种类。“盛纺”曾是盛泽丝织品中产量最大的品种，也是最具代表性的丝绸产品，因质量优异而被冠以地名，与“杭纺”齐名。清代，传统丝绸业达到了手工生产的顶峰，在清宣统二年（1910）举办的南洋劝业会和意大利都灵博览会上，盛纺都捧回了最高奖项。1915年，盛纺还与茅台酒一起荣获美国巴拿马赛会金奖。

在盛泽，五颜六色的丝绸以及丝绸制品争奇斗艳，令人眼花缭乱，目不暇接。其中最引人注目的当属宋锦制品。宋锦是宋代发展起来的以桑蚕丝为原料经线和纬线同时显花的具有宋代艺术风格的织锦，它与南京云锦、四川蜀锦一起，被誉为我国的三大名锦。宋锦古朴典雅，结构细腻，图案纤巧秀美，色彩艳而不俗，被誉为中国“锦绣之冠”，已被列入世界非物质文化遗产。爱美的女士们当然不会错过这些精美的衣裙、手包、披肩，爱家的男士们当然也不会空手而归。

盛泽，一块五彩斑斓、轻柔光滑的丝绸，轻轻地飘落在江南的山光水色间，装点得这片山水分外妖娆。

2016年

品味仙居

——大地十记之三

仙居，就像这杨梅酒一样，需要慢慢地品味，慢慢地欣赏，慢慢地享受，在不知不觉中沉醉其间。

神仙居

柔和的阳光从东方喷薄而出，沾着湿润的晨雾，便化作七彩的颜料，泼洒开来，洒在高耸的山峰上，洒在翠绿的树木上，洒在土地、青草、鲜花上，皴染出一幅极淡雅的山水画。升腾变化的雾气，仿佛是宣纸上尚未洇干的墨迹，以缓慢的速度变幻着造型，挺拔的山峰掩映在朦胧的云雾怀抱之中。画的层次感极强，近处的叶片纤毫毕现，远处的群山云雾缭绕，一层一层模糊下去。

我们带着由衷的赞叹，走进这湿漉漉的画中。

雨后的空气格外清新，空气中弥漫着新鲜的泥土气息和花草香气。山色迷蒙，水气缭绕。用轻盈的步履，品读神仙居，一步步读的都是唐诗与宋词。“天街小雨润如酥，草色遥看近却无。”“天阶夜色凉如水，卧看牵牛织女星。”多年前读过的那些诗句，呼噜呼噜地都冒了出来；更有那骚人诗兴大发，当场吟诗作赋，一时间此起彼伏，你唱我和，倒也热闹得紧。

来到神仙居，不由得想起李白的诗句：“不敢高声语，恐惊天上人。”神仙居景区内群山环绕，山峰平均海拔1000米以上。奇峰环列，山崖陡峭，基岩落石处处成景，集“奇、险、清、幽”于一体，汇“峰、瀑、溪、林”于一地。身处其境，处于袅袅雾霭之中，大有飘飘欲仙之感。山中风光晴雨不定，时而阳光明媚，群山苍翠雄伟，绵延不绝；时而小雨霏霏，群山云雾缭绕，仿佛天宫时隐时现。四周拔地而起的笔直断崖高耸入云，宏伟壮丽，如果不是借助于索道，我们也许无法在天上宫阙体验一把神仙的逍遥自在。

神仙居最大的特点是“奇”。不仅山奇、峰奇、石奇、水奇，四周的崖壁也充满奇异色彩。沿山路缓步而行，周遭形态各异的石峰不断引来一阵阵惊呼。如同所有的景区一样，神仙居人也为这些奇石异峰起了一个个形象的名字。位于十里幽谷口的“睡美人”，正像一位睡梦中的妙龄少女，仰靠在山崖上，媚态万千；就连对崖那块守望美人亿万年的“将军石”，眉宇间似也平添了几多怜惜。

神仙居是世界上最大的火山流纹岩地貌典型，景观丰富而集中，“兼有天台之幽深、雁荡之奇崛”，清光绪年间的《仙居县志》就记载了神仙居八大景观：“双峦架日”“天柱插空”“仙人叠石”“象鼻锁洞”“瀑布水”“观音洞”“狮子峰”“幞头岩”。现在，景区有观音岩、如来像、迎客山神、将军岩、十一泄飞瀑等百余个景点。从这些名字就可想象出山石峰岩的各自造化。高崖巨屏、奇岩怪石的排列组合，如顽童泼墨，妙趣横生，一山一水、一崖一洞、一石一峰都能自成一格。

潺潺的水声，一路追随着我们，不离不弃得像钟情的少女。因为连续几场雨，神仙居的水量格外充沛。路边小沟里，清澈的溪水欢快地流着，偶尔遇到凸起的石块，就顽皮地打个滚，留下几朵小小的浪花，又急急地追赶同伴去了。有时走着走着，泉水不见了；可当你拐过一个弯去，又不期然地与它相遇，仿佛故意要给你一个惊喜似的。神仙居的瀑布也多，有名的有十一处。不时有或大或小的瀑布，从高而陡的山崖直泻而下。飞天瀑号称神仙居最美的瀑布，瀑布随风飘荡，形成“S”形的曲线飘落而下，十分美丽。象鼻瀑是神仙居中水量最大的瀑布，常年流水不干，瀑声震耳欲聋。从侧面看上去，象鼻瀑所在山体酷似一头大象的面部，而象鼻瀑刚好从大象的鼻子所在位置飞流而下。

山因水而灵，水因山而活。丰沛的雨水，让神仙居变得格外滋润，为神仙居披上绿色的盛装。神仙居风景绝美，更是一个神奇的植物王国，共有植物约

1400种。毕竟是神仙居住的地方，景区里古树名木林立，奇花异草遍地，有珍贵的长叶榧和南方红豆杉，还有目前世界上独有的新植物“油点草”。这些花花草草都有着非常好听的名字。像珍贵的藤上奇花朱雀花，外形与朱雀极为相似，更有着各种惟妙惟肖的动作造型。朱雀花直接长在藤蔓上，花萼像鸟头，花瓣如鸟身，有褐色的头，修长的身，微张的双翼，还有翘起的鸟尾，有如朱雀飞舞。每年三四月朱雀花开时，花朵吊挂成串，每串二三十朵不等，串串下垂，酷似无数碧玉雕就的朱雀落在枝头。万鸟栖枝，神形兼备，令人叹为观止。值得一提的是，神仙居里有很多景点是以朱雀命名的，如朱雀瀑、朱雀桥等。关于朱雀花，还有个美丽的传说。相传数百年前，“八仙”之一的铁拐李来到人间，看到稻田的谷穗被一大群朱雀吃光，农民颗粒无收，顿生怜悯之心，便用山藤将朱雀缚住，弃之于山野间，只是每年清明节前后庄稼青黄不接之时才将朱雀放飞，于是便有了这阳春烟雨中玲珑可爱的朱雀花。

还有华丽绝美的彼岸花，也有一个传说。相传以前有两个人名字分别叫作“彼”和“岸”，上天规定他们两个永不能相见。他们惺惺相惜，互相倾慕，终于有一天，他们不顾上天的规定，偷偷相见。见面后，彼发现岸是一个貌美如花的女子，而岸也同样发现彼是个英俊潇洒的青年，他们一见钟情，心生爱念，便结下了百年之好，决定生生世世永远厮守在一起。因为违反天条，这段感情最终被无情地扼杀了。天庭降下惩罚，给他们两个下了一个狠毒无比的诅咒，让他们变成一株花的花朵和叶子，只是这花奇特非常，有花不见叶，叶生不见花，生生世世，花叶两相错，这就是彼岸花。凄美的故事让彼岸花更加动人。

还有那云。神仙居的云也格外地多，格外地奇。“海是龙世界，云是鹤故乡。”自古鹤与仙是连在一起的，仙人所在的地方当然少不了云。云是仙人的交通工具，没有了云，仙人如何出行？攀上顶峰，站在观景台上，举目四望，天空祥云缭绕，山间雾气蒸腾，波涛汹涌，恣肆汪洋，变幻万千，云海美景，宛若仙境。观音峰盘坐在云海之中，栩栩如生，有如南海观音踏云而来。行走在景区的悬空栈道，如在天宫。“松下问童子，言师采药去。只在此山中，云深不知处。”那密林深云之中，不知道有多少仙人出没其间。

“山不在高，有仙则名。”神仙居完全印证了这句话。作为仙人居住的地方，神仙居声名远播。所以当年宋真宗听闻后大发感慨，说此地“洞天名山，屏蔽周围，而多神仙之宅”，于是下令将台州永安县改名仙居，于是“仙居”之名一叫就叫到了今天。

皤滩古镇

神仙居风光虽好，究非我等凡人久留之地。从神仙居下来，踏入皤滩古镇，我们从超凡脱俗的仙境一脚跨进世俗人间。

皤滩地处仙居的母亲河——永安溪畔。皤滩是永安溪独一无二的五溪汇合点，朱姆溪、万竹溪、九都坑溪、黄榆坑溪同汇至永安溪，溪面至此变得开阔，盛水期可同行十多只大木船。在那陆路运输靠肩挑背扛的年代，水运是最廉价便捷的，故而为商贾首选。早在公元998年前，这里就因水路便利而成为永安溪沿岸一个繁华的集镇。

古街的入口处很不显眼，三米多宽的街口与普通的小巷毫无差别。然而走进古街，我们便被它悠久的历史、昔日的繁华、精湛的艺术深深吸引。据介绍，从空中看，皤滩古街形似一条龙，西龙头，东龙尾，中间弯曲成龙身。龙头所对正是五溪汇合点；龙尾处，飞檐马头墙、砖雕牌坊鳞次栉比，特别是那座国内罕见的砖雕牌坊，高三点五米，宽八米，雕刻着一组组龙凤呈祥、麒麟献瑞、鹤鹿祈福以及花卉人物的图案，玲珑剔透，栩栩如生，更使龙尾平添了一份灵气和动感。街道全部由鹅卵石铺嵌，街道两旁保存有唐、宋、元、明、清等各个时代的建筑，码头、店铺、客栈、戏台、当铺、书院、祠堂、庙宇一应俱全。

看过很多“崭新”的古镇，皤滩古镇陈旧得令人疑心是假的。一街的鹅卵石，被岁月的脚步踩踏得无比光滑；两侧的旧民居，斑驳的油漆写满了岁月的沧桑。残存的九曲龙形街，宽不过三四米。古街两边，大部分是木质建筑，风雨驳蚀的板壁，古迹斑斑的板门，高过街面的石板柜台，古色古香的招牌，把一个古商贸集市活灵活现地展现在人们面前。街边的药堂当铺、青楼酒肆、名士府邸，见证着古镇往日的繁华。那些破落的马头墙、门阙以及落满灰尘的临街的石柜台上，仿佛还能寻觅到一丝往日的辉煌和繁华。数个世纪来，这里上演了多少悲欢离合，都湮没在历史的风云中，无声无息。

徜徉在皤滩古街上，我们用目光抚摸着古屋、古井、古戏台、古宅院，如同翻阅着一本古老的书。泛黄的册页中，写满了数百年的故事。古街上的居民很少，他们悠闲地坐在街边屋前，有的守着摊子，却并不如一些古镇小贩那样大声招揽客人；古镇民风淳朴，做小本买卖的大姐“买一送一”，让我们用一份的价钱享用了两份冰凉的石莲豆腐；游客也少，都在安安静静地看，拍照，没有景区惯有的喧闹。我生性安静，喜欢这安静，喜欢这古镇的宁静。只有脚上的皮鞋与脚下的鹅卵石摩擦发出的吱吱声，让我恍如走入一片被岁月尘封了千年的云烟中。

龙形古街的一个显著特点是九曲迂回，一拐一景，众多的“龙爪”就像攀缘在古街角角落落里的传说和掌故。看似到了尽头，转弯却又是另一古街境地，让人有“山重水复疑无路，柳暗花明又一村”之感。后人考证，古街依据溪流走向修建而成，每段街往北皆有一个埠头。皤滩最繁华时设有十多个地方专埠，比如金华埠、永康埠、丽水埠、缙云埠、云和埠、龙泉埠等，食盐、布匹、陶瓷、药材、山货等物资均在皤滩埠头水陆中转。古街就是为了适应船埠建造的需要，在经历不同时期的发展后形成了九曲形状。

皤滩最炫目的是龙街两边的百年老铺，虽然这些建筑的风格因主人来自四面八方而有所不同，但他们严格地遵循着龙形街“四间一封”的建筑规则，即每过四间店铺商号，就设置一个风火墙作为隔断，既可防火防盗，又起到了统一规划的作用。

这里虽为商业古镇，其文化底蕴却出人意料地深厚。漫步古街，古风扑面，恍如走进唐诗宋词的意境里。这里至今完好保存着唐太宗李世民诏词“霞蔚云蒸”的麻布堆灰匾、清雍正年间张若霞的“贻厚堂”匾、清吏部侍郎齐召南的手迹“洛社名高”匾，还有建于南宋绍兴年间的何氏里宅居里的“大学士”匾与密麻盖壁的“官报”“捷报”等榜文、“爱而亲家风光万古，忠且义祖德著千秋”等楹联，这些珍贵的遗迹无不折射出古镇的文化内涵。

古街近末端，突兀矗立着一座皤滩针刺无骨花灯展厅。这花灯号称中华第一灯，无骨无梁，全以针刺彩纸裱糊而成，制作精细，构思巧妙，小巧玲珑，里面的灯珠亮后，姹紫嫣红，光彩夺目。传说是一秀才进山迷路，仙女提神灯送他回家。秀才回家后仿照神灯制成针刺无骨花灯。自然，此乃无稽之谈，但从一个侧面反映了此灯的美丽神奇。

走出皤滩古街，迎面便是一片玫瑰园。玫瑰虽然不再灿烂，但依然香气袭人，令人陶醉。美艳的玫瑰花，与古街的青砖灰瓦形成了鲜明的对照。历史与现实，传统与现代，凝重与奔放，就这么无缝对接在一起。

走进皤滩古街，便走进悠久的历史；而走出皤滩古街，却走不出历史的视线。

桐江书院

如果不是来仙居，真的想不到江南还有保存这么完好的书院。

从皤滩古街出来，走不多远，是一条小河，河面被密密的浮萍和水葫芦所覆盖，河两岸的柳树嫩绿着穗叶；跨过小石桥，穿过一片疯长着的野草和其他不知名的植物，突然，右前方的不远处，一座白墙黑瓦的建筑群，静立在一片开阔的旷野上。我们都不由自主地加快了脚步，向它奔去，心情稍稍有那么一点激动。

这是一座三进两抱的徽式建筑，白色的外墙布满了时光的印记，却保存得相当完好。白墙黑瓦，清淡素雅，外墙形状酷似一把弓箭，饰以龙头鱼尾图案，建筑由正门、鼎山堂、大成殿及东西厢房构成，为清代的建筑物。正门两侧书有一副对联："文公访道地，殿元受业家。"文公，即宋朝著名理学家、思想家、哲学家朱熹；殿元，指南宋名臣王十朋。书院北望永安溪，东临鉴湖，西南有道渊山、眠山、赤山，"三小山峙立其前，状如鼎足"。书院门前右侧，两棵高大的苦槠树，枝繁叶茂。不知道它们在这里站立了多少年？可曾见过当年先生俊朗的身影，可曾听过当年学子琅琅的读书声？

院子里没有人影，寂然无声，只有一只蝴蝶和几只蜜蜂追随着我们这群稀有之客，仿佛殷勤地表达着地主之谊。没有先生，也没有学子，这里空余一堆砖瓦。这砖瓦中浸润了太多的书香，浓得化不开，熏染着每一个虔诚的朝拜者。

江浙一带，素有"耕读传家"的传统。古代仙居，除了官方办学，民间办学风气也很盛。早在南宋，仙居就有桐江书院、上蔡书院、桐林书院、吴芾园、鉴玉堂等八大书院。到了元朝，在朝廷废除科举的情况下，仙居的翁森却辞官回乡创办了“安洲书院”，从学者多达800多人。明清时期，仙居办学之风更盛。清同治年间，仙居全县有八家个人捐资创办的免收学费的书院，号称“八正书院”。读书明理，蔚然成风，为国家培养了一大批栋梁之材。

桐江书院始建于宋乾道年间（1165—1173），为晚唐诗人方干第九世孙方斫所建。方斫，字宗璞，号子木，又称韦溪先生，宋乾道八年（1172）特科进士。他以方氏族产创办了这座书院，因方干晚年隐居桐庐，为纪念先祖，书院以“桐江”为名。“旁置义田数十亩，以备四方来学膏火之费，一时文人荟萃。”

桐江书院创办后，名闻遐迩，“四方之学士文人，负笈从游者尝踵相接”。书院培养了众多的文人儒士，从书院中走出来的有状元一名，进士二百多名，举人、贡生、秀才更是不胜枚举，方斫厥功至伟。郑公鲤特作《韦溪先生祠堂记》记述方斫功德：“在绍兴间，蔚为诸儒领袖，学者尊之，号曰韦溪先生。”“惟先生志益固，守益坚，潜心六经，卓然屹立于众醉独醒中，遂为东南学者表正之师。”

更为可贵的是，方斫以其人格魅力和学术修养，吸引了当时一流的学者朱熹、吴芾、王十朋、陈庸等人前来讲学，对浙东南一带的学术界产生了深刻的影响。朱熹曾多次前往桐江书院拜访、讲学，并遣子从学于桐江书院。清光绪年间《板桥方氏宗谱》还收录了据传为朱熹的《送子入板桥桐江书院勉学诗》：“当年韩愈送阿符，城南灯火秋凉初。我今送郎桐江上，柳条拂水春生鱼。汝若问儒风，云窗雪案深功夫。汝若问农事，晓烟春雨劳耕锄。阿爹望汝耀门闾，勉旃勉旃勤读书。”朱熹还手书“桐江书院”“鼎山堂”两匾，其中“鼎山堂”一匾保存至今。从此桐江书院名冠江南，后人号称“江南第一书院”。

自宋至清，政权不断更迭，桐江书院屡毁屡建，儒学在仙居弦诵不息。元朝皇庆年间（1312—1313），方斫玄孙方志道重建桐江书院，以振家声。书院附近的蟹坑岭上有方志道的摩崖石刻诗，字迹刚劲浑厚，楷书阴刻，诗云：“绿林锁雾气潜消，铁骑追风将独豪。端要摅忠期报捷，不须怀古事登高。”清朝同治九年（1870），候补县丞方松亭倾其家财，再次在其废墟上重建书院，这就是我们今天所见到的书院。

仙居历史上曾经出现过很多书院，如冲庵书院、安洲书院、义正书院，名气同样响亮，都曾因为这样那样的原因而遭毁灭，桐江书院也未得幸免，但它一次次浴火重生。令人叹服的是，1870年，方家后人们仅仅凭着一块遗瓦的记忆，在书院原址上开始重修，3年后，重构出一个全新的、完整的书院。这个瓦片由当地农民于锄田时偶然拾得，不管新建的书院是否忠实地恢复了原貌，至少说明方氏后人诚恳地看重这个书院、看重祖祖辈辈念念不忘的精神原形和文化衣钵。桐江书院的复活，使方氏家乡又凿开尘封已久的一脉文化源泉。

随着时代的变迁，这个隐于僻静山野的书院，缓缓合上了沉重的木门，在宏大的空寂中遗世独立，成为追思旧时文人的一隅方斋，成为怀念历史人文的古老读物。

桐江书院前有鼎山叠翠，后有鉴湖几亩，东有溪水烟柳，西可登临道渊山，钟灵毓秀。

书院的背后是绵亘不尽的青山，书院前的苦槠树依然蓊郁。据说是当年朱熹手植的，那么，也有近千年的历史了。

永安溪

坐在小小的竹筏上，任身体随着竹筏在水面上缓缓漂流。看蓝天碧碧，白云悠悠；看鱼翔浅底，水鸟翔集，任思绪随着白云在天空中舒卷，似乎若有所思，又似乎什么都没有想，把自己彻底放松在这片纯净的水面上，时间仿佛静止……这真是人生的一大快事，可顶半日的尘梦。

过去一直以为，“溪水”就是又窄又细的小股水流，我们在山间常见的，山谷里流淌的那种。没想到，仙居的“溪”那么长，长到141公里；那么宽，窄处几十米，宽处几百米，可以并排行驶十几条大船。

这就是永安溪，仙居的母亲河。

永安溪为浙江的八大水系之一——灵江—椒江的源头，流域面积2704平方公里，自西向东横贯仙居全境，至临海市城西三江村与始丰溪汇合为灵江。在古代，永安溪是仙居及其周边地区人们主要的交通线路，航运十分发达，溪中白帆点点，船只往来如梭，因而有仙居八景的“南峰眺艇”一景。随着陆路交通的迅速发展，永安溪已不再承担航运的沉重负荷，回归了它那宛如处子的娴静幽雅，像一道晶莹的白练在仙居大地上舞动，显得格外清丽脱俗。专家们曾高度评价它，“山谷溪流，清澈见底，终年不枯，据水质分析，可达一级饮用水标准”，是极少见的一条没被污染的河流。

从 1998 年开始，仙居人开发了永安溪漂流项目，为奔波劳碌的人们提供了一个放松身心的好去处。现开辟的永安溪漂流段总行程 7.68 公里，以仙居当地的特制竹筏作为工具。乘一叶竹筏顺流而下，或如履平地，或急穿险滩，人们得以远离城市的繁华和喧嚣。碧水、蓝天、远山，让人品味到似水柔情般的逍遥温馨和两岸奇趣横生的田园景色。

竹筏载着我们，轻轻地驶离漂流起点西门。竹筏是两个拼在一起的，坐了我们十几个人。竹筏前头高高翘起，便于减轻阻力。一坐上竹筏，置身在清幽的溪流上，我的心情就恬静下来，好像被眼前的溪水过滤过一样，洗脱尘俗。溪水从竹筏的缝隙间透过来，我们在脚上套上塑料鞋套；有的人干脆脱了鞋，让光脚亲近凉津津的溪水。

溪水静流，筏在水中缓缓滑行。船夫偶尔拿竹篙在水中轻轻一点，竹筏顺流而下。水绿如蓝，碧溪潺潺。清泠泠的溪水，轻轻地抚摸着我的脚板心，凉飕飕，痒酥酥，舒服极了。清风徐来，水波不兴；波光粼粼，碎金万点。两岸风光一路向我眼前扑来，不断变幻着。绵延起伏的山脉，覆盖着蓊蓊郁郁的茂林修竹。不时有垂柳繁花、房屋人家从眼前飘过。长脚的鹭鸶在浅水中觅食，飞过去，又飞回来，白色的身影倒映在清清的水面。有钓鱼爱好者撑着遮阳伞、坐着高脚凳在岸边钓鱼。据说，永安溪物产丰富，除了鱼虾蟹鳖，更奇的是，溪里还有罕见的花鳗鲡。它生在永安溪潭的岩穴中，“非雪不出也”，因其久居暗处，视力退化几近失明，只有雪天才能出洞觅食，却难识归路，遂被渔民捕获。我蓦地想起明代文学家张岱的散文名篇《湖心亭看雪》，脑海中浮现出一幅“溪上看雪图”来。看来，要想识得花鳗鲡真面目，还得张岱这样的痴人、雅人不可。

船在水上走，人在画中游。永安溪的山光水色让人沉醉，坐在筏上，伸出手来，白色的云朵似乎伸手可摘；欸乃船声，又让人回到童年时光。在漂流中途，岸边出现了售卖小吃的小摊。众人下得竹筏，涌上岸来，就着炸小鱼小虾，喝口冰镇的啤酒，通体舒泰！

许是水色山光陶醉了大家，有同行者忍不住放声歌唱：

小小竹排江中游，

巍巍青山两岸走。

雄鹰展翅飞，

哪怕风雨骤。

……

这是电影《闪闪的红星》的插曲。此情此景，也许这首歌是最容易被人们想起来的。

受到感染的人们纷纷放开歌喉，一时间此起彼伏，歌声不断。

正在此时，一个略显沙哑又高亢悠扬的声音响起来了，大家马上安静下来，侧耳倾听：

仙居是个好地方来噢，

青山呐绿水呀赛苏杭喽，

清清泉水凉又甜来，

山花四季香喽。

哟～嗬，哟～嗬

哟嗬！

原来是船夫，也许是受到大家的感染，也放开喉咙唱起了仙居当地的民歌。在大家热烈的掌声、喝彩声的鼓励下，船夫又唱起来。

仙居是个好地方来噢

青山绿水杨梅红喽

前山后山都是歌

永安的溪水长又长

永安的溪水长又长

听得出来，这是他现编的歌词，赢得了大家开心的笑声。

这歌声、笑声、鼓掌声、喝彩声，像珍珠一样在水面上弹起又落下，永安溪上铺满了欢乐。

杨梅酒

在仙居，好客的主人用杨梅酒招待我们。

杨梅酒，色泽红润，香气扑鼻，让人唇齿生津。浅浅抿一口，味醇爽口，润滑纯嫩，没有辛辣刺激感。在口腔稍作停留，徐徐咽下，由咽喉滑进胃中，口齿留香，浑身舒坦。

杨梅酒，杨梅和白酒的完美结合。当白酒遇上杨梅，便少了几分辛辣，多了几分温柔；当杨梅遇上白酒，便少了几分羞涩，多了几分泼辣。

如果说，白酒是性格火暴的北方大汉的话，那么，杨梅酒就是温柔缠绵的江南女子。鲜艳诱人的色泽，甘甜绵糯的口感，让你怦然心动，一见钟情。不要说你滴酒不沾，在她的面前，几乎没有人能够抗拒得住色与味的诱惑。所有人都心甘情愿地缴械投降，哪怕仅仅是出于好奇。

杨梅酒是江南的产物。

每年夏至前后，江南的梅雨时节，便是杨梅成熟的时候。走进山里，漫山遍野都是鲜红的杨梅，一颗颗杨梅像小灯笼似的挂在树上，在阳光的照耀下，更加鲜艳动人。有人把杨梅比作水果中的绝色佳人，当地老农甚至亲切地称之为“杨梅姑娘”，可见她有着怎样迷人的魅力。

仙居是杨梅的主产地，栽培杨梅已有1000多年历史，三百多年前的杨梅树至今依然“英姿飒爽”，硕果累累。仙居日照充足，土壤有机质含量高，酸碱度适中。独特的土壤环境，特殊的山间盆地地形，适宜杨梅生长。仙居杨梅色美、味甜、果大、核小，大的比乒乓球还要大，而且成熟期早，一般在六月初就可成熟上市。每年这个时候，仙居女子们会上山采梅，欢声笑语在山间回荡。

仙居杨梅具有消暑生津、利尿健脾、解渴止咳、增进食欲、促进消化等天然医疗保健功能。李时珍的《本草纲目》中就有记载，说杨梅具有“生津、止渴、调五脏、涤肠胃、除烦愦恶气”的功效。因此，夏至之时，不少江南人家喜欢以白酒浸泡杨梅，自酿杨梅酒。制作杨梅酒的工序非常简单，但非常严格。人们挑选成熟新鲜、没有破损的杨梅，摘除叶子、果梗，并用清水和高度白酒清洗干净，放置阴凉通风处完全晾干。然后将杨梅和冰糖以层层交叠的方式，即一层杨梅、一层冰糖，放入清洗干净并彻底晾干的广口瓶中，再倒入所有的酒——酒是清香型或者米香型的白酒，不能用浓香型或者酱香型的，因为浓郁的酒味会把杨梅的香味掩盖住——让酒漫过杨梅。最后盖紧盖子密封保存，在阴凉、避光、室温下存放三个月即可享用。这个时候，杨梅酒色泽红艳，闻一闻，一股浓烈的酒香，喝一口口感绵柔、味道醇厚，杨梅的酸甜中和了白酒的辛辣，使原本烈性的白酒变成了另外一种风味，爽而不淡，有白酒的本色，又有红酒的色泽。如果加入冰块与蜂蜜，则更加清爽甘甜。酿好的杨梅酒不仅可以喝，也可以作为烹饪用酒，尤其是烹煮鸡鸭、牛肉等腥味大的菜肴时，味道格外好。 据考证，早在元朝末期，古人就知道配制杨梅酒，其口感独特，香味浓郁，口味香醇。

“从来佳茗似佳人”，杨梅酒也是酒中佳人，甜中有辣，香中带烈，需要慢慢品味，细细欣赏。三盏两杯下肚，酒至微醺，似醉未醉，心旷神怡，怡然自得，腹部微热，面色酡红，飘然欲仙，那是最好的感觉，最好的状态，仿佛花将绽放，月将全圆。如果暴殄天物，逼酒闹酒，大口牛饮，唐突佳人，佳人也是有脾气的，会给你点小小的惩罚，让你出点不大不小的洋相。初喝者不知深浅，不识厉害，往往会尽情而饮，兴尽而倒，终于领教了这酒中佳人的厉害。我便亲见我的同伴中有饮酒不当而大出洋相的。

仙居，就像这杨梅酒一样，需要慢慢地品味，慢慢地欣赏，慢慢地享受，在不知不觉中你便沉醉其间。

2016 年

秦岭二章

——大地十记之四

秋天本应是沉静的，而黎坪的秋则个性张扬，所有的花草树木都在拼命绽放，所有的生命都在尽情释放。

黎坪访秋

十月下旬，北京秋意阑珊，已有点初冬的寒意，而黎坪的秋天却活泼泼的、热辣辣的。

黎坪是陕西一处著名的景区，位于汉中市南郑县。说来惭愧，在这次去黎坪之前，我竟从来没有听说过这个地方。庄子说："天地有大美而不言。"最美的东西从来都不会张扬，也不需要张扬。天地不言语，它只兀自美丽着；你能否感受到它的美，全凭你的内心。人类自以为是这个地球的主人，其实对我们所处的世界又了解多少？有多少"大美不言"的人间仙境，在地球的某个角落里暗自美丽着而不为人所知？像黎坪这样一个绝美佳境，在大秦岭深处隐藏了千千万万年，直到 2009 年才羞答答地对世人露出真容。

凡是初到黎坪者，印象最深的肯定是这里的树。那天傍晚时分，我们的车子刚刚进入山区，车上的同伴就不断发出惊呼：这里的植被真好啊！的确，放眼望去，山上山下，漫山遍野，密密麻麻的都是树啊！浓浓的秋意把树叶染成五颜六色，除了“层林尽染”，实在想不出更合适的词来形容它。当时天上下着毛毛细雨，远远近近的草木更显娇艳。说句实话，当时我的感觉是震惊，我没想到在北方有这么好的植被。

我们的观感是对的。黎坪人告诉我们，景区雨水多，河流多，气候湿润，植被丰茂，草木葱茏，森林覆盖率高达 88.2%，其中原始森林就有 64 万亩，近 3 万亩的巴山松占全国巴山松总面积的 60%。巴山松是中国特有树种，国家二级保护植物，濒临灭绝的物种，有极高的科考价值和观赏价值。黎坪的植物品种非常丰富，堪称“植物博物馆”。2012 年，黎坪景区聘请西北农业科技大学教授并组织相关技术人员，对景区内植物种类进行了为期一个月的调查，鉴定了 88 个珍稀树种，并为其定制了名牌。据调查统计，黎坪景区旅游线路分布有国家级珍稀濒危、重点保护植物 8 种，隶属于 8 科 8 属。其中，裸子植物 2 种，分别为秦岭冷杉、红豆杉；被子植物 6 种，分别为连香树、水青树、领春木、华榛、金钱槭、水曲柳。

陕西是我所热爱的一个省份，虽然来的机会不多，可是我对她一直心存向往。我热爱的是她厚重的历史文化积淀。西安的古城墙、大小雁塔、碑林，临潼的秦始皇陵、兵马俑，扶风的法门寺，黄陵的黄帝陵，以及地上地下那数也数不清的文物，都令我神往。因为这份热爱，近些年来我连带喜欢上了原本并不十分喜欢的陕西美食。在从咸阳机场去黎坪的路上，在高速公路休息区，我吃了两个肉夹馍、一碟凉皮充饥，那个美味让我至今都忘不了，也因此遭到正宗吃货们的鄙视。——但我得承认，我对她也一直心存偏见——在我的印象中，陕西干旱缺水，土地贫瘠，黄沙漫天，植被稀疏，自然条件恶劣。所以，当我看到黎坪这么好的生态的时候，其惊讶程度可想而知！

虽已深秋，可黎坪却细雨绵绵，仿佛江南的梅雨季节一般。我们在黎坪两天，雨水竟然淅淅沥沥没有停过，山石，树木，花草，农舍，全部笼罩在蒙蒙的烟雨中。雨中的山阴道上格外光滑，道路两侧长满了苔藓，连老树树干也被青苔满满地覆盖住了。大片的巴山松林冠整齐，树木参天，遥遥望去林海茫茫，细细嗅来松脂清香。雨水把树叶洗刷得干干净净，红的娇艳似火，绿的青翠欲滴，黄的明灿耀眼。雨水落在路边小沟里，汇成小小溪流，蜿蜿蜒蜒一路流去。天下河水都向东流，独独黎坪溪水向西流，所以这条小溪得名“西流河”。

水随山得形，山因水而活。纷纷飘飞的雨点、缓缓流淌的溪水、倾泻而下的瀑布，赋予了黎坪的秋天灵动之美。得益于雨水的滋润，黎坪的树木都苍翠茂盛，生机盎然，似乎不知冬之将至。有的挺拔而俊秀，有的婀娜而多姿，色彩斑斓的树叶让我们目不暇接。所有珍稀树种都挂有标志牌，“连香树”“灯台树”“鹅耳枥”“小果南烛”“猫儿屎”“千金榆”“金钱槭”“暖木”“铁木”“铁杉”……这些或俗或雅、或庄或谐、或直白或含蓄、或熟悉或陌生的名字，引起我极大的兴趣。孔子曰：“小子何莫学夫《诗》？《诗》，可以兴，可以观，可以群，可以怨；迩之事父，远之事君；多识于鸟兽草木之名。”孔子的本意，是劝弟子读《诗》，这本身并不奇怪；奇怪的是，他列举的理由之一，竟然是读《诗》可以“多识于鸟兽草木之名”，而且把“多识于鸟兽草木之名”与“事父”“事君”这样的纲常伦理相提并论，这就有意思了。按我的理解，这体现了孔夫子对大自然的敬畏。多识鸟兽草木之名，方能了解自然、亲近自然、尊重自然、爱护自然；同时，在大自然的熏陶和感染下，人的心灵也会变得纯净、丰富而富于美感。大自然是人生最好的课堂，从中我们可以学到很多知识和人生哲理，可惜这一点往往被我们有意无意地忽略了。黎坪的草木如此丰茂，品种如此多样，正是学习自然、了解自然极好的机会。我逐棵仔细阅读着标志牌上的说明文字，并用手机拍下照片存储资料，以至于一次次掉队落伍，一次次被同伴催促。

诗人说：“生如夏花之绚烂，死如秋叶之静美。”这首小诗因为饱含人生哲理而深受人们喜爱，然而总不免给人以凄美、惆怅之感。难道秋天就意味着凋落、死亡吗？来到黎坪，我得到了完全相反的答案。黎坪秋叶颜色丰富，碧绿、金黄、橙黄、橘红、深红，交相辉映，形成了绚丽多彩的景观。它们美得热烈，美得绚烂，美得奔放，美得轰轰烈烈、蓬蓬勃勃。秋天本应是沉静的，而黎坪的秋则个性张扬，所有的花草树木都在拼命绽放，所有的生命都在尽情释放。如此旺盛的生命力，哪里有一丝死亡的阴影？

黎坪的秋叶，飘落的姿态也优雅至极。在著名景点红尘峡，我们正在欣赏飞瀑碧潭，飞珠溅玉，忽见一大群蝴蝶自远方飞来，在峡谷间翩翩起舞，优雅动人。深秋时节，哪来的这么多蝴蝶？疑惑间，有眼尖的同伴终于看出，哪里是什么蝴蝶呀，那明明就是落叶。奇特的是，它们并不像普通秋叶一样飘落而下，而是长久地在空中轻舞飞扬，如同蝴蝶振翅起舞一般，尽情展示着它们的美丽。然后才缓缓落在地上、落在水面。五彩缤纷的树叶飘落在大地上，把大地点缀成巨幅画卷；飘荡在清澈的溪水中，溪水变成流动的画卷。落叶，那不是生命的枯萎，而是生命的另一种更灿烂的形态。

自古以来，历代文人咏秋多是悲凉之声。战国时代宋玉在《九辩》中就发出这样的哀叹："悲哉！秋之为气也。萧瑟兮草木摇落而变衰。"这是一幅凛冽的悲秋图，读后让人心寒。宋代欧阳修在其著名的《秋声赋》里描写得更加凄凉："盖夫秋之为状也：其色惨淡，烟霏云敛；其容清明，天高日晶；其气栗冽，砭人肌骨；其意萧条，山川寂寥。故其为声也，凄凄切切，呼号愤发。"寒来暑往，四季更替，本是自然界的规律；花开不喜，花谢不悲，这才是人生应有的达观与超然。所以，我喜欢王维面对秋天的怡然自得："空山新雨后，天气晚来秋。明月松间照，清泉石上流。"我更欣赏刘禹锡的积极乐观："自古逢秋悲寂寥，我言秋日胜春朝。晴空一鹤排云上，便引诗情到碧霄。"

在黎坪访秋，我收获了满满的喜悦。

龙山探奇

中华龙山是黎坪的一个有名的景观。从到达黎坪那一刻起，我们就不停地听人说起它，说它酷似传说中的巨龙，惟妙惟肖，堪称奇观。对于一切穿凿附会的说法，我都心存疑虑。很多地方、很多景区都有一些奇形怪状的石头，被冠之以各种诱人的名字，说得神乎其神，可是真的看过之后，大多不过尔尔。相对而言，我对山川河流的兴趣，比对奇山怪石的兴趣要大得多。拗不过黎坪人的热情，我们去了。不管如何，眼见为实嘛。

那天依然下着蒙蒙细雨。我们来到黎坪黄洋河景区，在"中华龙山"标志牌前下了车。抬头仰望，一座大山赫然在目。我们在黎坪所见的山峰，无不布满花草树木，郁郁葱葱，生意盎然；而这座大山，巨石嵯峨，筋骨纵错，大块大块的石头寸草不生，整个山体岩石呈红褐色，充满阳刚之气，霏霏的雨水也没让它变得滋润柔软一些，在这青山绿水中显得与众不同。

远望龙山，但见山势伟岸挺拔，山体沟壑纵横，的确像一条条巨龙在空中腾飞。近前观察，有些山石很像龙爪，石头表面是不规则的圆形图案，纹路很深，像极了龙的鳞片。龙鳞瑰丽奇异，龙形飘逸奔腾，仿佛是巨龙在飞舞。据说，从空中俯瞰，整座山如同一架红褐色的龙骨，硕大的骨骼呈现出龙首、龙脊、龙翼、龙爪、龙尾的姿态。称之为“龙山”，倒也恰如其分。

黎坪人告诉我们，在2008年之前，这里还是一座普通的大山。2008年5·12汶川大地震后，这座山被震裂开来，显露出由大片红色砂粒岩石构成的特色景观。黎坪景区回鹿坝村老支书毕科荣是中华龙山的第一发现人，他带领村民用4年时间挖出被土掩埋着的龙山，这条蛰伏亿万年的海底巨龙，终于抖落一身的泥土，昂然挺立于天地之间。58岁的毕科荣因此被人们誉为当代愚公、当代徐霞客。

众多的地质学专家多次考察后说：中华龙山形成于4亿多年前的奥陶纪，这些龙鳞石是海底形成的，由于地壳运动才重见天日。在这里，亿万年前的海洋古生物化石随处可见。在高山上呈现出海洋性地貌，这种奇特的地质现象在全国乃至全世界都实属罕见，有极高的科考和观赏价值，有人称之为21世纪人类又一个伟大发现。但中华龙山究竟是如何形成的，还有待深入研究。

至此，我关于“龙山”的疑问算是解决了，其实又没有真正解决。都说龙山像龙，那么龙是什么样子？谁见过龙？谁能给出权威答案？

迄今为止，我们关于龙的所有知识，关于龙的所有印象，无不出自前人留下的神话传说，以及根据这些传说绘制的图画、制作的电影电视动漫和特效镜头。在这些文艺作品中，龙大致是由鹿角、麒麟的头部、鱼鳞、蛇尾、鹰爪等组成的一种神异动物。我们心目中形成共识的龙的形象，就是这些文艺作品灌输给我们的，并没有一个人真真切切地见过龙。那么，我们说这座山像龙，其实是像我们从各种文艺作品中所看到的虚幻的龙，至于前人是怎么想出那样的形象的，只有天晓得。

在中国，龙可谓家喻户晓，妇孺皆知。学富五车的学者固然能把龙文化说得头头是道，大字不识的农村老太太也能把龙的故事讲得津津有味。上下数千年，龙的形象已渗透中国社会的各个方面，深入中国社会的各个角落，龙的影响涉及中华文化的各个层面。龙成了中国的象征、中华民族的象征、中国文化的象征，到今天，人们仍然多以带有“龙”字的成语或典故来形容生活中的美好事物。凤表龙姿、虎斗龙争、龙盘虎踞、龙韬豹略、龙腾虎跃、笔走龙蛇、藏龙卧虎、风虎云龙、伏龙凤雏、矫若惊龙、骥子龙文、凤翥龙翔、蛟龙得水、龙骧虎步、龙跃凤鸣、龙马精神……这样的成语举不胜举，“龙”也好，

“凤”也好，都是尊贵、吉祥、美好的象征。形容一个人杰出，我们称之为“人中之龙”；希望下一代有所成就，我们谓之“望子成龙”。

问题是：龙到底是一种什么生物？中国古代有过龙吗？据说，中国历代正史记载的龙事件大概有三百多起，其他类型的文献更是庞大。可是，这些记载都是天马行空的传说，没有一处确凿地记载：某年月日某人于某处见过真龙。最早记载龙的书籍《山海经·海外西经》载：“龙鱼陵居在其北，状如狸，一曰鰕。”据《尔雅》解释：“鲵之大者谓之鰕。”《说文解字》载：“龙，鳞虫之长，能幽能明，能细能巨，能短能长，春分而登天，秋分而潜渊。”这些文字介绍了龙的形象和特性，可是同样不能证明龙的存在。多年来的考古发现证实了，一万年前山西吉县柿子滩就有了鹿角鱼尾祖龙岩画；八千年前的辽宁阜新查海遗址就有了卵石堆塑亚祖龙；六千三百年前的环渤海湾有猪龙、鹿龙、鹰龙、牛龙……考古发现如此丰富，可没有一件是龙的化石。

因此，长期以来，古生物学家认为，长角的龙是上古先民虚构的形象，只存于神话传说之中。但1996年出土于贵州省安顺市关岭县的“新中国龙”化石，对前人的说法又构成了冲击。生活于两亿多年前的“新中国龙”，龙首上有对称的一对“龙角”，与神话中的龙非常相似。这为古代传说中长角的神龙提供了实物佐证，为龙的形象起源研究提供了新的思路。也许，“龙”形体上有真实或大体真实的上古原型，只是功能被神化了。

不管龙是神话传说，还是曾经真实存在过，有一点是肯定的，那就是至少在几千年中，没有过关于真实的龙的任何记载。就算它真的存在过，那也是几千年几万年甚至几亿年前的事了。可是中国人对龙还是念念不忘，还是津津乐道，甚至自称为“龙的子孙”“龙的传人”，可见龙文化已经深入人心。其实，时至今日，已经没有人在乎龙是一种真实存在还是虚幻的传说，也没人在乎龙的形象究竟是何模样，人们在乎的是龙的象征意义。龙形象有多重含义，龙文化内涵丰富，几乎每个人都能从中得到自己想要的东西。所以，几千年来，龙一直深受中国人喜爱，始终活在中国人的想象中。

这么一想，我似乎明白了，黎坪人为何要把这么一座奇形怪状的大山，命名为“中华龙山”。

2016 年

草原牧歌

——大地十记之五

来到呼伦贝尔大草原，我终于明白，少数民族同胞的音域为什么那么深厚宽广，他们的民歌为什么那么悠扬嘹亮，他们的歌声中为什么满含苍凉。因为他们是唱给天听的，不高亢就无法上达天庭；他们是唱给地听的，不悠扬就无法传播四方；他们是唱给自己的心灵听的，歌声中写满了悠久、峥嵘、悲怆的历史。

牧歌

汽车行驶在从海拉尔去新巴尔虎右旗的公路上，天空清澈而湛蓝，清如水洗，蓝得透明。六月的阳光毫无遮拦地直直砸在地面。不时有大块大块的云朵在大地上投下巨大的阴影，我们的车就在这阴影和阳光下穿行，时而烈日当头，时而雨点纷纷。放眼望去，前后左右是一望无际的大草原，像一张巨大的地毯一样向四方展开，直达天际。

时序六月，本该是水草丰美牛羊壮的季节，可是持续六十多天的罕见大旱，把想象中丰茂碧绿的大草原剃成了难看的“癞痢头”。草原上黄绿交杂，时时可见裸露干枯的黄土。偶尔随云彩飘落的雨点，一落地面立刻就被焦渴的土地吸干了。热情的刘大姐不住地解释加叹息：“往年这个时候的草原可好看了，草都长得这么高（她用手给我比画着），绿油油的。本来想请你们来看最好的大草原的，没想到今年赶上这么个大旱，连湿地都干了。唉！”听那语气，倒像是她对不起我们似的。刘大姐生于草原、长在草原，对这片草原爱得深沉，她的所有作品都在为这片草原歌唱，恨不得让全世界的人都爱上她的家乡。这次的草原行就是她出面邀请组织的。大姐已经六十出头了，还那么精力充沛，一早就到海拉尔机场接上我，自己驾车送我到新巴尔虎右旗。一路上，她一边开车，一边随时给我讲解介绍路上看到的风景，中间还带我去参观了一个牧民救助收养野生草原狼而形成的狼岛，一天下来竟然毫无倦意。

蒙主人特别关照，我坐在副驾驶座上。这里视野开阔，窗外的景致一览无余。从小生活在人口稠密的南方水乡，后来进入拥挤的大城市，我对辽阔的大草原一直特别向往。那种“天苍苍，野茫茫”的雄浑、壮阔，让人的胸怀油然变得无比宽广。我想象不出往年的六月草原是何等茂盛模样，尽管草色枯黄，然而它的辽远阔大仍然让我新奇而着迷。我贪婪地看着广袤无垠的草原，捕捉着远处白云一样的羊群，一闪而过的蒙古包，草原上白色、黄色、红色的无名小花。我看着天上变幻的云彩，遥望着似乎越来越近的地平线……这些新鲜的感受让我兴奋不已，我想起了熟悉的草原歌曲，《草原之夜》《敖包相会》《鸿雁》《美丽的草原我的家》……满腔的激情迫切需要释放，我恨不得放声高歌，或者，放声长啸。

突然，伴随着悠扬的马头琴声，一个浑厚的男中音传入耳中，直抵心间：

蓝蓝的天空上飘着那白云
白云的下面盖着雪白的羊群
羊群好像是斑斑的白银
撒在草原上多么爱煞人

蓝蓝的天空上飘着那白云
白云的下面盖着雪白的羊群
羊群好像是斑斑的白银
撒在草原上多么爱煞人
撒在草原上多么爱煞人

哈，难道真的有天人感应吗？长生天也看穿了我的心思？

原来是善解人意的刘大姐打开了车载音响。真不知道她是怎么知道我的心思的！或许是为了给我提神解困？

“这是什么歌？”

“《牧歌》。巴尔虎最有名的长调歌曲，已经被列入世界非物质文化遗产。”

巴尔虎

新巴尔虎右旗（简称新右旗）是内蒙古自治区 19 个边境旗（市）和 23 个牧业旗之一，位于祖国东北边陲，呼伦贝尔市西部中俄蒙三国交界处，有“鸡鸣三国”之称。

我向来对地名怀有浓厚的兴趣，每到一地，必定先查一查当地地名的来历。所有的地名，都由来有自，承载着厚重的历史文化，而不仅仅只是一个简单的标记。比如，我的家乡“如皋”，每当我向别人介绍时，常常有人说：哦，牛皋的“皋”。我一听便对其嗤之以鼻，尤其是当他把“皋”字读成第三声的时候。没文化。肯定是从刘兰芳的评书中知道“皋”这个字的。“如皋”之名出自《春秋左氏传》：“昔贾大夫恶，娶妻而美，三年不言不笑，御以如皋，射雉，获之，其妻始笑而言。”《十三经注疏》：“是皋为泽也，如，往也，为妻御车以往泽也。”“如”：往也；“皋”：水边高地也。这个故事说的是，从前有个贾大夫自己长得很丑，娶的妻子却有倾国之色，她心情郁闷，婚后三年“不言不笑”。为了讨她欢心，贾大夫驾车带她来到海边高地上田猎。这时芦苇丛中飞起一群雉鸟，贾大夫拔弓放箭，一只雉鸟应声而落，他的妻子终于莞尔一笑，曼声叫好。西晋潘岳、唐代杜甫、北宋苏轼等都曾以此为题材吟诗作赋。朋友们一听立即惊呼：哇！好有文化！

少数民族地区的地名尤其令我感兴趣。因为它们不像汉族地名，多数能从字面上推测其大意。它们往往是从本民族语言音译过来的，那一长串地名中蕴含着十分丰富的意义，非本族人很难从字面上理解，所以往往给人以某种神秘感。即像这“新巴尔虎右旗”，是什么意思呢？“巴尔虎”又是什么虎？

当地的朋友仿佛知道我们的心思似的，首先带我们去参观了当地的博物馆，而博物馆居然也是以“巴尔虎”命名的——巴尔虎博物馆。

原来，巴尔虎是蒙古族最古老的一个部落的名称。公元前3世纪，贝加尔湖以南，土剌河以北，形成了丁零部落联合体，拔野古（即今之巴尔虎）即为联合体中成员。之后，历经匈奴、柔然、突厥、铁勒、回鹘等政权的更迭，古巴尔虎人始终在贝加尔湖和呼伦贝尔地区生息和发展，表现出强大的民族凝聚力和顽强的生命力。

早在蒙古各部统一之前，巴尔虎的各种古称就已屡见经传了。《隋书》称之为“拔野固”,《新唐书》和《旧唐书》等称为“拔野古”和“拔也古”等。《元史》《蒙古秘史》和《史集》等，称之为“八儿浑”“八儿忽”和“巴尔忽惕”等。巴尔虎在明代及北元时被称为“巴尔户”“巴尔古”“巴儿勿”“把儿护”“巴尔郭”等。在清初的各种汉文史料中，亦曾被称为“巴儿呼”“巴尔忽”等。自1734年成立“新巴尔虎八旗”以来，“巴尔虎”一词才作为一个规范性的固定称呼延续下来。

当地的朋友告诉我们，“巴尔虎”一名的来源有两种说法。一说，以水得名，源于古老巴尔虎人所在地区的巴尔古津河（元称巴尔忽真水）。《多桑蒙古史》言：“在拜哈勒湖（贝加尔湖）之东，因有巴尔忽真水注入此湖，故以名其地。”另一说，以人得名，源于巴尔虎人共同的祖先巴尔虎代巴特尔（又作巴尔虎岱巴特尔）。巴特尔是古代蒙古社会的一种尊称，意为“英雄”。巴尔虎代巴特尔是一个了不起的民族英雄，他娶了白天鹅变成的绝色少女为妻，他们生育了11个男孩，这些男孩的后代繁衍成巴尔虎最初的11个姓氏。他的后人以他为骄傲，并逐渐将人名演变为全部落的名称。在陈巴尔虎广场，矗立着巴尔虎代巴特尔的巨型雕塑。他骑着高头大马，睥睨天下，气宇轩昂，浑身洋溢着一种无与伦比的英雄气概。后来，巴尔虎蒙古人随着不断迁徙，分散到贝加尔湖的东部和南部。清康熙年间，有一部分巴尔虎蒙古人被编入八旗，驻牧在大兴安岭以东布特哈广大地区，还有一部分成为喀尔喀蒙古（今蒙古）诸部的属部。1732年，清政府为了加强呼伦贝尔地区的防守，将包括索伦（今鄂温克）、达斡尔、鄂伦春族和巴尔虎蒙古族士兵及家属3796人迁驻呼伦贝尔牧区，以防俄人侵扰。其中275名巴尔虎蒙古人便驻牧在今陈巴尔虎旗境内。1734年，清政府又将在喀尔喀蒙古车臣汗部志愿加入八旗的2400多名巴尔虎蒙古人迁驻克鲁伦河下游和呼伦湖两岸，即今新巴尔虎左右两旗境内。为区别这两部分巴尔虎蒙古人，便称1732年从布特哈地区迁来的为“陈巴尔虎”，即“先来的巴尔虎蒙古人”之意；1734年从喀尔喀蒙古车臣汗部迁来的则相对被称为“新巴尔虎”，即“新来的巴尔虎蒙古人”之意。

世代生活在贝加尔湖畔的巴尔虎人，当时被称为“林中百姓”。历史上巴尔虎人曾几次走出过贝加尔湖林间草地，来到过水草丰美的呼伦贝尔草原。早在蒙古部兴起之前，巴尔虎人就已经蒙古化了。巴尔虎人在漫长的历史时期，经历过无数次国家的兴亡、部族的消失。失散了再聚集在一起，高举“巴尔虎”这面旗帜，一直走到蒙古族的大统一。

在博物馆门前正前方，矗立着一代天骄成吉思汗的青铜雕像。成吉思汗与呼伦贝尔有着不解之缘。他的母亲和妻子都出生在新巴尔虎右旗，而且早在13世纪初，他就把以呼伦湖为中心的巴尔虎草原当作自己的军事基地。他在这里统一了蒙古诸多部落，最著名的战争“阔亦田之战”也是在呼伦贝尔大草原发生的。在呼伦湖北岸，有一个高大的石柱，当地人称之为“成吉思汗拴马桩”。传说，成吉思汗当年正是躲在石柱背后，逃过了敌人的追杀。又说当年成吉思汗在这里训练他的骑兵时，曾将自己心爱的八匹骏马拴在这石柱上，故称之为成吉思汗拴马桩。巴尔虎草原为他提供了大量战马、牛羊及无数赳赳骑士，壮大了他的军事力量，为日后的攻金灭夏和元朝的建立奠定了基础。

巴尔虎人素有热爱自己祖国和家园的传统。数百年来，巴尔虎人自觉地承担起为祖国戍边的使命。17世纪中叶，沙俄帝国开始了对中国的侵略行动。为有效抵御沙俄侵略军，清政府从志愿加入清八旗的新巴尔虎人和喀尔喀蒙古车臣汗部迁来的近3000人中，选出2400人，按索伦兵役制编为两翼八旗，新巴尔虎右翼旗驻牧在贝加尔湖北岸、乌尔逊湖和呼伦湖西岸及克鲁伦河下游两岸。在长达150多年的时间里，呼伦贝尔军民同侵华俄军展开殊死搏斗，书写了气壮山河的壮丽篇章。在这里，我还听说了一个感人至深的真实故事。那是在清代，新巴尔虎右旗一位部族老头领，为了北部边境的安全，他一直带领新巴尔虎同胞坚守在一线边境线阵地上。他英勇戍边的行为激怒了沙俄侵略军。一天深夜，沙俄侵略军偷袭我边境，丧心病狂地把这位可敬的老头领全家杀害。侵略军的暴行、老头领的牺牲激起了新巴尔虎人的怒火，他们在极其艰苦的条件下坚持抗击沙俄，为捍卫祖国北部边疆领土主权作出了突出贡献。

了解巴尔虎历史，使我对英勇的巴尔虎人不由心生敬意。

牧场

站在乌斯日乐图家的蒙古包前的时候，我有点发愣。

乌斯日乐图，是一位帅气而敦实的80后蒙古族小伙子。乌斯日乐图家庭牧场位于呼伦贝尔大草原深处，放眼望去，目力所及范围内再无其他人家。打听之下，吓我一跳，他家的牧场占地面积竟有二万多亩，习惯了“一亩三分地”这个提法，我无法想象二万多亩是一个什么概念。同样不可想象的是，住在这样的大草原里，就意味着没有邻居。没有邻居，与人的交往就少了，所以他们都很孤独，所以他们对所有的来宾都很热情，往往用最高礼仪、用最丰盛的食物招待远道而来的客人。他们的邻居，是天，是地，是牛，是马，是羊，甚至是飞禽走兽。他们与天、与地、与动物植物为伴，所以，他们孤独，但并不寂寞。

因为干旱，牧场的草同样稀疏枯黄。不过我们发现了另外的乐趣：捡玛瑙石。据说，这里号称玛瑙滩，草地上遍布宝石，外地游客到这里都不会空手而归。果然，一下车就发现，地面上到处都是各式各样、五颜六色的小石子。不管它是不是玛瑙石，我们一个个都低头弯腰捡拾起来。大家捡得那样认真，好像真的发现了宝贝似的，以至于刘大姐一遍遍催促：大家快走啊，好玩的还在前面呢。

所谓“好玩的”，是体验纯正的蒙古草原牧人生活。乌斯日乐图带着我们，剪羊毛，挤牛奶，熬奶茶，拿着奶瓶给小羊羔喂奶，坐着勒勒车在草原兜风。刚刚剪完毛的这头羊，马上就要成为我们的美食。乌斯日乐图向大家现场展示蒙古式杀羊过程。我心软，不忍看，走开去看马。我一向喜欢马，喜欢马的俊逸潇洒。马很英俊，看我来了，都冲我点头微笑。当地的朋友告诉我，那不是笑，那是马儿在散热和驱赶蚊蝇呢。

乌斯日乐图出生在新右旗达来苏木巴彦宝力格嘎查。因为家里养马，所以对马的喜爱超过任何一种动物。2014年，他在自己的牧点上开办了“双骏牧户游”，开始了他的创业之路。牛、马、绵羊、山羊和骆驼被总称为草原五畜，也被牧民亲切地称为“草原五宝”。乌斯日乐图家庭牧场就是一个牧有草原五宝的家庭式牧场。在这里，外地游客可以体会纯正的蒙古草原牧人生活，挤牛奶熬奶茶、骑马放牛羊、吃手扒肉喝马奶酒、玛瑙滩上淘宝石、剪羊毛采韭菜花、围着篝火跳蒙古舞、躺在草地上数星星，做一天“自由自在的蒙古人”。

乌斯日乐图是一个热心人。通过开办家庭牧场，他招聘嘎查（村）里没有工作的牧民到旅游点来就业，为牧民群众带来了稳定的收入，带领嘎查牧民创业致富，还经常帮助贫困牧户，增长了嘎查整体经济实力。如今他通过互联网、微信，拓展销路和宣传渠道，将马奶和羊肉远销到北京、天津等地。而这仅仅是新右旗人的一个缩影。

大块吃肉、大碗喝酒的壮举往往使人激情澎湃。主人恭敬地端着酒杯给每一位尊敬的来宾敬酒，有人提议他给大伙唱一首歌，小伙子落落大方，张口就唱：

蓝蓝的天空上飘着那白云
白云的下面盖着雪白的羊群
羊群好像是斑斑的白银
撒在草原上多么爱煞人

蓝蓝的天空上飘着那白云
白云的下面盖着雪白的羊群
羊群好像是斑斑的白银
撒在草原上多么爱煞人
撒在草原上多么爱煞人
多么爱煞人

又是《牧歌》！这是我来呼伦贝尔后第二次听到《牧歌》了。没有专业歌手的演唱技巧，没有乐器的伴奏，没有专业设备的音响效果，纯天然，原生态，歌声粗粝而苍凉，悠扬而高亢，像从天空直降而下，穿透心灵。歌声中，有自由奔放的灵魂，有沉郁饱满的爱恋，有无法抵制的自豪，也有宽广无言的悲怆。这首歌的背后，到底有着怎样美丽的传说？

传说

茫茫的大草原，从来不缺传说和故事。《牧歌》就来源于一个美丽而凄婉的爱情故事。

故事发生在一个世纪以前的巴尔虎草原。

在新巴尔虎右旗呼伦湖西北有一个大盆地，盆地中有两处碱泡子，一个是乌胡尔图碱泡子，另一个是辉腾碱泡子。成吉思汗统一蒙古的第一仗“阔亦田之战”就是在这个地方打响的。20世纪20年代，新巴尔虎人在这里从事着畜牧业生产，他们过着幸福安静的生活。有一对青年男女额尔德尼朝克图和乌日娜，在放牧时相互认识、相互了解、彼此相爱至深，他们经常在一起放牧，畅谈理想和未来。可是就在这时，额尔德尼朝克图接到政府命令，要到海拉尔衙门去当兵。不去吧，军令难违；去吧，两情缱绻，难舍难分。在他为难之际，识大体的乌日娜劝说道：“你不是有远大的理想吗？这正是你实现理想、报效祖国的时候，你为什么不去呢？我会在远方为你祝福的。”就这样，额尔德尼朝克图骑着马来到海拉尔安邦城，成为一名军人。他一边舍生忘死，浴血战斗，一边利用间隙学习文化，想着回家教心上人读书写字。一晃几年过去了，服役期已经结束，额尔德尼朝克图和他的同伴回到了自己的家乡。

额尔德尼朝克图高高兴兴地回到家，亲朋好友都来看他，唯独不见心爱的姑娘乌日娜。他非常奇怪，是否有什么事瞒着他呢？在他的追问下，有人告诉他，乌日娜家乡发生了一场火灾，不少人都遇难了，他的恋人全家也未能幸免。闻听此言，额尔德尼朝克图昏倒在地，醒来后就骑着马向乌日娜家奔去。

昔日美丽的草原上一片灰烬，烧毁的人畜残骸已难以分辨。额尔德尼朝克图一边喊一边寻找着，他想他的恋人一定还活着。他在草原上寻找了七天七夜，找遍了大火烧过的每一处。终于，他在一堆残骸旁，找到一个戒指，顺着找下去又找到了两个耳环。看到他送给恋人的这些戒指、耳环，才确信自己的心上人已被烧死，心中美好的愿望化作了泡影，他悲痛欲绝，痛苦的哭声响彻了整个草原。

怀着满腔的悲痛，额尔德尼朝克图拿起笔，写下世纪之作《乌胡尔图辉腾》，即闻名中外的世界名曲《牧歌》。这首歌真实地反映了新巴尔虎右人对爱情执着和美好的祝福，同时也表现了失去爱情的悲伤和痛苦。凭借着一代又一代牧人的传唱，它在广袤的巴尔虎草原流传至今。

在漫长的历史长河中，巴尔虎人创造了大量具有浓郁民族韵味的民歌，其中巴尔虎长调民歌是一种具有鲜明游牧文化和地域文化特征的独特演唱形式，它以草原人特有的语言述说着蒙古民族对历史文化、人文习俗、道德、哲学和艺术的感悟。据考证，在蒙古族形成时期长调民歌就已存在，距今已有上千年的历史。《辽阔的草原》《褐色的雄鹰》《四岁的海骝马》《乌胡尔图辉腾》等巴尔虎民歌，以其悠长的旋律，丰富的诺古拉（指蒙古长调中发音器官发出的波折音），给人们留下了深刻的印象。

来到呼伦贝尔大草原，我终于明白，少数民族同胞的音域为什么那么深厚宽广，他们的民歌为什么那么悠扬嘹亮，他们的歌声中为什么满含苍凉。因为他们是唱给天听的，不高亢就无法上达天庭；他们是唱给地听的，不悠扬就无法传播四方；他们是唱给自己的心灵听的，歌声中写满了悠久、峥嵘、悲怆的历史。

心中的牧歌

在新右旗，我们参观博物馆，体验牧户生活，走访边防哨所，感受少数民族风情。我们看到了草原儿女为幸福生活而辛勤劳作，看到了边防部队保卫祖国边疆的昂扬斗志，也看到了当地百姓对天地、对草原、对万物的敬畏和爱惜。这一切都让我们兴奋、感动。同时，枯黄稀疏的大草原也令人遗憾、令人惋惜、令人痛心。终于，我明白刘大姐为何如此自责了。草原的沙化、退化，看似老天爷的缘故，实则还是人类自身的行为造成的。过度开垦，过度开发，过度开采，过度索取，急功近利、竭泽而渔的短期行为，严重破坏了生态平衡。地下水位急剧下降，地表水减少，河流、湿地干涸，导致持久的、大面积的干旱天气增多。水是生命之源，人类离不开水，大自然离不开水。没有水的滋养，大草原怎能不枯萎憔悴？

在新右旗，我们欣赏了根据《牧歌》改编拍摄的电影《乌胡尔图辉腾》。撇开剧情不说，光是影片中的草原美景就给我留下了深刻的印象。那满目青青翠翠的绿啊，仿佛饱含着鲜嫩欲滴的浆汁，仿佛给大地披上了一层绿茸茸的地毯。在这幅巨大的“地毯”上，万物和谐有序。五颜六色的野花在和煦的春风吹拂下轻轻摇曳，清澈的湖水宛如一颗颗明珠镶嵌在茫茫草原上，成群的牛羊安安静静地啃食着肥美多汁的鲜嫩青草，小伙姑娘的歌声在草原上回荡……蒙古包里升起的袅袅炊烟，则为这绿色的草原平添了一份恬淡的气息……这是一幅多么和谐恬美的画面啊，如梦如幻，如痴如醉，仿佛人间仙境，仿佛人间天堂，令人无限向往。

人与自然应该和谐相处。这一观点已为越来越多的人所接受。如何和谐相处？古人早已给我们指出了正确的方法：“至人无为，大圣不作。”四时有明法，万物有成理，敬畏自然、尊重自然，让“万物霜天竞自由”就是最好的保护。数千年来，人类与大自然诗意地共存。大草原在天地之间，沐浴着阳光雨露，遵循着自然规律，依时而荣，依时而枯，养育着万物，也养育着人类。是人类的贪念，使大草原过早憔悴衰老。

好在，草原人已经认识到这一点，那种杀鸡取卵式的开发已被叫停，恢复草原生态的各种措施已在实施。我们期盼，我们热爱的呼伦贝尔大草原，早日重现往日的美丽容颜。

蓝蓝的天空上飘着那白云
白云的下面盖着雪白的羊群
羊群好像是斑斑的白银
撒在草原上多么爱煞人

2017 年

大哉敦煌
——大地十记之六

敦煌，一座总人口只有十八万的蕞尔小城，就敢取这么一个大气磅礴的名字，让人不得不佩服她的气魄。

一

从兰州出发，沿河西走廊一路西行，过武威、张掖、嘉峪关，最后到达敦煌，凡一千一百余公里。70余年前，当莫高窟的第一代保护者常书鸿与他的同伴们奔赴敦煌时，他们乘坐的是一辆破旧的敞篷卡车，在破烂不堪的公路上整整颠簸了一个月，才到达甘肃安西。从安西到敦煌的120多公里路程，连破旧的公路也没有了，他们租了10头骆驼，在一望无际的戈壁滩上走了三天三夜，才终于到达敦煌。而现在，现代化的高速公路缩短了时间与空间。我们坐着舒适的大巴，虽然走走停停，沿途走马观花，但也只用了两天一夜就到了目的地。其间在武威、嘉峪关短暂停留，蜻蜓点水地看看雷台汉墓和明代长城；张掖则歇了一宿，夜晚对着穹庐般“笼罩四野”的天空、明晃晃的月亮和一天繁星赞叹不已。

敦煌是我们这趟旅行的终点，也是此行的重点。一路西域风光，沧桑雄浑，美不胜收，而敦煌则达到顶点。仿佛一条飘逸的丝绸，缀满了珍贵的珠宝，敦煌无疑是其中最大最亮的一颗；仿佛一部恢宏的交响乐，前面所有的名胜都是序曲，是铺垫，敦煌才是最激动人心的乐章；仿佛一部厚重的大书，前面的是序言、是引子，敦煌才是博大精深的正文。这一路的风景，仿佛只是为了衬托和烘托敦煌，如众星拱月一般。

敦煌，一座总人口只有18万的蕞尔小城，就敢取这么一个大气磅礴的名字，让人不得不佩服她的气魄。查史书，“敦煌”一词，最早见于《史记·大宛列传》。张骞在给汉武帝的报告中说，“始月氏居敦煌、祁连间，及为匈奴所败，乃远去”。公元前111年，汉朝正式设敦煌郡。东汉应劭注《汉书》中说：“敦，大也，煌，盛也。”唐朝李吉甫编的《元和郡县图志》进一步发挥道：“敦，大也。以其广开西域，故以盛名。”尽管现代大多数学者都说，“敦煌”一词是当地少数民族语言的汉语音译，但是敦煌人宁愿相信古人的解释。我也信，敦煌当得起这样大气的名字，她有这样的气魄，也有这样的自信。就是这块土地，曾经是丝绸之路河西道、羌中道（青海道）、西域南北道交会处的边关要塞，是丝绸之路上的璀璨明珠，连接起汉唐盛世与西域文明，手挽着长安城与波斯湾，见证了无尽的繁华与沧桑。在汉代，当时的敦煌疆域辽阔，统管六县，西至龙勒阳关，东到渊泉（今玉门市以西），北达伊吾（今哈密市），南连西羌（今青海柴达木），被誉为“华戎所交，一都会也”。在唐代，敦煌更是成为一座拥有一百四十万人口的大城市，仅次于首都长安。现在，敦煌虽然没有了当年的显赫地位，规模也大大缩小，然而，历经汉风唐雨的洗礼，敦煌依然文化灿烂，古迹遍布，其独特价值和迷人魅力非但没有遭到削弱，反而与日俱增，吸引着越来越多的国内外游客。

这是我第二次来敦煌。二十年前，我曾经来过一次敦煌。虽然时间仓促，只能浮光掠影、惊鸿一瞥，却惊艳无比，被她的美深深震撼。这么多年来，我一直盼望有机会重访敦煌，再次献上我的敬意。现在，这一心愿终于实现了。在读书人心目中，敦煌是一个必须朝拜的圣地。不止一次。

二

地处甘肃、青海、新疆三省区交会点，东峙峰岩突兀的三危山，南枕气势雄伟的祁连山，西接浩瀚无垠的塔克拉玛干大沙漠，北靠嶙峋蛇曲的北塞山，敦煌天生就具有一种万邦来朝的威仪。

敦煌古称“沙州”，春秋时称为“瓜州”，它是高山、戈壁和沙漠环抱中的一块小绿洲。在这个群山环抱的天然小盆地中，清清的党河水滋润着肥田沃土，绿树浓荫挡住了黑风黄沙；粮棉旱涝保收，瓜果四季飘香……在它的周围，沙漠奇观神秘莫测，戈壁幻海光怪陆离。这里遍布名胜古迹：被誉为“塞外风光之一绝”的鸣沙山，有“沙漠第一泉”之称的月牙泉，具有我国保存最完好的古代军事防御系统和农田水利灌溉系统的锁阳城，敦煌文明历史的发源地三危山，因地形奇异而有魔鬼城之称的雅丹地貌，当然还有著名的嘉峪关、玉门关、阳关……

到达敦煌，暮色四合。来不及掸去一路的风尘，我们直奔著名的沙州夜市。沙州夜市是敦煌最大的夜市，以其鲜明的地方特色和浓郁的民俗风情，被誉为敦煌“夜景图”和“风景画”。现在是九月，正是敦煌的旅游旺季，沙州夜市游人如织。吃一口特色小吃，喝一口冰镇啤酒，仰望星空，神清气爽。深秋的敦煌显得格外清朗，夜晚的天空格外高蓝，明月洒下一地清辉。从来没有见过这样晶亮的满天繁星，好像一天的星星都集中到这块天空了。城市不大，但建设有序、干净整洁、规划整齐。汉唐的建筑，街头的飞天雕塑，满墙风动的壁画，让人疑在历史与梦幻之中。它没有林立的高楼大厦，没有现代的立交桥，但是它有历史的厚重，它有“葡萄美酒夜光杯”的精致。

一夜小雪，鸣沙山披上一层洁白的轻纱，空气像水洗过一样清爽。登上山顶，举目四望，那一道道沙峰如奔涌的波浪，气势磅礴，汹涌澎湃。山坡上的沙浪，如碧波荡漾的涟漪，跌宕有致，妙趣横生。微风吹来，扑人心怀，爽人心肺，心胸顿觉空明。下山最为有趣，顺坡而下，只觉两肋生风，软软的流沙让人犹如腾云驾雾，飘飘欲仙。

鸣沙山的沙粒有红、黄、绿、黑、白五色，当地人称它“五色神沙山”。阳光下的鸣沙山，如大海中的波涛，奔涌起伏，甚为壮观。登临此山，听到山与泉的同振共鸣，犹如钟鼓管弦齐奏，令人动魄惊心。《后汉书·郡国志》引南朝《耆旧记》云：敦煌“山有鸣沙之异，水有悬泉之神”。《旧唐书·地理志》载，鸣沙山“天气晴朗时，沙鸣闻于城内”。

相传，古时候有一位将军，在此打了败仗，全军覆没，积尸数万，忽狂风四起，飞沙走石，天昏地暗，伸手不见五指，一夜之间，吹沙覆盖成丘，后沙丘内时有鼓角声相闻，人们就称其为鸣沙山了。因其绵亘横卧，宛若游龙，形如土龙身，又称其为“白龙堆”。

被誉为天下沙漠第一泉的月牙泉，千百年来不为流沙而淹没，不因干旱而枯竭，茫茫大漠中有此一泉，在满目苍凉中有此一景，足见造化之神奇，真令人心醉神迷。月牙泉有版本众多的美丽传说，听导游说，月光下的月牙泉更美丽。最好在农历十五月圆之夜时来，且露宿在鸣沙山才可以亲历那梦幻仙境般的意境。

三

来敦煌不能不去瞻仰莫高窟。是的，是瞻仰，不是参观。

瞻仰莫高窟是敦煌之旅的压轴大戏。

莫高窟，俗称千佛洞，坐落在敦煌城东南 25 公里的鸣沙山东麓的崖壁上。它始建于十六国的前秦时期，历经十六国、北朝、隋、唐、五代、西夏、元等历代的兴建，形成巨大的规模，有洞窟 735 个，壁画 4.5 万平方米，泥质彩塑 2415 尊，是世界上现存规模最大、内容最丰富的佛教艺术圣地。

进入莫高窟，我的心情变得特别肃穆，仿佛虔诚的信徒进入神圣的殿堂一般。1600 多年的开凿与修复，彩塑、壁画、飞天，集佛家思想和天马行空的艺术于一身，静下心来，仿佛还能听到风中飘荡着 1600 年前的斧凿声。

洞窟门一打开，历史的味道迎面而来，栩栩如生的泥塑和壁画好像带你走进了历史，走入了千年前。你可以看见千年前的画工巧匠们一点一点描绘，上色。可是那些泥塑的残破又告诉你时光已逝、光阴变换的事实。那些佛像用着千年不变的平静面对你，微微上扬的嘴角述说着乐观豁达。其实他们面对的不只是你，还有千年的历史，那些进入盗宝的强盗，那些谦卑祈福的平民。他们只是豁达平静地看着。直到今天，他们迎来一批一批特殊的或者普通的客人，来研究或者观摩这些历史遗留的艺术珍品。

在我们参观的十来个洞窟中，最使我赞叹的是莫高窟第一大佛，它是唐朝时期制造的，造型宏大，体态丰满，面容雕刻十分精巧。它的手制作得更是惟妙惟肖，特别是左手自然放置在腿上，被称为“天下第一美手”。在这座大佛的脚下，有两个进出的洞，人们可以由此钻过佛像的两只脚，据说古人正是用这种钻佛脚的方法祈求平安的。这个大佛脖子上有三道肉环，手有四节，这栩栩如生的造型充分体现了佛的特点。更让人惊叹的是，这座巨大的佛像是一座完全从石壁上凿出来的坐佛，令人不得不佩服古人的智慧。

敦煌文化源远流长，博大精深。公元前 111 年，汉朝正式设立敦煌郡。为防御匈奴侵扰，汉廷从令居（今永登）经敦煌直至盐泽（今罗布泊）修筑了长城和烽燧，并设置了阳关、玉门关，敦煌成为中原通往西域的门户和边防军事重镇。汉廷对敦煌的战略地位极为重视，汉武帝几次从内地移民于此，带来了内地先进的生产技术和文化，使敦煌逐渐发展成为繁荣的农业区和粮食生产基地。通过修筑长城和烽燧，敦煌与酒泉、张掖、武威连成一线，对内保卫着陇右地区的安全，对外有力地支持了汉王朝打击匈奴经营西域的一系列军事活动，并逐渐发展成为中原王朝统辖西域的军政中心。三国魏文帝曹丕即位以后，派兵消灭了河西的割据势力，继续推行西汉以来的屯田戍边政策，保护来往商人，使敦煌成为丝绸之路上的重要商业城市和粮食基地。

汉代丝绸之路自长安出发，经过河西走廊到达敦煌，出玉门关和阳关，沿昆仑山北麓和天山南麓，分为南北两条道路。南线从敦煌出发，经过楼兰，越过葱岭而到安息，西至大秦（古罗马）；北线由敦煌经高昌、龟兹，越葱岭而至大宛。汉唐之际，又沿天山北麓开辟一条新路，由敦煌经哈密、巴里坤湖，越伊犁河，而至拂林国（东罗马帝国）。自汉至宋，丝绸之路是通往西方的交通要道，敦煌也由此成为丝绸之路上的一颗璀璨明珠。

沿着丝绸之路，中国的丝绸及先进技术不断向西传播到中亚、西亚甚至欧洲，而来自西域的物产亦传播至中原地区。丝绸之路上，各国使臣、将士、商贾、僧侣络绎不绝，而敦煌成为“咽喉锁钥”，据丝绸之路之要冲，成为中西方贸易的中心和中转站。西域胡商与中原汉族商客在此云集，从事中原丝绸和瓷器、西域珍宝、北方驼马与当地粮食的交易。

与此同时，中原文化、佛教文化、西亚和中亚文化不断传播到敦煌，中西不同的文化在这里汇聚、碰撞、交融，使得敦煌成为“华戎所交，一大都会”，人文荟萃，文化粲然，这些繁荣的景象在莫高窟第 296 窟窟顶的壁画上有着生动的记载。

莫高窟是敦煌文化的集大成者，堪称“明珠上的明珠”。

前秦建元二年（366），僧人乐尊路经敦煌附近的鸣沙山，忽见金光闪耀，如现万佛，于是便在岩壁上开凿了第一个洞窟。此后历经北朝、隋、唐、五代、西夏、元等朝代修凿造像，蔚为奇观，人称“千佛洞”。隋唐时期，随着丝绸之路的繁荣，莫高窟更是兴盛。隋代存在的37年，在莫高窟开窟77个，规模宏大，壁画和彩塑技艺精湛，同时并存着南北两种截然不同的艺术风格。唐代的敦煌同全国一样，经济文化高度繁荣，佛教兴盛。莫高窟开窟数量多达1000余窟，保存至今的有735窟，壁画和塑像都达到异常高的艺术水平。安史之乱后，敦煌先后由吐蕃和归义军占领，但造像活动未受太大影响。西夏统治者崇信佛教，不排斥汉文化，敦煌在文化艺术方面取得了长足的发展。据统计，在宋、夏时期，共开凿洞窟100个。至今，莫高窟和榆林窟保存着大量丰富而独特的西夏佛教艺术作品。“敦煌遗书”即在西夏统治时期封藏于莫高窟第17窟内。元朝以后，随着丝绸之路的废弃，莫高窟也停止了兴建并逐渐湮没，直至清末被重新发现而为世人所知，甚至形成了一门专门研究敦煌莫高窟藏经洞典籍和敦煌艺术的学科——敦煌学。1987年，莫高窟被列为世界文化遗产。

四

“敦煌者，吾国学术之伤心史也。”

——陈寅恪

走进敦煌研究院大门，一块条石上镌刻着的大字格外醒目，也格外锥心。

如果不是因为一次意外的发现，也许莫高窟现在还静静地沉睡在沙漠的怀中；或者，她在合适的时间被合适的人发现，也许能够受到更好的保护。

可惜，历史不能假设。

1900年6月22日，敦煌莫高窟下寺道士王圆箓在清理积沙时，无意中发现了藏经洞，并挖出了公元四世纪至十一世纪的佛教经卷、社会文书、刺绣、绢画、法器等文物五万余件……

王道士在无意中发现了一段历史，从此敦煌不再平静，从此敦煌在被掠夺、被肢解中走向世界，从此无数的学者为她穷经皓首，从此世界上产生了敦煌学。

在前人留下的各种文献中，我们痛心地看到了敦煌文物被掠夺的历史：

1907 年、1914 年，英国的斯坦因两次掠走遗书、文物一万多件。

1908 年，法国人伯希和从藏经洞中拣选文书中的精品，掠走五六千件。

然后是日本人橘瑞超和吉川小一郎，掠走约 600 件经卷；俄国人奥尔登堡，拿走一批经卷写本，并盗走第 263 窟的壁画；美国人华尔纳，用特制的化学胶液，粘揭盗走莫高窟壁画 26 块……

如今，一些人把敦煌劫难的账算在王道士头上，指责他为敦煌的罪人。把一场民族灾难的责任算在一个小人物的头上，这是何等不公平！事实上，王道士曾经为保护敦煌文物而努力、而奔走呼号过，可是没有得到任何响应；他人微言轻、势单力薄，怎么支撑得起将倾的大厦？

面对敦煌遭遇的重重劫难，中国的知识分子拍案而起，他们义无反顾地站了出来，掀起了一场敦煌大抢救运动：

最先站出来的，是著名金石考古专家罗振玉。当他得知一批珍贵的敦煌文物沦落入法国人伯希和之手后，当即报告学部，要求即刻发令保护藏经洞遗书。同时，他还公开发表了《敦煌石室书目及其发现之原始》《莫高窟石室秘录》，首次向国人公布了地处边远的敦煌无比重大的发现，以及痛失国宝的真实状况。

紧接着，一批著名学者，包括胡适、郑振铎、王国维、陈寅恪、王仁俊、蒋黼、刘师培等，都投入到对敦煌遗书的收集、校勘、刊布、研究中来。更有罗振玉、刘半农、向达、王重民、姜亮夫、王庆菽、于道泉等，远涉重洋，到日本、到欧洲，去抄录和研究那些流失的遗书。

在保护和研究敦煌方面，贡献最大、最令人感动的是以常书鸿、段文杰、樊锦诗等为代表的敦煌守护者。他们放弃内地大城市优越的生活条件，奔赴偏僻荒凉的大西北，把一生都贡献给了敦煌文物古籍保护事业。正是由于他们的艰苦付出和辛勤努力，敦煌才结束了无人看管的现状，走上了科学保护的路子；敦煌学研究也从无到有，从粗到精，彻底改变了“敦煌在中国，敦煌学研究在国外”的状况。

1943 年 3 月，常书鸿一行六人，历尽艰难困苦，来到荒凉的莫高窟，开始了艰难的敦煌保护和研究工作。此前，从法国留学归来的他，被国民政府聘任为刚刚成立的国立敦煌艺术研究所所长。

常书鸿他们面对的是破旧凋敝、毫无保护的莫高窟。风沙侵蚀，人为毁损，使这座艺术宝库日渐衰败。常书鸿带领仅有的十余名员工，筚路蓝缕，白手起家，一切从头开始，从无开始，开始了敦煌石窟的清理、调查、保护、临摹等工作。从 1943 年 3 月踏上敦煌的土地，常书鸿在莫高窟默默工作和奋斗了 50 年。他的生命的一大半都献给了敦煌，献给了莫高窟。他带领第一代敦煌人，为莫高窟的保护作出了巨大贡献。人们把他称为“敦煌守护神”。

继常书鸿之后，他的继任者段文杰、樊锦诗、王旭东，带领一代代敦煌人，在保护敦煌和研究敦煌的道路上继续摸索前行。如今，莫高窟保护已经从常规保护转变为科学保护。由原敦煌艺术研究所发展而成的敦煌研究院，已经成为国内外具有一定规模和影响的遗址博物馆、敦煌学研究实体、壁画与土遗址保护科研基地。我国的敦煌学研究，在国际上已经处于领先水平。由敦煌研究院第三任院长樊锦诗提出的“数字敦煌”的概念，已经应用于敦煌文物保护的实践中。他们将数字技术引入敦煌遗产保护，将洞窟、壁画、彩塑及与敦煌相关的一切文物加工成高智能数字图像；同时将分散在世界各地的敦煌文献、研究成果、相关资料，通过数字处理，汇集成电子档案，从而为敦煌保护和研究开辟了全新的道路。

不仅如此，敦煌人还做足了“敦煌文章”，用艺术的方法向世界生动展示敦煌文化。国内第一部以敦煌壁画为题材的动漫片《敦煌传奇》，首次以动漫形式展现了博大精深的敦煌文化，是继舞剧《丝路花雨》《大梦敦煌》之后的又一部艺术精品。已经推出的英语、韩语、日语和中文繁体等多种版本，在国内外引起很大反响。专家认为，它对于正在建设中的丝绸之路经济带和华夏文明传承创新区有着重要的文化意义。

“敦煌是中国的敦煌，应该使敦煌学回到中国。”这是三十多年前，一位老人的郑重嘱托。

现在，我们完全可以自豪地告慰这位老人：敦煌学已经回家了！

2017 年

鄱阳看鸟

——大地十记之七

其实，把鸟儿们当成“客人”，那是见外了。花草树木、鸟兽飞禽均按照季节活动，它们规律性的行动，被看作区分时令节气的重要标志。所以，候鸟是原始的气象专家。与其说它们是人类的朋友，不如说它们是人类的老师，更为贴切。

鄱阳是湖，也是县。湖是中国第一大淡水湖，也是中国第二大湖，中外驰名；县在鄱阳湖东岸，古称番（pó）邑、饶州，汉时更名鄱阳县。湖因县而得名（一说以鄱阳山而得名，但此山早已不见），而县也因湖而扬名。

到鄱阳，可看山，看水，看候鸟，看花草，看一切风景。

冬天，到鄱阳湖去看鸟

一

大寒那天，与朋友相约到鄱阳湖去看鸟。

大寒是全年二十四节气中的最后一个。每年公历 1 月 20 日或 21 日，太阳到达黄经 300° 时，即为大寒。清代官修的综合性农书《授时通考·天时》引

《三礼义宗》曰:“大寒为中者，上形于小寒，故谓之大……寒气之逆极，故谓大寒。”俗语云:“小寒大寒，冻成一团。”大寒节气是中国大部分地区一年中的最冷时期，风大，低温，地面积雪不化，呈现出冰天雪地、天寒地冻的严寒景象。宋代邵雍《大寒吟》这样描述大寒的景象:“旧雪未及消，新雪又拥户。阶前冻银床，檐头冰钟乳。清日无光辉，烈风正号怒。人口各有舌，语言不能吐。”人被冻得不能张嘴说话，可见寒到极点了。

我们是 2018 年 1 月 20 日到的鄱阳县，那天正是大寒。冬天的鄱阳湖畔，萧瑟冷清，了无生趣，是南来的候鸟给它带来了生气和活力。

二

鄱阳湖，古称彭蠡、彭蠡泽、彭泽，位于江西省东北部，长江中下游南岸，是赣江、抚河、信江、饶河、修水五大河流的入江总汇，江西向心水系的中心，下接长江。南北长 173 公里，东西最大宽度 74 公里。湖区面积在平水位（14~15 米）时为 3150 平方公里，高水位（20 米）时为 4125 平方公里以上。丰水季节浪涌波腾，浩瀚万顷，水天相连。鄱阳湖中有水生维管束植物 102 种、浮游生物 266 种、鱼类 122 种、豚类 2 种、已鉴定的贝类 87 种。江豚在鄱阳湖中的数量约 200 余头。

优良的地理、水文条件，使鄱阳湖区成为亚洲最大的越冬候鸟栖息地，世界最大的鸟类保护区。每年秋末冬初，有成千上万只候鸟，从俄罗斯西伯利亚、蒙古、日本、朝鲜以及中国东北、西北等地来此越冬。如今，保护区内鸟类有 300 多种，近百万只，其中白鹤等珍禽 50 多种。占世界总数 98% 以上的白鹤、80% 以上的东方白鹳、70% 以上的白枕鹤都在鄱阳湖区越冬。这里是世界上最大的鸿雁种群越冬地，数量达 6 万多只；还是中国最大的小天鹅种群越冬地，最高数量达 7 万多只。同时也是大量珍稀候鸟的重要迁徙通道和停歇地，鄱阳湖是白鹤的天堂，天鹅的故乡，被称为“白鹤世界”“珍禽王国”。

三

大量候鸟的到来，让冷清的鄱阳湖有了生趣，也吸引了天南地北的爱鸟者，冬天到鄱阳湖观鸟成为一项热门的旅游项目。每年冬天，都有成千上万的客人专程来鄱阳湖看鸟。

随着气温逐渐下降，每年的10月下旬到11月初，鄱阳湖进入越冬候鸟迁徙高峰期。

最先到达的是鸿雁。鸿雁似乎格外性急，每年的9月下旬就匆匆赶往鄱阳湖。

鸿雁，又称大雁。每当秋冬季节，它们就从老家西伯利亚一带，成群结队、浩浩荡荡地飞到鄱阳湖过冬，第二年春天再回到西伯利亚产蛋繁殖。大雁的飞行速度很快，每小时能飞68~90公里，它们能够飞行几千公里的漫长旅途。

很多人对大雁的队形印象深刻。在长途旅行中，它们常常排成人字形或一字形，这可不是飞行表演，而是为了保存体力和保障安全。在这种队形中，头雁扇动翅膀带动气流，在其身后形成一个低气压区，后面的大雁就可以利用这个低气压区减少空气的阻力，飞起来会很轻松，有利于提高整个群体的持续飞行能力。同时，这种队形也有利于防御敌害。它们一边飞着，一边不断发出“嘎、嘎”的叫声，叫声有提示起飞、停歇等的信号作用，大雁们以此互相照顾、呼唤。在飞行中，带队的大雁体力消耗得很厉害，因而它常与别的大雁交换位置。幼鸟和体弱的鸟，大都插在队伍的中间。停歇在水边找食水草时，总由一只有经验的老雁担任哨兵。人们常说：“大雁飞得高，全靠头雁带。”确实如此，头雁一般是很有力量、很有经验的。同时也可见大雁强烈的集体意识。

紧随其后的是苍鹭、豆雁、斑嘴鸭、鸬鹚等候鸟。苍鹭又称灰鹭，属大型水边鸟类，头、颈、脚和嘴均甚长，因而身体显得细瘦。苍鹭喜欢独处，常常两脚交替独立着地，长时间地在水边站立不动，往往可达数小时之久，就像一个在思考终极命题的思想家。豆雁属大型雁类，体形大小似家鹅，性机警，不易接近，常在距人500米外就起飞。斑嘴鸭属大型鸭类，体形大小和绿头鸭相似，鸣声洪亮而清脆，很远即可听见。鸬鹚是我们熟悉的大型食鱼游禽，善于潜水，嘴强而长，锥状，先端具锐钩，适于啄鱼，下喉有小囊，常被人驯化用以捕鱼。我们小时候常常看到“鱼佬”在它喉部系着绳子，让它下水捕鱼，捕到后吐到鱼篓里或船舱里。捕完鱼后，鱼佬会喂给它一些小鱼小虾作为奖励。

最有名的当然是白鹤了。白鹤是大型涉禽，略小于丹顶鹤，站立时通体白色，胸和前额鲜红色，嘴和脚暗红色；飞翔时，翅尖黑色，其余羽毛白色，分布于中国、印度、伊朗、阿富汗和日本等地。白鹤为世界濒危物种，属国家一级保护鸟类，是鄱阳湖保护区的最重点保护对象之一。全球的白鹤总数大约为4000多只，其中98%都要从北方飞抵鄱阳湖越冬。在鄱阳湖越冬的白鹤，10月下旬飞来，至翌年3月底全部迁走，越冬期达150天。活动时主要以家庭为单位，觅食时，双亲还要饲喂幼鹤，直到翌年2月中旬幼鹤才开始自己挖泥取食。至于在鄱阳湖越冬白鹤的种群数量，中国科学院动物研究所科研人员进行了相关调研，1980年冬季首次在大湖池发现有91只，此后历年统计，逐年增加，到2002年越冬种群总数达4000只以上。

冬季，人们从四面八方赶到鄱阳湖，来欣赏那种“飞时遮尽云和月，落时不见湖边草”的壮观美景。

四

在鄱阳，我与白鹤相遇。

鄱阳可以观鸟的地方很多，鄱阳湖国家湿地公园是最佳的观赏地。鄱阳湖湿地公园以湖泊、河流、草洲、泥滩、岛屿、泛滥地、池塘等湿地为主体景观，湿地资源丰富，类型众多而极具代表性，是亚洲最大湿地、世界六大湿地之一，湿地物种非常丰富。公园有鸟类17目41科86属132种，其种数为江西已知鸟类的36%，尤其以鹭鸟最多。据观察，仅鹭鸟就有9种。它们是小白鹭、中白鹭、大白鹭、夜鹭、池鹭、苍鹭、草鹭、牛背鹭、白琵鹭。

我就是在湿地公园见到白鹤的。进入汉池湖水禽栖息地保护与保育区，进门左侧是一大块用栅栏围起来的区域，这就是鹤园，里面活动着白鹤，和它们的本家丹顶鹤在一起。还有东方白鹳、灰鹤、蓑羽鹤等。这是我第一次见到白鹤，它和丹顶鹤实在太像了。白鹤体长大约130多厘米，长长的颈项，通体白色，优雅而高贵。白鹤一点也不怯生，大大方方地在游人手中啄食吃食，让游人照相。鹤的自然寿命很长，可以活到五六十岁，是长寿动物，被视为吉祥长寿的象征。白鹤对环境条件的要求非常高，是环境状况的重要指示性物种，每年冬天竟近乎悉数选择到鄱阳湖越冬，是因为它们在这里受到了最好的呵护。

过了鹤园就是天鹅湖，白天鹅、黑天鹅在水中悠闲地游来游去。天鹅们都是成双成对的。解说员告诉我们，人们认为鸳鸯是坚贞爱情的象征，其实鸳鸯对彼此并没有那么忠诚，它们很容易移情别恋。真正忠于爱情的，是天鹅。如果配偶去世，另一个会一边哀婉地鸣叫，一边使尽全身力气飞到高空，直到精疲力竭从空中直摔落地而亡。

我们平时看到的大雁，是在天空中飞行的，它们那一字形或人字形的雁阵，每次都会引得我们驻足抬头仰望。在这里，我们第一次近距离看到了停留在陆地上的大雁，它们在一片开阔的滩涂上悠闲地散步，也有的在芦苇丛中觅食。可以看到，它们颈部至腹部为白色，头部到脖子为黑色，背部、双翼为灰色。时时有大雁从远处飞来降落，也时时有大雁从滩涂上起飞远去。

在鄱阳大地行走，随时、随处可以看到各种鸟类。它们在沟渠，在水田里，在湖水边，在一切有水的地方。鄱阳湖两岸的草滩上，茂盛的冬草像梳理过一样密集整齐，无边无际，成群结队的大雁就隐匿其中，静静地耳鬓厮磨。白天鹅黑天鹅时而在湖中尽情嬉戏，时而在水面上滑行，时而展翅高飞，时而又没落在青草丛中。在偏僻的湖汊，丹顶鹤、灰鹤在自由地觅食。一只孤鹜突然从芦苇中惊飞，直冲云霄，消逝在晚霞之中。候鸟们把这里当作第二故乡，悠闲地生活着。

为了给这些远道而来的客人提供最佳的越冬环境，鄱阳湖保护区采取了最严格也最周全的保护措施。连续多年对白鹤等珍稀候鸟的主要食物苦草进行调查，监测其生长状况，还通过科学调控水位，营造适宜的觅食环境。沿湖各保护站都有人员在湖区监测和巡护，营造安全的栖息环境，让这些尊贵的客人“住得安心，吃得舒心”。

其实，把鸟儿们当成“客人”，那是见外了。俗话说：“花木管时令，鸟鸣报农时。”花草树木、鸟兽飞禽均按照季节活动，它们规律性的行动，被看作区分时令节气的重要标志。所以，候鸟是原始的气象专家。在传统的农耕社会，人们根据它们南来北往的节奏，正确地顺天应人，治人事天，恪守大道和天地的度、数、信，给生存带来幸福与安宁。所以，与其说它们是人类的朋友，不如说它们是人类的老师，更为贴切。

人类与万物和谐共处，这就是生态文明的核心要义吧？

鄱阳看水

冬天本不是看水的季节，可在鄱阳，水无处不在，一年四季的水都好看。

也许是从小出生在水乡的缘故，我对水格外亲，到哪儿都喜欢看水，看到水就喜欢。《论语》说：“知者乐水，仁者乐山。”《五灯会元》记载青原惟信禅师讲述自己修佛悟道的历程时说：“老僧三十年前未参禅时，见山是山，见水是水。及至后来，亲见知识，有个入处，见山不是山，见水不是水。而今得个休歇处，依前见山只是山，见水只是水。”我没那么高深，我看山就是山，看水就是水，纯粹喜欢而已，什么也没悟出来。

鄱阳县总面积 4215 平方公里，其中水域面积 948.7 平方公里。境内有大小湖泊 1067 个，鄱阳湖的主体部分就在境内，还有大小河流 225 条，被誉为“千湖之县”“中国湖城”“浪花上的城市，鸟语下的乡村”。城在湖中，湖在城中，上千个湖泊星罗棋布地荡漾在全县的各个角落，滋润着这块土地，养育着这块土地上的人们。几千年来，鄱阳人在与水的融合搏斗中繁衍生息，随着历史一起构筑这风光旖旎的江南古城，近两千年的历史孕育了悠久灿烂的水文化。

这里的水，一年四季有四季的美：春天，春水如蓝，花草烂漫；夏天，水天一色，横无际涯；秋天，秋水澄净，芦花飞絮；冬天，湿地无涯，人鸟共舞。

鄱阳县湖泊多、河流多，每一个湖泊、每一条河流，都是一道独特的风景。

饶河亦名鄱江，因鄱阳县乃古饶州府治所在地，故得名饶河。是江西五大河流之一，赣东北两条母亲河之一。它汇聚了昌江、乐安河两条支流，在鄱阳县莲湖附近注入鄱阳湖。饶河上游重峦叠嶂，森林茂密，河面狭窄，水流湍急；下游地势平坦开阔，水网稠密，河面开阔，水流缓慢。从芝山上的望江亭远眺饶河，只见河水浩浩汤汤，气象万千。

珠湖因唐时盛产明珠而得名，水面 8 万亩。相传，珠湖原本就是王母的玉盘打翻后遗落在鄱阳湖畔的一颗明珠。七仙女路经此地，见此湖圆润、清澄，十分欢喜，便经常偷偷下凡来这里洗澡。王母得知后大怒，派虾兵蟹将把珠湖啃蚀得残缺不齐，这就有了珠湖周边 48 大汊，108 小汊。珠湖自然清新，湖水碧绿，水质纯净，鸟语花香。湖面开阔，极目远眺，烟波渺远，湖与山相连，水与天相接。随兴来湖边走走，无论怎样的烦恼忧愁，都会在乐山乐水中渐渐飘散，伴随着宽广的是人的心胸。

东湖是鄱阳县城诸水泊中古老的也是最大的湖，积淀着历朝历代精神文化的丰富内涵。它犹如一颗落入凡尘的碧玉，多少年来静卧沉思；它见证了鄱阳的千年历史，沉淀了鄱阳的古老文明，是一个历史文化名湖，“东湖十景”曾经赢得文人骚客的诗文歌咏。世事沧桑，历经千百年风雨，“东湖十景”已成为纸上的风景。痛惜之余，鄱阳人陆续采取措施维修保护了一些重要景点，成为鄱阳文化名城的重要组成部分。人与自然的互生共存，推动着山水文化的发生发展。鄱阳东湖十景以新的姿态呈现在世人面前，展示出独特的历史文化内涵和城市底蕴。东湖边垂柳婆娑，湖面薄雾氤氲，云影在天空浮动。湖堤杨柳拂水，绿树成林，古木参天。绕湖而行能看到湖面上连接对岸的古桥，如小巧精致的渡船浮于水面。站在东湖边，静看碧水环岸，江鸥白鹭，亭台水榭，草木葳蕤，此情此景，美不胜收。

冬日的晴空下，鄱阳的水是安静的，柔美的，像梦中的睡美人一样。虽然天气寒冷，但是冬天的湖水多了一份从容与淡定，摇曳着喧嚣城市里的宁静与祥和。远处的天空，近处的房子和树木花草……一切浑然天成，在湖畔衬托着一幅幅水墨山水画。面对如此美景，几乎所有人都会不由自主地吟诵起王勃的优美词句：“落霞与孤鹜齐飞，秋水共长天一色。渔舟唱晚，响穷彭蠡之滨；雁阵惊寒，声断衡阳之浦。”遥想当年，鄱阳湖水让多少文人墨客吟诗作赋，借水抒怀；碧水中，莲叶间，留下多少平平仄仄的清韵。

然而，鄱阳的水并不总是这样安静，这样温驯。它也有暴跳如雷的时候，也有桀骜不驯的时候，也有肆意妄为的时候。鄱阳尽得水之利、尽享水之乐，但也曾备受水之害、备尝水之苦。翻开《鄱阳县水利志》可以看到，历史上鄱阳水灾频仍，曾给当地百姓带来巨大的损害。人与水最好的相处方式，是和谐共生。今天的鄱阳，人与水和谐共处，是几千年摸索、努力的结果，所以万物生长，百鸟翔集，草木葱茏，人民安居。

是的，这里的一山一水，一石一木，都有太多的历史故事和文化记忆；清新的空气中，可以触摸到江南水乡特有的迷人而忧伤的文化气息。荡漾在这片土地上的柔波，构成了这个城市的独特风景，让人们的生活越来越多姿多彩。

2018 年

阳光米易
——大地十记之八

在米易，我没有见到传说中的阳光，但是分明又感受到了阳光的温暖。

一

到达米易的那天，天空阴阴沉沉的，寒意袭人，还飘着零星细雨。雨虽不大，但淅淅沥沥的，竟连下三天，陪伴了我们在米易所有的日子。接站的米易朋友抱歉地说：“我们米易最不缺的就是阳光，偏偏你们一来就赶上阴雨天，真是对不起你们了！”听那语气，倒像是他们米易人的不是似的。

冬天到米易来晒太阳，几乎已成一句广告用语。丁酉腊月，正是冬将尽春将来之时，听说米易阳光好、空气好，我们慕名而来，就是为了晒太阳、呼吸新鲜空气的。谁知到了这里竟连一点阳光都没见着，岂不令人失望！最近的一轮寒流，席卷了中国。从北到南，气温骤降。米易也未能幸免，出现了罕见的连绵阴雨天；甚至还下了场不大不小的雪，远远近近的山坡上都有未曾融化的积雪，白皑皑的一片又一片，让多年没有见过雪的米易人直呼惊喜。

二

米易，请原谅我的孤陋寡闻。在这次来米易之前，我甚至都没有听说过你这有点奇怪的名字。不光是我，估计很多人都不知道。那天早上坐出租车去机场，司机问我去哪儿，我没敢说“米易”，我说了一个更大的地名：“西昌”，我想这个地方他总会知道吧；没想到司机接着问我：“西昌在哪儿？”

按照我的习惯，每去一地之前总要上网查阅一下当地的情况，这次也不例外，对米易的情况有了一点大概的了解。在从西昌机场去米易的路上，又听米易的朋友介绍了很多有关米易的传说趣闻，让我未见其形，先闻其神，一下子倒喜欢上了这个地方。

米易是四川攀枝花市的一个县，地处青藏高原东南缘，四川省西南角，位于北纬 26° 42′ 至 27° 10′，东经 101° 44′ 至 102° 15′，属于南亚热带干热河谷立体气候，平均气温 20℃，全年日照时间长达 2700 小时。米易原名迷阳，因其地处安宁河下游，早晨往往水汽蒸腾，浓雾弥漫；太阳一出，则云开雾散，天清气朗。至明永乐年间改为迷易县。据民间传说，当时有一任县令，没什么文化，是花钱买的官。上任伊始，属下请他题个县名，他大笔一挥，把“迷陽”写成了“迷易”。下属当然不敢纠正，从此将错就错，就这么传下来了。后建制几经变更，到了 1952 年，“迷易县”又更名为“米易县”。也是民间传说，这次据说是周恩来总理亲自改定的，大概是觉得这个“迷”字不好吧。这个名字倒是有点意思了，让人仿佛闻到了稻谷的芳香。当年白居易初到长安，拿着自己的诗稿去拜见大诗人顾况。顾况半开玩笑半认真地提醒道：“长安米贵（一说物贵），居大不易啊。”“米易”仿佛专门对着这句话来的。这地方阳光足，雨水多，气候好，全年基本无霜，瓜果蔬菜、稻麦鱼虾样样不缺，要吃上大米倒是很容易的事情。即使在三年困难时期，这里都没饿死过人。就算粮食不够，山里、水里总有可以填饱肚子的东西。

米易另一个闻名之处，在于她是三皇五帝中第二大帝——颛顼的诞生之地。作为炎黄子孙的人文始祖，颛顼是“三皇五帝”中的“高阳大帝”，在中国历史上、华夏太阳神话系统中和道教神仙座次中，拥有至高无上的地位。所谓的天下九州，就是颛顼当政时期划分的，分别为冀、兖、青、徐、扬、荆、豫、梁、雍，因此，古代中国别称“九州”。史籍记载，颛顼“生若水之野”。“若水”，是米易的母亲河安宁河的旧称。据学者们考证，这个“若水之野”正是米易。所以米易的宣传语就是“颛顼故里，阳光米易”。从这个宣传语就可看出，米易是阳光特别眷顾的地方。连我们所住的宾馆，名字中都有“阳光”二字，可见阳光对米易是多么地大方。夏无酷暑，冬无严寒，独得上天恩宠，是天然的大地温室和全国少有的热作区，一年四季果蔬不断，瓜果飘香。

了解了这些，我对米易倒有点相识恨晚了。

三

于是，一到宾馆，我放下行李，顾不上休息，就一个人出去转悠了。我迫切想看看米易的尊容。

从宾馆出门向西走不多远，就是一条大河，这就是米易人为之骄傲的母亲河——安宁河。安宁河古名若水，又名孙水，是米易最大的一条河，汇集了楠木河、新开田河、小河、橄榄河、草场河、柳溪河、挂榜河、热水河等小支小流——当听到“热水河”这个名字时，我的心头一热：若干年前，我曾经翻译过一篇美国的短篇小说，英文标题是“Warm River”。按字面意思，应该译成《温暖的河》。但是几经斟酌，我将它译成《热水河》。没想到，三十多年之后，我会与它在米易相遇，有一种心灵相契的感觉。

河面很开阔，许是下雨的缘故，河水有点浑浊，不过看得出来不是污染的浑，也许是调皮的雨点溅起了水底的泥沙。我们平时看到的大江小河，大多是静静的，即使流动也是缓缓的；而安宁河却一点也不安宁，河水浩浩汤汤，由北向南流淌着。

安宁河对于米易的意义是非同寻常的。安宁河全长335公里，丰腴的河水孕育了米易源远流长的农耕文明，使米易成为物产丰阜的鱼米之乡。米易原属西昌，后来划给攀枝花，成为攀枝花钢铁公司的粮食蔬菜供应基地。那青山之间排闼而来的滔滔河水，宛若铺开了一地的诗情画意，让历朝历代游历于此的文人墨客诗思泉涌，吟哦不止。

一蓑一笠一渔舟，若水烟波任去留。
杨柳堤边歌韵起，芦花岸上笛声悠。
唱残旧曲惊鱼梦，听罢新腔遣客愁。
却怪滩高人不见，乘风又过白蘋洲。

这是清代米易诗人吴山的《宁河渔唱》，至今读来，还令人怀想当年的繁盛与安宁。

安宁河两岸，是宽阔的滨河长廊与健康绿道，配以儿童乐园、健身区、小广场等公共区域。再往里，才是建筑。米易是个小县，总人口才二十来万，县城也不大，很少高层建筑。虽是冬末，但道路两旁各色鲜花竞相绽放。造型独特的颛顼龙桥横卧江上，远远看去，如同一条腾飞的巨龙。相传，昔日孙水有滩名“离子滩”，滩陡水急，常有行旅罹难。帝颛顼北上，途经此滩，见浊浪排空，水患四野，谷粟毁于洪荒，房屋倾覆，两岸来往受制于此。帝怜恤，遂取玉带抛向空中，瞬间一金龙跃空，卧于离子滩东西两岸，化为一桥，是为“龙桥”。至此，两岸通融，农耕发达，商贾顺畅，政通人和。如今，米易人在此处重建龙桥，长龙卧波，勾连古今，造福百姓，兴旺百业，遂遂帝高阳颛顼之愿。桥头张灯结彩，“第九届米易灯会”的会标高挂，一到晚上，夜景灯亮起，又是一番别样美景。难怪，无论白天还是晚上，总有很多人流连在安宁河边，静静享受着这里的天然之美。

龙桥是一座步行桥、景观桥。我拾级而上，来到龙桥中央，放眼远望，但见安宁河从县城中间穿城而过，城市由河两岸向外展开，就像一条玉带将城市串连起来，给城市平添了几许柔美，更让整个县城建筑和设计，有了更丰富的层次，不愧为一座“城在山中、水在城中、居在园中、行在绿中”的山水园林城市。

我一路缓步走着，欣赏着两岸的美景及建筑。忽然，河中远远出现了几艘小船，由南向北溯流而上。是谁这么勇敢，竟敢驾驭一叶扁舟戏水河中？近了，才发现原来是几位青年男女，他们划的是皮划艇。这儿为什么会有皮划艇？这个问号吸引我一路前行，终于进入别一洞天。

再往前走，向右一拐，是一座大坝。对着安宁河这边砌成梯形，大坝那头的水顺着台阶跳跃而下，这种设计也许正是为了河水的流动。跨过大坝，才发现原来这里是国家皮划艇激流回旋训练基地中心。有一条湍急的渠道，一些年轻的男女运动员正在训练。刚才我看到的正是皮划艇运动员在大河里训练。进入训练基地，我简直疑心自己进入了一个童话世界——基地门口，是两个稻草人和一只萌萌的大熊——大熊也是稻草做的；渠道两岸的坡地上和平地上，遍布各种卡通和童话人物、动物形象，而且都是用稻草做成的。有挑着担的，推着独轮车的，赶着牛耕田的，骑着自行车的；有大黄人，拉车的双鹿，还有用花木修剪成的爱心、大象、小熊……可爱极了！我到过很多城市，见过很多城市雕塑，大多与城市的历史和人物有关。像这样用稻草做成的卡通形象还是第一次见到。在后来的两天里，我发现城里有很多这样的卡通形象。米易人有一颗多么年轻的心啊！他们的心态多么阳光！

的确，我所见到的每一个米易人，脸上都洒满了阳光。无论是带着小孙子的老爷爷老奶奶，还是步履匆匆的年轻人，或者菜场里的小摊贩、大街上的志愿者，他们都随和，安静，面带笑容。

因为阳光好、雨水足，米易的水果很丰富、很出名。石榴、木瓜、枇杷、草莓、菠萝、苹果、梨子……各种水果应有尽有。来米易之前，有朋友就说要到米易去吃枇杷，当时不解何故。到了米易才知道，原来这里的枇杷那么好吃。在这里，我们还第一次学会了吃枇杷。离开米易的前一天，我们抽空溜到城北水果市场，准备买些水果带回去。米易的草莓个大，水足，味甜。有个朋友想买一些，摊主听说他是外地来的客人，先是主动从九元一斤降到八元一斤。后来当她得知这个朋友第二天才走，反而劝他不要买了——草莓娇嫩，放不住。她主动放弃了这桩到手的买卖。“米易人真好，太厚道了！”朋友感动地说，“要是换在别的地方，不宰你就阿弥陀佛了，还替你考虑放得住放不住?！”

四

米易县新山傈僳族乡的新山傈僳旅游村寨，藏着一处鲜为人知的“秘境”——新山梯田。

汽车从米易县城出发，盘山而上，约50分钟后，就到了新山傈僳族乡。

新山傈僳族乡是一颗“养在深闺人未识”的风景明珠。它位于横断山脉东部龙肘山半山腰的深山密林之中。这里山高谷深，绝壁万丈，泉水清澈，鸟语花香，集原始、神秘、秀丽、幽静、妩媚、雄浑、奇绝等于一体，天成地就，如诗如画。

虽然天上还飘着雪花，可再冷的天气也无法阻挡傈僳族欢迎客人的热情。“必须喝三杯才能过关哟。”敬酒是傈僳族对客人最热情的欢迎方式之一，还有下酒的歌舞，比如《斑鸠吃水》《迎亲调》等。走进村子，未见人，先闻声。一阵阵嘹亮的山歌，伴随着葫芦丝的演奏，飘入耳中。身着盛装的傈僳族妇女，在村口排成一排，手捧盛满米酒的银碗，唱起热情的迎客歌。

顺着公路往上走，眼前出现一大片绚丽的色彩。村子中心的广场上，身着傈僳族盛装的姑娘小伙们抬着竹竿酒，吹着葫芦丝，跳着“斑鸠舞”，正在迎接大家。

新山傈僳族祖居圣地，傈僳族人祖祖辈辈居住在这里，傈僳文化和汉族文化、颛顼文化相互交融，变成了今天米易特有的风土人情。

米易梯田已经成为攀西地区一张重要的名片。从村子中心的广场往山下走，转过几个弯之后，依山而建的千亩梯田突然映入眼帘。时下，梯田中的庄稼已经收割，田里开始蓄水，从山上望去，层层梯田错落有致，十分壮观。在片片梯田边，20 名身着纯白长袖瑜伽服的瑜伽练习者，抬腿、展臂、深呼吸，感受着米易的纯净空气。时间仿佛静止一般，天人合一，说话都不敢大声一点，唯恐打破这番宁静。空气中弥漫着淡淡的酒香，山下是层层叠叠的千亩梯田，山上是连片的华山松森林。人们放慢脚步，惬意拍照，尽情呼吸。

新山梯田，在一年四季中，韵味各不相同。即使在一天之内，水面反射出的光影，也会不一样。时而纯净如水，时而五彩斑斓，总能幻化出各种色彩。

新山梯田所在的地方，是少数民族傈僳族的聚居地。至今，他们仍穿着传统民族服装，保持着原始的农耕生活状态。就是他们，世世代代的傈僳族，用石块砌起田坎开出梯田，引水灌溉，种植水稻、玉米、土豆和烤烟，更留下了新山梯田这道“最美的曲线”。

65 岁的李金禄是一位土生土长的傈僳人，曾经当过多年村干部。李金禄是他的汉文名，他的傈僳名我实在不知怎么写。他面色黧黑，岁月在他脸上刻下的皱纹如沟壑纵横。他的祖祖辈辈都生活在这里，对于新山傈僳人的往事如数家珍。他告诉我们，傈僳族主要生活在云南怒江，米易县新山傈僳族是迁入四川境内最大的一支，现有 430 户、1860 多人。傈僳人爱喝酒，酒是新山傈僳族接待宾客的必备之物。迎接宾客到来和欢送宾客离去的时候都要敬宾客三道酒。傈僳族人对朋友真诚热情，他们说：“山中的麂子是狗撵出来的，肚子里的话是酒酿出来的。”只有喝了酒人才说心里话，因此，能喝酒的男人才是真正的男人。一席话说得大家都笑了起来。虽然我们好几个人都不擅酒，但是傈僳人的坦诚直率让人喜爱。

五

“深呼吸 · 在米易”阳光体验行活动开幕那天，主持人让我上台讲几句话。我说：“第一次来米易，米易给我印象最深的，是她的阳光。”下面传来一阵笑声，大约有人以为我是紧张得说错话了吧。但是，当我把几天的观感讲完之后，全场爆发出热烈的掌声。

在米易，我没有见到传说中的阳光，但是分明又感受到了阳光的温暖。

2018 年

诗意横峰

——大地十记之九

踏进横峰，我就疑心自己踏进了一个古老的时代……这一个个古色古香的地名……带着历史的温度，承载着厚重的文化，挟着古典诗词的韵律，穿越千百年的时光，鲜灵灵地存活在生动的现实当中。

水是眼波横，山是眉峰聚

“水是眼波横，山是眉峰聚。”宋人王观的这两句诗简直是为横峰而写。

还有苏东坡的诗句：“横看成岭侧成峰，远近高低各不同。”我问横峰的朋友，横峰这个名字是否与古人诗词有关，他们都微微一笑，很谦虚地回答：“不是啦。”他们说，横峰本名“兴安”，后因本地名山横峰而改为现名。

但我固执地认为，横峰就是从古人的诗句中走出来的。

横峰是江西省东北部的一个小县，地处闽、浙、皖、赣四省要冲。踏进横峰，我就疑心自己踏进了一个古老的时代。亭子上，梧桐畈，莲荷乡，上畈村，新篁乡，龙门畈，葛源村，枫林坞，月光洲……这一个个古色古香的地名，哪一个不带着唐诗宋词的意境？当人们为传统地名急剧消失而痛心的时候，横峰的这些地名却带着历史的温度，承载着厚重的文化，挟着古典诗词的韵律，穿越千百年的时光，鲜灵灵地存活在生动的现实当中。

横峰的诗意，写在每一寸土地上。

亭子上。一座小村庄。清一色的粉墙黛瓦，明朗素雅，大红的剪纸透着喜气。田野里一片绿油油的麦子，像绿色的地毯一样。一畦畦蔬菜鲜翠欲滴，体态丰满的鸡妈妈带着一群小鸡在菜地里觅食，高傲的大白鹅优雅地踱着方步，小黄狗在温煦的阳光下眯着眼睛慵懒地打盹。清澈的河水潺潺地流着，几只鸭子浮游水中，不时扎到水底去觅食，水面泛起一圈圈气泡。两岸都是茂密的树木，树木吮吸着大地的乳汁，郁郁葱葱，枝叶扶疏。竹林边，成群的笋争先恐后地从土里探出头来。秋千架，老水车，悠然亭，古驿站。几近消失的田园风光，如同被时光遗忘的世外桃源。岁月静好，现世安稳，村民的生活像村边的河水一样悠悠地流淌。

莲荷乡，莲荷的家乡。莲叶并不罕见，奇的是这千亩荷园，真实呈现“接天莲叶无穷碧”的壮观。沿着木质步道走进荷塘深处，极目四望，视线所及尽是亭亭玉立的莲叶。晶莹的水珠在莲叶上滚动，小鱼小虾在莲叶间嬉戏，黑天鹅在池塘里悠闲地游弋。荷塘边建起了一排排灰黄色小木屋，那是为外来的游客们准备的栖息之所。古人吟咏莲荷的诗文多矣，我最爱的是两首出自无名诗人之手的民歌，一首是汉乐府《江南》:“江南可采莲，莲叶何田田。鱼戏莲叶间，鱼戏莲叶东，鱼戏莲叶西，鱼戏莲叶南，鱼戏莲叶北。”还有南朝《西洲曲》:“采莲南塘秋，莲花过人头。低头弄莲子，莲子清如水。”还有辛稼轩的“最喜小儿无赖，溪头卧剥莲蓬”。这些诗句都鲜活灵动，清新可喜，充满生活情趣。虽然还没到莲子成熟的季节，但我仿佛看到了采莲时节鱼虾嬉戏、男欢女爱的动人场景。

走近葛源村，村口的那棵老树令我为之一震。那是一棵樟树，树干粗大需数人方可合抱，树身黝黑铁青、峥嵘沧桑。这棵树太老了，也许几百岁，也许上千岁，主干已经从中间裂开一分为二,一支歪倒触地，而另一支依然挺立，依然枝繁叶茂，依然浓荫覆地。一棵树站在那里，就站成了一部历史，即使倒下了，仍然顽强地活着。据说，此地民间习俗，女儿一出生就种一棵樟树，到出嫁时伐木制箱盛嫁妆，因此到处可见樟树的身影。

樟树下，一位年轻女子坐在长条石凳上看书。只见她双手捧书，头颈微垂，看得入迷，一袭红色长裙格外醒目。自然披落的秀发遮住了她的面庞，然而她的侧影仍然显出婀娜的身姿，远远看去，宛如一幅美丽的剪影。年轻与古老，鲜红与翠绿，对比如此强烈，相处又如此和谐。时光仿佛在这里静止。一瞬间，我竟有了莫名的感动。

徜徉在横峰大地上，仿佛在一幅水墨画中行走。月光洲，梦一样的名字，梦一样的小岛，轻轻地泊在信江上，绿树成荫，水禽翔集。石桥村，大片的紫云英正在盛放，层层的梯田像翻卷的大海，乡间绿道曲径通幽……横峰人爱美，他们致力于建设秀美乡村。秀美者，秀丽而美好。有内涵有品质的美才是真正的美。聪明的横峰人，在“秀美”二字上做足了文章。亭子上的传统民俗剪纸，莲荷乡的千亩荷园，石桥村的高山梯田，都已成为当地重要的旅游资源和经济来源。横峰在走向富庶，而山水依旧美丽如诗。

“水是眼波横，山是眉峰聚。”我还是固执地认为，古人的诗句就是为今天的横峰而写的。

梭椤树下的沉思

与一棵梭椤树相遇，是在江西葛源镇，列宁公园内。

乍闻“列宁公园”之名，我有点吃惊。去过很多革命老区，这是第一次见到以列宁名字命名的公园——后来我查了一下，原来同名的公园还不止一个。不过别的那些多是由原有的公园更名而来。而这个公园特殊，它是中国共产党自己建造的第一个人民公园，而且建造于烽火连天、兵荒马乱的战争年代。

1931 年 2 月，赣东北特区首府由弋阳县迁到横峰县葛源镇，这里成为赣东北革命根据地政治、军事、经济、文化中心，被称为“红色省会”。“小小横峰县，大大葛源镇。”葛源镇声名鹊起，成为根据地老百姓向往的地方。同年 3 月 6 日至 8 日，赣东北特区第一次工农兵代表大会在葛源召开，方志敏当选为特区苏维埃政府主席。政府刚刚成立，他就提议在葛源镇修建一个公园。公园建成后，方志敏将它命名为“列宁公园”，并亲笔手书园名。公园竣工那天，他又亲手栽下了一棵梭椤树。

跨过葛溪河，推开公园陈旧的大门，一股历史的气息扑面而来。园门为拱形，门楣上红色的“列宁公园”四个大字正是方志敏所写。入木门，穿石径，左侧池水荡漾，园内枣树、槐树、枇杷、马家柚等密布成林。80 多年过去了，园内的许多设施已显陈旧，但是依然能够看到当年的风采。除了荷花池已经干涸而长满杂草外，那高大的六角亭，那树叶茂密的梭柁树，那用无数鹅卵石建造的游泳池，甚至当年的更衣室、跳水台，都还赫然在目。

公园不大，往里走，石径尽头，就是六角亭。亭梁上画有各种造型的五角星彩色图案，亭内有一张圆形石桌和四个腰鼓形石凳。在六角亭旁有一棵大树，枝繁叶茂，这就是方志敏当年亲手所栽的梭柁树。梭柁树这个名字，从来没有听说过。《辞海》中查不到，网上搜索，所指就是葛源的两棵。一棵横卧在河面上，一树成桥，供来往的人们行走。另一棵就是这棵。树干粗可合抱，树冠亭亭如盖。据民间传说，梭柁树本是月宫的仙树，它砍不倒，折不断，不畏严寒，常年青翠。方志敏选种梭柁树，就是为了鼓励大家不怕困难，战胜挫折，勇往直前。

站在梭柁树下，抚摸着粗糙的树干，仰视着浓密蔽日的树冠，我仿佛看到了方志敏高大魁梧的身影。

在那样艰苦、恶劣的战争环境下，生存尚且困难，竟然要大兴土木建造这么一所以休闲娱乐为目的的公园，眼光不可谓不超前。所以，方志敏的提议理所当然地受到了他的同志们的反对。然而，当他讲述了自己在上海的一段经历后，大家改变了看法。1922 年，方志敏去上海找工作受挫，几个朋友邀他去法国租界的公园散心，公园门口“华人与狗不准进园”几个字深深地刺痛了他的心。深感民族耻辱的方志敏，下决心要让中国的劳动群众有自己的公园休闲娱乐。经过广大红军指战员一个月的劳动，公园建造好了。这是一处占地 6000 平方米的公园。公园的四周建有两米高的围墙，园内有荷花池、游泳池、六角亭、枣林。

列宁公园是真正意义上的人民公园。列宁公园是当时全国六大苏区中建造的唯一公园。公园建成后，向苏区全体军民免费开放。上自政府主席，下到光屁股的小孩，随时可在公园内休闲、玩耍，唱歌、看报、游泳、散步。每逢节日，苏区群众还经常在列宁公园举行盛大的文艺活动。赣东北苏区全民体育运动会的游泳比赛项目，也是在这里进行的。可以说，列宁公园正是方志敏民本思想的体现。让人民生活得更幸福，是方志敏的心愿。他在带领军民保卫苏区根据地的同时，还大力发展经济，改善民生，提高群众生活水平。在公园的设计中，他也处处考虑到群众的安全和方便。比如游泳池，原来设计的深度都是2.5米，方志敏知道后立即要求改动设计。他说，2.5米的水深对会游泳的人来说无所谓，对不会游泳的人和小孩来说太危险了，如果出了事故，我们怎么向父老乡亲交代？在他的要求下，靠近跳水台前端的水深改为1.5米，中部是2米水深，末端是1米水深。

方志敏是一个有文学情怀、懂生活情趣的人。他饱读诗书，才华出众，有着理想主义精神和浪漫主义气质。他16岁时就写道："心有三爱，奇书骏马佳山水；园栽四物，青松翠竹洁梅兰。"列宁公园的设计就显示出他不俗的审美品位。公园内建有亭台楼榭、花圃路径，小桥流水，曲径通幽，这样的设计，没有一定的艺术素养是做不到的。特别是游泳池的设置，可以看出他是一个会生活、懂生活的人。工作之余，他喜欢坐在六角亭里看书、写作，和战友下棋。他的《苏维埃干部和群众关系问答》《怎样做乡苏维埃工作》等著作，就是在这里写的。

虽然战事倥偬，又担负着全面负责特区党政军工作的重任，但是他的生活一点也不枯燥。他的生活清贫、充实而又有高尚的情趣。方志敏，他不是一个高高在上的主席、军长、书记，他首先是一个人，是一个与人民在一起的普通人。也正因此，他赢得了人民由衷的尊敬、爱戴和喜欢。当地老人说，方志敏身高一米八，身材魁梧，相貌堂堂，博学多才，幽默风趣，成为当地很多年轻女子暗恋的对象。他在亭子里读书时，总会有爱慕者在他的身后，偷偷放下新做的布鞋。她们并无所求，只是用这种最朴素的方式表达对他的爱意。这样的爱戴，不是所有的英雄都能获得的。

即使身陷囹圄，面对死亡，方志敏依然没有放弃他的坚定信仰和文学情怀。在狱中，他在极其艰难的条件下写下了《可爱的中国》《狱中纪实》《清贫》等名篇。在《可爱的中国》一书的结尾，他用诗一般的语言写道："假如我不能生存——死了，我流血的地方，或者我瘗骨的地方，或许会长出一朵可爱的花来。这朵花你们就看作是我的精诚的寄托吧！在微风的吹拂中，如果那朵花是上下点头，那就可视为我对于为中国民族解放奋斗的爱国志士们，在致以热忱的敬礼；如果那朵花是左右摇摆，那就可视为我在提劲儿唱着革命之歌，鼓励战士们前进啦！"

这样一个有血有肉、有情有义、有才有学的英雄，理所当然受到当时人民的爱戴，理所当然活在后来人的心中。他就像这棵梭椤树一样，不管岁月变迁，不管风吹雨打，永远枝繁叶茂，昂然挺立。

2017、2018 年

访俄片羽

——大地十记之十

2006年6月，随中国报业代表团赴俄罗斯首都莫斯科出席一个国际学术会议，并应俄罗斯、瑞典、芬兰有关部门和机构邀请，考察上述三国新闻媒体。其间曾断断续续写下一些日记，摘抄数则，供同好共享。因在瑞典、芬兰记得较少而短，未予摘抄，故定名为《访俄日记摘抄》。

在空中

2006年6月3日　星期六　晴

下午2时25分，在首都国际机场乘国航CA909航班赴莫斯科。因飞机导航系统有故障，晚点一个小时才起飞。飞机很快升到云层以上。从舷窗看出去，云蒸霞蔚，蔚为壮观。上面，碧空如洗，几乎透明。越往远处颜色越浅，到最后成为白色。中间，是一团团的白云，近处的像棉絮，远处的如积雪，堆在薄薄的、蓝色的、透明的“冰”面上——白云下面，真像有一层冰似的，就如同静止的海水突然凝结成冰。透过这层冰面，还可以看到地面的山川、森林、沙漠乃至村镇、城市。

我们的飞机是追逐着太阳向西（偏北）飞行的。到了北京时间下午五六点钟，太阳还明晃晃地在前面引路。这种状况一直持续到 8 点、9 点、10 点，都没有改变。我忽发奇想：如果我们的飞机加足马力，是不是可以赶上甚至超过太阳，把它甩在后面呢？这样想着，我就注意观察。果然，本来一直在前方的太阳，后来就在我们上方了，这从机翼上反射出来的阳光可知。这时大概就是十点左右。我想，我们要是一直这么追下去，肯定会超过太阳的。

这时，飞机开始下降。我和同伴说了几句话，再扭头向外看，咦，太阳不见了，天暗下来，有了晚上的感觉。开始不解何故，转念一想：刚才我们在云层上面，所以有阳光；现在到云层下面了，阳光为云层所隔，所以不见了。

北京时间晚 11 点半（莫斯科时间晚 7 点半）左右，飞机抵达莫斯科伏努科沃国际机场。早就听说俄罗斯人做事效率低，没有三个小时过不了海关，所以有了心理准备，打算在机场排几个小时队。没想到入境时我出奇地顺利，一分钟左右就结束了，倒是其他同伴排了半天队；过海关，也是出奇地顺利，没有人管我，莫名其妙地就过了，其他人又排了半天队。我就在外面等他们，也用了两个多小时，晚 10 点多才离开机场。去吃了晚饭，下榻宇宙酒店。这是建于二十世纪八十年代的大型四星级酒店，有 1770 个房间。

红场 · 列宁墓 · 克里姆林宫

2006 年 6 月 4 日　星期日　晴

今天白天没有活动，自由参观。

上午参观红场。红场，原名“托尔格”，意为“集市”，它的前身是 15 世纪末伊凡三世在城东开拓的“城外工商区”。1517 年，广场发生大火灾，曾被称为“火灾广场”。1662 年改称“红场”，意为“美丽的广场”。在俄语中，“红色的”含有“美丽的”之意。红场是莫斯科市中心的著名广场，西侧是列宁墓、克里姆林宫及三座高塔，在列宁墓与克里姆林宫红墙之间，有 12 块墓碑，包括斯大林、勃列日涅夫、安德罗波夫、契尔年科、捷尔任斯基等苏联政治家的墓碑。北侧是国家历史博物馆，建于 1873 年，也是莫斯科的标志性建筑。红场南边是莫斯科最经典的瓦西里升天大教堂，它是古代俄罗斯建筑艺术的卓越代表；附近还有为纪念二战胜利 50 周年而建造的二战英雄朱可夫元帅的雕像，以及无名烈士墓。东侧是世界十家知名百货商店之一的古姆商场。我们首先瞻仰列宁遗容。在排队进去之前，先参观了无名烈士墓卫兵换岗仪式。排队等候时，有小贩推销挂满勋章的红军军帽和邮册，只有我们这些来自中国的游客积极购买。

上午 10 点多，进入列宁墓。列宁墓位于靠宫墙一面的中部，为黑色建筑，庄重、肃穆，门楣上镌刻着列宁的名字。墓上为检阅台，两旁为观礼台。苏联时期，每当有重要仪式举行时，国家领导人就站在这里检阅指挥。1941 年 11 月 7 日，苏联在莫斯科红场举行了声势浩大的阅兵式。随后，数十万红军官兵即奔赴西部前线抗击法西斯德国军队的入侵。列宁遗体保存得很好，气色看起来非常好。如果不是事后有人提醒，我都没意识到遗体是装在水晶棺之中的。我们好几个中国人都在列宁灵前深深鞠躬。毕竟，他曾经给中国和中国人以巨大影响。从列宁墓出来心情复杂。

然后我们游览红场。红场的知名度可以与天安门广场相媲美，可是却没有想象中那么大，面积 9.1 万平方米，大约只有天安门广场的 1/5 大。地面很独特，全部由条石铺成，显得古老而神圣。红场是莫斯科历史的见证，也是莫斯科人的骄傲。苏联时期每逢重要节日，都会在这里举行群众集会和阅兵仪式。我们无非是在红场周围转转，从外面看看各种建筑，拍拍照片。俄罗斯建筑宏伟壮观，很有气势，又很有艺术性。

下午到位于莫斯科大学校园内的麻雀山上眺望莫斯科全景。麻雀山，位于莫斯科西南，曾一度更名为列宁山，是莫斯科市内的最高点。麻雀山上有一座观景台，正对莫斯科大学正门，由此俯瞰莫斯科河和莫斯科市区，美丽景色尽收眼底。据说，莫斯科人举行婚礼的重要仪式之一，就是到观景台上观光。麻雀山的山脚下，莫斯科河对面，正对着观景台的是中央体育场。1980 年，为迎接在莫斯科举办的第 22 届奥运会，政府对它进行了扩建并把它作为奥运会的主会场，使之成为欧洲最好的体育场之一。从观景台上还可以看到克里姆林宫教堂群、新圣女修道院、地铁桥和科学院主楼等。观景台右侧的大铁架，是高山滑雪跳台，左侧是绿树掩映的小教堂。

从麻雀山上下来，我们又参观了克里姆林宫。克里姆林宫闻名世界，有“世界第八奇景”的美誉。“克里姆林”的意思是“内城”，曾是俄国历代帝王的宫殿、莫斯科最古老的建筑群。克里姆林宫很美。宫墙内，林木葱茏，花草繁茂，教堂耸峙，殿宇轩昂，各种博物馆穿插其间。从库塔菲娅塔楼进去，首先看到的是会议大厦，这是一座现代化的建筑。再向前走，看到有四百多年历史的“炮王”和重 202 吨、高 6.14 米、直径 6.60 米的“钟王”。再往前走，就是教堂广场。这是莫斯科最古老的广场。这里有好几座教堂，最有名的是圣母玛利亚教堂（又称“圣母升天大教堂”）。其山字形拱门和金色圆塔，带有俄罗斯东北部的风格，一直是沙皇举行加冕大礼的地方。墙上布满了东正教中人物的塑像。

不远处，一座不大、也不特别起眼的黄色建筑，就是有名的大克里姆林宫，历代沙皇的皇宫，现在是俄罗斯总统办公的地方，圆顶上插着一面白蓝红三色的俄罗斯国旗。真没想到我们可以这么近距离地看到总统的办公楼。

第二次世界大战期间，在德国飞机的狂轰滥炸下，克里姆林宫竟然未受大的损失，不能不说是一个奇迹。这得益于苏联人高超绝伦的伪装技术。卫国战争爆发一个月后，对于德国飞行员来说，克里姆林宫突然从莫斯科消失了，经常找不到目标。原来，在战争开始后的 30 天内，苏联人大变魔术，对克里姆林宫进行了精心伪装，从而为人类保存下这座文化艺术宝库。

晚上莫斯科市政府举行欢迎酒会。先是欣赏音乐，据介绍，指挥者和演唱者是俄罗斯有名的指挥家和歌唱家，可惜我并不了解。然后是市长致辞，会议主席致辞，到晚上 10 点左右才开始就餐。俄罗斯人的时间观念可能不太强，原定市长 8 点钟讲话，可他过了 8 点半才到。回到酒店已经 11 点多了。

普京印象

2006 年 6 月 5 日　星期一　阴

学术会议今天上午在克里姆林宫开幕。俄罗斯总统普京出席开幕式并致辞。不过普京的出现带来了一场意外的小插曲，让人看到了俄罗斯的现状和普京的魅力。

由于安检手续烦琐，原定 10 点开始的会议，直到 11 点左右才开始。俄罗斯有关部门负责人、会议主席先后致辞，然后昨晚那位指挥家指挥着另一支乐队演奏音乐。本来以为演奏一两首也就完了，没想到乐队一支接着一支没完没了地演奏着。原来是在等俄罗斯总统普京。主持人说：普京总统还没来，我们只能再拖延时间了。12 点多了，还没见着总统的影子，主持人开玩笑说：我们现在应该演奏一支等待总统的曲子——《睡美人》。全场大笑。话未说完，普京却从侧门斜着肩膀进来了。全场在笑声中起立，鼓掌。

普京刚在主席台就座，主持人还没来得及讲话，就出现了一个小插曲：会场后部突然响起鼓噪声。回头一看，原来是有几个人在过道上打出横幅标语，向会场散发传单，并高呼“普京如何如何”的口号（第二天从报上得知，他们喊的是“普京下台”）。全场目光一下子被吸引过去，所有的摄像机镜头、照相机镜头都从普京身上转向抗议者。抗议者很快被带走，普京神色泰然，丝毫不为所动。后来他在讲话时说，这种事情经常发生，一点都不奇怪。

抗议者被带走后，会议照常进行。会议主席在讲话中一面感谢普京总统出席会议开幕式，同时也对俄罗斯的民主状况提出指责。普京一面听，一面拿出一张小纸片写着什么。等他致辞时，他偶尔看一下小纸片，可能是现场写下的提纲吧。普京讲话很有魅力，他并不正面回应主席的责难，而是说：今天开会的大会堂，过去是苏共中央开会的地方。能在这里召开这样的会议，本身就能说明问题。

这种国际会议对座次并不讲究，大家可以随便坐。我选了第十排，本来以为已经很靠前了，这时才发现还是太靠后了。从这里看过去，看不清楚普京的面部表情；由于主席台的背景太亮，拍出来的照片效果也不太好。

普京讲完话后，一直坐到会议结束，并和主席台上的人一一握手，然后斜着肩膀从侧门出去了。我们走出会场，看到很多人都趴在窗前往外看。过去一看，原来是普京刚刚从大会堂出去，正向总统办公楼走去，身边有三四个随从和记者。散会的人们就在不远处看着他，并没有人拉起警戒线拦住人群。那一瞬间，有点感慨。后来听说，抗议者并未被拘捕，普京讲完话后，他们就被放了。

晚游览夏宫，观看俄罗斯民俗表演。

圣彼得堡（上）

2006 年 6 月 8 日　星期四　晴

为期三天的会议于昨天结束。昨晚出席完招待酒会，于晚 11 时从莫斯科列宁格勒火车站乘车前往圣彼得堡（莫斯科有好几个火车站，分别以所通往的苏联原加盟共和国和城市名命名）。今早 6：52 抵达圣彼得堡。

圣彼得堡是俄罗斯第二大城市，位于波罗的海芬兰湾东端的涅瓦河口三角洲，历史上是俄罗斯政治、经济和文化的中心，素有俄北方首都之称。这座历史名城由彼得大帝始建于 1703 年，故称圣彼得堡，1914 年改名彼得格勒，1924 年 1 月列宁逝世后改称列宁格勒。1991 年 12 月苏联解体后，这座城市恢复了它的原名——圣彼得堡。圣彼得堡曾作为俄罗斯的首都长达两个世纪，在俄历史上起过极其重要的作用。1917 年的二月革命和十月革命均在此城发生。在伟大的卫国战争年代，这座城市经受住了德国法西斯军队 900 天的围困，被后人称为英雄城。我们上午考察市政建筑，参观彼得大帝青铜骑士塑像等。很多建筑都是彼得大帝时期建造的，不仅坚固耐用，一直使用到今天，而且艺术性很强，很多建筑物上的浮雕都栩栩如生，本身就是很精致的艺术品。

圣彼得堡由 40 多个岛屿组成，市内水道纵横，500 多座桥梁把各个岛屿连接起来，风光旖旎，有“北方威尼斯”之称。圣彼得堡的名胜古迹闻名遐迩。这里有许多 18 世纪至 19 世纪的著名建筑：彼得保罗要塞、彼得大帝夏宫、斯莫尔尼宫、冬宫、喀山大教堂、圣伊萨克大教堂等。下午我们参观了冬宫。当汽车驶上一座大桥时，窗外绿黄相间的漂亮建筑进入视野，这就是冬宫。其实，冬宫只是由 5 座建筑组成的艾尔米塔什博物馆建筑群的核心建筑，它以规模宏大、装饰丰富、气势雄伟成为俄罗斯帝国强大和皇权的象征，被公认为圣彼得堡最耀眼的巴洛克建筑。尽管这座建筑庞然巨大，但表面的色彩和丰富的雕塑赋予了它非同寻常的雅致：浅墨绿色基调配以砂岩黄；无数的白色壁柱排列得疏密有致，不仅使数百米长的建筑丝毫不显单调，而且极富表现力；窗户上的镀金饰框和房顶柱形栏杆上的雕像、装饰花瓶，则从整体上加强了华丽的效果。宫殿呈封闭的长方形，中间形成一个宽大的内院。建筑师从具体情况出发，将每个立面设计成不同的式样。面向涅瓦河的西北面没有明显的凸缘，从河上观，仿佛连绵不断的双层柱廊。面向冬宫广场的西南面为正面，中央被华丽的凸轩分割成 3 个拱门。被称为冬宫“心脏”的格奥尔吉厅（又称大御座厅）是冬宫内最完美的大厅之一。产自意大利的卡拉拉大理石赋予大厅非同寻常的庄严感，塑有常胜将军格奥尔吉形象的大理石浮雕庇护着置于其下方的御座。天花板装饰着镀金图案，由 16 种颜色珍稀木材镶拼的地板具有同样的花纹，形成上下呼应。彼得厅（又称小御座厅）是为永久纪念俄罗斯帝国的缔造者彼得一世而建的。厅内带有寓意性构图的《彼得一世与弥涅尔瓦》（罗马神话中的艺术女神，与希腊神话中的雅典娜一样被尊为司战争和代表国家智慧的女神）画像是这里的主要装饰。这位俄国第一位沙皇的部分标志物——“彼得大帝”的花体字、皇冠、双头鹰——也一同装饰着大厅。厅内御座为历史遗宝，木制基座上镶金镀银，椅背用银线绣着俄国国徽。我们未能免俗，在这里与古装打扮的工作人员（一男一女）合影留念。

艾尔米塔什博物馆是世界四大博物馆之一，这里陈列着大量珍贵的艺术精品，巧夺天工，美不胜收。我们流连忘返，赞不绝口。这里游人如织，我们只能短暂停留，然后随着人流向外走。从冬宫出来后我们参观了阿芙乐尔号巡洋舰，1917 年 11 月 7 日（俄历 10 月 25 日），列宁领导的十月革命就是在这里打响了第一炮。然后在滴血教堂、普希金塑像前留影。晚在尼古拉宫享用俄式大餐，并观看民族歌舞表演。我率先被热情的俄罗斯姑娘拉上场，跳了一曲。

圣彼得堡地处北纬 60 度，6 至 7 月份是圣彼得堡白天时间最长的时节，日照近 20 个小时，落日余晖久久映照天际，在短暂的黄昏之后，又开始出现晨曦朝霞，刚落下的红日再次冉冉升起，这就是每年初夏的“白夜”奇观。据说今天太阳到半夜 11 点半才会落下去。现在已是 11 点，外面仍如傍晚般明亮，还可看到夕阳余晖。难得有机会亲眼欣赏到白夜现象，如果有精力的话，真应该度过一个不眠之夜的。可惜太累了，明天又要奔波一天。还是睡吧，尽管厚厚的窗帘也挡不住外面的天光。

圣彼得堡（下）

2006 年 6 月 9 日　星期五　晴

今天一大早就阳光明媚。据陪同我们的马克说，昨夜 11 点多太阳还没下山，今天早上 4 点就升起来了。夜里外面并不黑，拉上窗帘，还是有亮光。

今天是难得的好天气，不冷不热，温度适宜。上午参观普希金城。普希金城是圣彼得堡著名的大公园，原名沙皇村，位于圣彼得堡南郊 24 公里处。从 1710 年开始，这个地方属于彼得大帝的妻子叶卡捷琳娜一世。1725 年后，成为沙皇最大的行宫之一。1728 年开始，称为“皇村”。1811 年，12 岁的普希金进入皇村中学读书，度过了 6 个年头，在这里留下了生活的足迹。1937 年，为纪念普希金逝世 100 周年，皇村改名为普希金城。现在每年 6 月的第一个星期天，这里都要隆重庆祝普希金的生日。普希金博物馆是普希金与妻子在 1831 年来此避暑的别墅，现在这里有一些值得纪念的花园和几座诗人的雕像。

普希金城内有一座具有巴洛克风格的叶卡捷琳娜宫。宫内，金碧辉煌的大厅一间接一间，组成了一条“金色的走廊”，各房间根据颜色的不同被命名为“红柱厅”“绿柱厅”等。接待大厅（金銮殿）最为宽敞，展现出俄罗斯帝国雄厚的国力及至高无上的君权。还有一间叫作“琥珀厅”，内部装修采用的全部是琥珀，被人们视为世界一大奇观。这些琥珀堪称价值连城的稀世珍宝，是普鲁士国王弗里德里希·威廉一世送给彼得大帝的礼物，但是德军撤退时掠走了所有的琥珀，至今下落不明。现在人们根据照片等历史资料，又将琥珀厅恢复起来。还有“亚历山德罗夫宫”“音乐厅”等，皆美轮美奂。卡梅龙走廊是欧洲古典主义建筑风格之最，旋转式阶梯两旁装饰着古希腊罗马的芙罗拉（花神）及赫尔库勒思（大力神）的巨型青铜雕像复制品，显得十分富丽美观。

皇宫花园非常清雅，十字小桥、武器库、中国式的亭台以及花草砌成图案的花园，衬托着宏伟的建筑，漫步园中小道，给人以美不胜收之感。与昨天参观的冬宫博物馆一样，令人叹为观止。这里是著名的旅游景点，游人如织。

吃过午饭后，在去火车站的途中看了一下斯莫尔尼宫外景。斯莫尔尼宫是一座外观典雅的三层建筑，建于 1806—1808 年，原为贵族女子学院。1917 年十月革命期间，布尔什维克党军事革命委员会设在这里，为十月革命司令部。1917 年 11 月 7 日，列宁在斯莫尔尼会议大厅发表对俄国公民的号召书，宣布一切政权归苏维埃。1917 年 11 月中旬至 1918 年 3 月，列宁曾在这里办公和居住过。

晚坐国际列车赴芬兰首都赫尔辛基。坐在国际列车上没有从一个国家到另一个国家的感觉，大概在过境的时候，一个穿制服的人（应该是芬兰海关人员吧）过来收走了每个人的护照，盖上印章发回来就没事了。莫斯科时间下午 4：30 出发，芬兰时间晚 9：30 抵赫尔辛基（比北京晚 6 小时）。

2006 年

第三辑 山川草木

清晨
晶莹的露珠
在草丛中跳舞
在花朵上跳舞
在树叶上跳舞
在人们心中跳舞
那是大自然的
美好馈赠

千山回味

从此后，那月夜，那乐声，如同不肯遽逝的梦境，常在脑海浮现。

11月的北京，已经纷纷扬扬地飘起了雪花。遥想长城之外的千山，银装素裹之下，又该有另一番风致了吧？

说不清哪个季节的千山最美：春天鸟语花香，梨花似雪；夏天绿树掩映，凉爽宜人；秋天漫山红叶，层林尽染；冬天白雪青松，相映成趣。每个季节都妙不可言，每个季节都令人留恋。

千山，古称积翠山，又名千华山、千顶山、千朵莲花山。位于辽宁省中部，辽东半岛北端，鞍山市东南17公里处。它南临渤海，北接长白山，东依鸭绿江，西俯辽河，具有得天独厚的地理位置和自然条件，有“辽东第一山”之称。汽车从市区出发，渐渐进入山区，天气也逐渐转凉。到得千山脚下，已迥然另一洞天。我们去的时候正是夏季，市内骄阳似火，这里却凉爽如秋。接我们的朋友说：“山里还要凉呢。”果然！我们住的宾馆，也是在山脚下，夜里睡觉都离不开棉被。半夜里被林涛惊醒，听着各种不知名的动物的大合唱，真是如现代作家夏丏尊所言，感到一种“萧瑟的诗趣”。在山中小住数日，正好躲过北京最热的几天。现在想来，衣衫上还沾有几分凉意！

游过了黄山、泰山等名山，未免把这“无名小山”小瞧了几分。但一游之下，才知道自己狂妄得无理。亲身领略了千山的妙处，也就明白了当地的朋友提到千山时的那份自豪。

号称千山，其实只有九百九十九座。关于千山的来历，传说很多，其中最有名也最为当地人所乐道的，是这么两个：一说是女娲补天时，不慎将一块石头掉落，落地生根，长成千朵莲峰。另一说是，古时一位名叫积翠仙子的女神，为了用不尽的春光点染人间，整日用五彩缤纷的云朵绣织莲花。当她绣到第九百九十九朵的时候，终于被天帝发现，派了天兵天将来抓她。积翠仙子在挣扎中将手中绣好的莲花撒向大地，化作座座青山。人们为了纪念她，取其整数，把这些山叫作千朵莲花山，简称千山。从这名字，就能想象千山的美妙。传说虽然虚幻，可与千山的美景倒也相称。所以古人有诗赞曰："欲向青天数花朵，九百九十九芙蓉。""万壑松涛百丈澜，千峰翠影一湖莲。"

夏天的千山，溪水潺潺，满山滴翠，凉风习习，清爽宜人。走进千山，炎暑就被远远地抛在后面，迎面而来的是清凉的空气，让你感受秋天般的凉爽。山谷里，岚气氤氲，迷迷茫茫；山坡上，松柏静静地挺立着，枝繁叶茂，郁郁葱葱。沿着山路缓步而行，浏览着满眼的山色，尽情地享受大自然的这份馈赠，畅游在天然氧吧中。

到千山不可不登仙人台。仙人台，又称观音峰，以丁令威成仙化鹤归来的传说而得名。有托名陶渊明的诗中这样写道："有鸟有鸟丁令威，去家千年今始归。城郭如故人民非，何不学仙冢累累。"仙人台为千山最高峰，海拔 708.3 米，不算高，但山势险峻，不易攀缘，而且三面临涧，只有北面一条陡峭的小路迂回曲折，可通山顶。登山远望，诸峰千姿百态，无限风光尽收眼底。这里树木特多，一路古松夹道，蓊蓊郁郁，遮天蔽日；地上潮湿清凉，生有绿苔，令人想起江南的园林。在这样的环境里爬山有个好处：即使你累得气喘吁吁，也不至于大汗淋漓。峰顶也遍布古松，清风习习，在这里小憩，不由你不慨叹：快哉此风！不过若遇大风吹来，松涛大作，惊天动地，也令人魂飞魄散！

宗教文化在许多名山中都占有突出地位。千山是辽东佛教和道教的圣地之一，庙宇众多，建筑宏伟，而且布局巧妙。北魏时，千山就有了佛教徒的踪迹。辽金时代，佛教更加兴盛，著名的"五大禅林"——香岩寺、大安寺、祖越寺、中会寺、龙泉寺等，已形成了一定规模的古建筑群。明清以来，道教进入鼎盛时期，有九宫、八观、十二茅庵。所有庙宇都建在深谷和山坳之中，山门和墙垣倚托峭壁陡坡而筑，四面或三面环山，与山、石、松浑然一体，彼此烘托，构成一种幽美、雅致的动人画面。

不过最令我们难忘的，还是道教音乐。抵达千山的第二天晚上，主人为我们安排了一场别开生面的露天晚会，让我们有幸欣赏了千山道教乐团的演出。当斯时也，皓月当空，碧空如洗，青山如黛，寒意侵衣……忽然，箫声响起来了，先是轻轻的，幽幽的，如悠悠白云，似潺潺溪水；继而如狂风怒号，暴雨骤至，雷霆震击；最后复归于宁静，仿佛雨后初霁，鸟鸣啾啾……豪放中夹着轻柔，庄重中带着舒缓。清幽深远、婉转悠扬的乐声在苍黛的群山之间久久回旋飘荡，不绝如缕。一时之间，风声、林涛、鸟鸣、兽吼……都悄然打住，似乎为这箫声所慑服。我们陶醉其中，物我两忘，心下一片澄碧，不知身在何处，不觉月已西斜！

从此后，那月夜，那乐声，如同不肯遽逝的梦境，常在脑海浮现。

1991 年

千古风流北武当

群山连绵，犹如万龙翻腾，构成一个大背景，显示出北武当山的深度与广度，也显示了吕梁山珍藏的富有与无穷。

在山西吕梁地区，有一座山拔地而起、耸天而立，这就是北武当山。

北武当山，又名真武山，古称龙王山，素称三晋第一名山，是道教圣地之一。相传，净乐王太子玄元 14 岁时诚心修道，经过 42 年磨炼，在湖北武当山修成正果，被封为北方正神，这就是道教尊奉的神——真武大帝。真武大帝决定在北方寻找一座山作为行宫，为了寻觅这座山，他先后 99 次游历北方，终于在吕梁地区发现一座山雄踞于群峰之间，顿时心中一亮，赞道：“好一座奇山秀峰！”但是，他又感到主峰略低了一些，于是便用两个手指捏住顶峰，微微往上一提，峰顶顿时就升高了 99 丈，远远高于四周群峰。他高兴地说：“又一武当山兮！”从此北武当山正式得名。

北武当主峰香炉峰海拔 2254 米，它的四周几乎都是悬崖峭壁，只有一条崎岖小道可通顶峰。“五里黄土五里沙，五里石磴往上爬。”去年 10 月，我们踏上了这十里山道。在绿树夹道的沙路上转悠了好一阵子，眼前豁然开朗，前面出现了两棵同根而生、相依相偎的松树，酷似热恋中的情人。这就是有名的夫妻迎客松。

我们接受了这对“夫妇”的热情欢迎。这以后，就像进入了北武当山的庭院，气氛完全不同了。清风微拂，白云轻飘，有一种清凉的舒适感。松涛呼啸，令人感受到大山的气息和威严。这时，所有的杂念，都从脑海里逃得无影无踪。

爬上一截沙土坡道，那一直时隐时现、好像在同你捉迷藏的香炉峰，倏地来到我们眼前。这是一块完整的巨石，成锥体状，拔地擎天，凌云孤峭。峰壁上，缝隙间，长着一棵棵松树，显得那样纤细渺小，犹如巨人身上的汗毛一般。调头东望，主峰的不远处，又有数峰兀立，给人以一峰突起、群峰烘托，前呼后拥、层次分明之感。

“五里石磴”由此开始，一级一级上去，便是登上主峰的“天梯”。天梯1400余级，每爬一步都可听到悠扬顿挫的“石音”，形成独特的“石乐”绝景。爬上第一架天梯，是一个很大的石平台。只见两块怪石，酷似龟蛇。这就是“龟蛇斗智石”。两石相距约3米，两头对峙，石蛇意欲朝前猛蹿，大有将对方一口吞掉或逼至崖下之势；石龟背后是悬崖，那情景似乎是等蛇渐渐逼近，与之决一死战。绝妙的是，这石龟虽有10多吨重，底部支撑点却很小，被人用力一推或经风一吹，便呈摇摇欲坠之势，令人为之心悬，所以又称风动石，为全国罕见的景观之一。相传神龟和青蛇不安心修道，互相格斗，经过七七四十九天的鏖战，神龟节节败退，青蛇步步紧逼。其时，恰逢真武大帝返宫，见状用手指轻轻一点，龟蛇便动弹不得，从此永久停留在这里，成为千古一绝。

北武当山多奇松异石，松有托天松、仙人指路松、夫妻迎客松、母子松、父子松……姿态各异。最奇的是擎天探海松，其松立于石阶半道，树身枝分两杈，一枝刺青天，一枝瞰群峰。石有古猿望日石、九龙出洞石、石猪受难、石羊朝圣、石象守山、石龟下蛋……一个个形态逼真，栩栩如生。奇松异石，相间点缀，相映成趣。

攀上一架架“天梯”，钻过一道道“天门”，终于踏上绝顶。举目四望，但见远山苍茫，白云飘逸；耳闻松涛阵阵，鸟语唧唧。东北面另有许多秀峰争相突起，群山连绵，犹如万龙翻腾，构成一个大背景，显示出北武当山的深度与广度，也显示了吕梁山珍藏的富有与无穷。

伫立于此，感慨万千，不禁想起作家刘白羽游此山后的题词：“千古风流北武当！”——那山、那景、那传说，不负此誉。

1991年

登鸡公山

午后山上天气骤变，片片云彩在山谷、山顶飘忽、积聚，鸡公山现出了“云中公园”的娇姿。

我们是7月10日凌晨1点到达鸡公山自然保护区的。此时的鸡公山，被夜幕笼罩得严严实实。

清晨5时，窗外的鸟儿吵醒了我们。此时的鸡公山属于鸟儿的世界：长鸣的，低泣的；清脆的，沙哑的；急促的，舒缓的……鸟鸣声在山谷里回荡。我们虽对鸟类无甚了解，但凭叫声判断，这里的鸟儿也不下100种（后得知，实为210种），简直就是一座鸟山。

曙光初照，海拔768米的鸡公山南主峰——报晓峰已清晰可见。整个山势宛如一只昂首展翅、引颈啼鸣的雄鸡。

匆匆吃过早饭，自然保护区管理局王局长就领我们上山了。

路上，老王告诉我们，鸡公山国家级自然保护区曾经多次演变。其最早的前身是1918年创建的鸡公山铁路林场，后经几度变迁，1982年被河南省政府批准为鸡公山自然保护区，1988年被国务院批准为国家级自然保护区。

鸡公山地处中国南北的分水岭，有“青分豫楚，襟扼三江”之美誉，是以保护森林生态为主的综合性多功能自然保护区。全区总面积2927公顷，天然林面积1817公顷，人工林面积1100公顷。植被属于泛北极植物区、中国－日本森林植物亚区的华中植物区系范围，以亚热带植物为主，兼有部分暖温带种类。这里是多种区系成分的交汇带，突出特点是南北植物区系相互渗透。全区植物种类有 251 科，915 属，2260 种。鸡公山的动物也是南北并存。仅国家级保护动物如金钱豹、白冠长尾雉等就有 13 种。陆栖脊椎动物达 63 科、170 余种。

中午 12 点，我们登上了报晓峰。报晓峰又名鸡公头。环山鸟瞰，但见山腰薄云飘如白纱，绿树万顷荡如碧波。再看山上，各式建筑鳞次栉比，楼台亭榭散见林间。老王告诉我们，鸡公山属典型的南北过渡气候带，为半湿润气候类型。这里夏季气候宜人，有“午前如春，午后如秋，夜如初冬”之说，是与北戴河、庐山、莫干山齐名的四大避暑胜地之一。鸡公山因此而吸引了很多外国人，有过一段很不幸的历史。1903 年，美国传教士李立生、施道格等人登山探奇，发现鸡公山是块“风水宝地”，就购买山地，建造别墅。之后，西方的报刊就极力宣扬中国的鸡公山是个“世外桃源”。洋人蜂拥而至，兴修别墅、教堂，有英、美、法、俄、日等 20 多个国家的人在山上建造了各式楼宇 500 余栋，寓居外侨 2000 多人，当年的鸡公山有“十里风飘九国旗”之说。湖广总督张之洞闻悉此事，上奏清廷，朝廷震怒，严令查办。后山地和房屋虽由中国方面出价赎回，但房屋仍以很低价格租给外国人，鸡公山俨然成为洋人们在中华腹地变相的“公共租界”。

近年来，鸡公山独特的自然条件吸引了国内外许多林学家、生物学家来此进行科学试验，每年都有 10 多所高等院校的学生来这里实习。为了更好地开展林木引种驯化工作，保护区建起了一处面积 320 亩的树木园，现已引进国内外树木 200 多种，北美、日本的不少名贵树种在此落了户。

午后山上天气骤变，片片云彩在山谷、山顶飘忽、积聚，鸡公山现出了“云中公园”的娇姿。我们“驾”着云雾，沿着山道在云海中向下“沉”去……

1992 年

我的四季歌

美的极致是朴素，是真实。如果说四季也有极致的话，我想秋天应该是这种极致。

春

最好的春当然是在江南。柔若无骨的风，仿佛顽皮少女的纤纤素手，轻轻地挠呀挠呀。打定主意严肃一辈子的老树爷爷终于忍耐不住，噗地吐出一丛鹅黄的嫩芽，仿佛伸出一面生命的旗帜，加入万物竞自由的行列。路边的柳树垂下了依依的柳枝；小河里的水似乎也变得清了，绿了；空气里仿佛掺进了陈年的老酒，好香，又让你心醉。你若在春天里行走，晕乎乎，恍惚惚，当心醉倒。

最喜人的当然是雨天——不是瓢泼大雨，也不是淅淅沥沥的小雨，是那种毛毛细雨。一丝丝，一线线，仿佛无数只看不见的手，把这多情的雨丝往你身上牵。附在身上，仿佛薄薄的茸毛，又仿佛厚厚的雾气，用手轻轻一揩，没了，心里反而一阵惋惜。索性扔开雨伞，任雨丝将你包裹。

花儿也开了。桃花、杏花、梨花……红的、粉的、白的……个个张开娇嫩的小脸，仿佛不胜春风春雨的爱抚。蜜蜂也忙碌起来了，从这朵飞向那朵，从那一丛扑向这一丛，简直没有片刻的空闲。蜜蜂最钟情的，还是油菜花。油菜花，一大丛一大丛的，金黄的，仰承着春日和煦的阳光，看一眼就令人心醉；调皮的蜜蜂还在那里得意扬扬地“嗡嗡、嗡嗡”，仿佛给你奏着催眠曲。哎呀，你要醉了，你要睡了，恨不得就地躺下，呼呼大睡，管他是田野，还是乡间小路……

春天，掺了酒的季节。

夏

衣服越脱越少，越穿越薄，最后，仿佛秋后的老树，删繁就简，脱净冗繁的枝枝叶叶，只剩下干干净净一个躯体。没有根，真好，哧溜一声，钻到水里，半天不见影儿。家人正急着呢，远处冒出一个球似的东西，光秃秃的，亮堂堂的，沾着水珠儿；球上还有几个窟窿眼儿，有的闭着，有的张着，是在哭呢，是在笑呢？

哪里的夏天最好？说不好。论名气，首推“哈尔滨的夏天”，太阳岛上的风光肯定不同一般。哈尔滨的夏天我没领略过，不过我想，只要有火辣辣的太阳，有一汪清凉凉的河水，有蝉噪，有飞萤，有清风，有明月，那么，哪里的夏天都是一样的。毋宁说，一般人都以为苦的夏天，正是孩子们的乐园。

月亮，那可是绝对少不了的。没有了月亮，夏天起码要逊色一半。夏天的乐趣之一，是晚间乘凉。一天的劳顿与烦嚣过后，总算有了一刻清闲。坐在庭院里，摇着芭蕉扇，与家人、与邻人聊天，听大人们说鬼、说狐，是难得的享受。这时候若没有月亮，先就没有了这份兴致。我犹记得小时候在家乡，夏天的晚上，看着树梢间缓缓移动、浮云间时隐时现的一轮清月，听着田野里各种不知名的虫儿的大合唱，真正感到生活没有比这一刻更美丽的了。现在身处都市，再去捕捉儿时的心境，已渺然不可得。

夏天，是孩子们的乐园。

秋

不过这些年来，我对秋天的感情却日益深厚。也许如一位作家所言，随着年龄的增长，逐渐喜爱上了秋的成熟、充实与沉静。

说到秋天，当然是北京的最好。所谓“金秋”，虽然不免于俗，倒也贴切。五谷丰登、果实飘香，沉甸甸、金灿灿的；秋风起来了，不似春风那般纤柔，没有冬风那样的刚烈，扑在脸上，说不出的感觉。风也有颜色，谓之“金风”。金色的秋天，金子一样珍贵的秋天。

不过我最喜欢的，还是秋天的沉静与简肃。没有了冬天的冷峻，没有了春天的绮丽，没有了夏天的热烈，秋天却有另一番媚人的风致。天空蓝而高远，蓝得透明；阳光温煦，秋风轻柔；金黄色的树叶轻轻地飞舞，静静地落下。整个宇宙间，安静，祥和。仿佛一位丰姿绰约的少妇，洗尽铅华，不事雕琢，回归本来面目，反而别有一份动人的魅力。在她的面前，浮躁的心情渐趋平静，世俗的念头也逃得无影无踪。你只有静穆，只有景仰。

美的极致是朴素，是真实。如果说四季也有极致的话，我想秋天应该是这种极致。

冬

风也有骨头吗？有的。春天的风没有，秋天的风也没有，冬天的风就有骨头。冬天的风，宛如一只骨骼粗壮的巨掌，扇在你脸上，好疼。你不能不对这冬有一份敬畏。

这样的巨掌只能为壮汉所具有。是的，冬就是一条男子汉，北方大汉。它具有男子汉的一切特征，性格豪爽、刚毅，充满阳刚之气。它沉默寡言，整天板着面孔，难得一现的笑容——太阳，也是淡淡的，浅浅的，冷冷的，完全失去了春日的妩媚，夏日的热烈，秋日的灿烂。它不拘小节，脾气暴躁，极具破坏性。它根本不相信所谓的“柔情”，信奉的是力量。风是硬的，空气是那样尖利刺人，就连一向柔顺的水，也变成了坚硬的冰。

不过冬也具有真正男子汉的一个优点：坦率，真诚，毫无城府。它从不掩饰什么，反而勇敢地、毫无保留地将自己的弱点、缺点甚至污点袒露在世人面前。皑皑白雪，正是它这种优秀品质的象征。尽管冬具有这样那样的缺点，但许多人还是喜欢它，享受它，我想，也许正是缘于此吧？

我常想，人们之所以都喜爱雪，也许正是洁白的雪使他们的灵魂得到洗涤、得到净化的缘故吧？

冬天，是一个诚实的男子汉。

1992 年

寻梦浪茄湾

眯缝双眼，随意看潮起潮落，白帆点点；看云卷云舒，鸟雀飞舞；看层峦叠嶂，草木葱茏……

滚滚红尘中，不知道哪里还有这么一方净土、这么一湾清水，几乎没有受到过人类的污染，这么纯净，这么娇羞，仿佛“藏在深闺人未识”的处子，让人眼睛为之一亮，心灵为之净化。

我说的是浪茄湾。

离开香港3年多了，我经常想起她、梦见她，重新回到她温润的怀抱。

从2008年5月到2013年3月，我在香港工作了将近5年。5年里，工作之余，我逛街、行山、上岛、下海、游郊野公园，尽情领略香江自然与人文之美。南丫岛、长洲岛，大屿山、玉桂山，尖沙咀、铜锣湾，鲤鱼门、鸭脷洲，香港仔、薄扶林，九龙城寨、黄大仙庙，迪士尼、海洋公园，维多利亚港的夜景、太平山顶的灯火……自以为已经走遍香港这块弹丸之地了。当我从香港同事的嘴里听到“浪茄湾”3个字时，我简直不敢相信自己的耳朵。

浪茄湾！我怎么从来没有听说过这个地方！

2012年国庆节，我终于去了浪茄湾，这才知道原来还有这么一个人迹罕至的海上世外桃源，让我相识恨晚！那美丽绝伦的自然风光，至今还在脑海中时时浮现。

浪茄湾是一个海湾，位于香港西贡区粮船湾世界地质公园内。这里远离市区，位置偏僻，交通不便，人迹罕至。也正因此，这里的山水才得以免遭污染。香港特区政府注重保护环境，针对这样地质公园的保护措施尤其严格，禁止机动车辆入内，只有当地为数不多的专用出租车可以开到万宜水库东坝。这里是香港有名的四大长途远足径之一的麦理浩径的起点，有不少驴友从这里开始远足。如果时间充裕，体力充足，全程徒步当然是一个不错的选择。

为了节省时间和体力，我们选择了乘坐出租车。车行缓慢，沿途的闲花野草，青山绿树，让我们赞叹不已。时序仲秋，北方已是层林尽染，南国却依然满目青翠。有发烧级驴友在路边悠闲地走着，有人边走边用相机或手机拍摄沿途风光。黑色的、黄色的野牛，惬意地啃食着路边鲜嫩的野草，有的还慢慢悠悠地踱过马路，出租车就停下来耐心等候。司机说，这些牛原来是当地村民家养的，这里被建为郊野公园后，村民全部迁居别处。他们不忍心杀死牛，就将它们放归大自然。经过长期的野外生活，这些牛发生了形变，脊梁骨如骆驼般挺了起来，成为当地一个独特的风景。在后来的旅途中，我们还不时碰到这些野牛，它们一点都不怕生，一边咀嚼一边就凑近过来，我们可以近距离地观察它那大大的眼睛和长长的睫毛，感受到它鼻孔里呼出的热气，真是有趣！

在东坝下车，首先映入眼帘的是由巨大的橙红色六角形岩柱组成的山崖，非常壮观。万宜水库一带是著名的观石胜地，也是香港最奇特地质景观的所在之处。这里有一座超级火山，大约在一亿四千万年前最后一次爆发，爆发的强度是冰岛火山的一万倍；喷出的火山灰超过一万三千亿立方米，这些火山灰如果平铺开来，足以将香港的土地垫高 1.3 千米。火山灰经过冷却凝固后，形成了蔚为奇观的六角柱石。排列整齐的六角形火山岩柱，几近垂直地高耸在海边，如斧劈刀削一般，堪称“天然六角岩柱壁画”。香港特区政府在修建水库时，有意在水库东坝附近开凿了多个岩石剖面，让六柱形火山玄武岩裸露出来，使人们能够近距离欣赏香港独特的六角形火山岩柱、断层、褶曲、扭曲的石柱以及岩脉侵入等地质现象。

万宜水库是全港储水量最大的水库，名列香港十大胜景之一。东坝高达 100 余米，落成时为世界最高的岩填大坝。为了防御汹涌的海涛，工程师巧妙设计了一道由 2500 多个双 T 形混凝土预制构件拼合而成的防波堤，既实用又别具特色，在防浪之余也为人们带来视觉享受，成为一道独特的景致。水库里的水在阳光的照耀下，呈现出深蓝、天蓝、蓝绿色，宛如一枚巨大的蓝宝石。晴天的傍晚，落日余晖染红了一池清水，简直就是一幅“半江瑟瑟半江红”的诗意图，总有不少人架着长枪短炮在这里耐心守候，等着摄取最佳时刻的夕阳美景。

从东坝继续往前为山路，山虽不高，但迂回曲折，上攀下行，颇不轻松。好在香港特区政府修建了步行径——麦理浩径。这是香港最早开设、最著名的远足径，全长100公里，共分10段，精华部分是第一、第二段，包含万宜水库、浪茄湾等著名景点。麦理浩径一路标识清楚，指出你所在方位，这些标距柱不仅使驴友能够了解自己已经走过和将要走的距离，而且便于在遇到紧急情况报警时说明自己的位置，是安全健身运动非常重要的一部分。

山上植被茂盛，大部分山顶都被草地覆盖，树木蓊蓊郁郁。山坡下方布满灌木丛，野牡丹、桃金娘、岗松、大叶茶，绵延直至海边。时时听到各种鸟鸣，或清脆悦耳，或婉转悠扬。据说，这一带的鸟类非常丰富，有鹧鸪，有画眉，有白腰雨燕，有白胸翡翠……虽然无法一一亲见，光是这些诗意的名字、这么优美的鸣叫，就让人心醉。有时可见澄澈的泉水，从山上潺潺流下，别具婉约之美。行人走得渴了，干脆用瓶子接了泉水，直接饮用。山间天气时晴时阴，时而烈日当空，时而小雨骤至。好在山上建有亭子，我们可以在此小憩兼避雨。一阵小雨过后，树叶、草尖、花瓣上都挂着水珠，晶莹剔透，分外娇艳。在我们的右侧，是浩瀚无垠的大海。海面风平浪静，平滑得如同蓝缎一般。在接近海水的山坡上，有一个一个洞穴，令我们大为好奇。经询问驴友得知，那是海蚀洞，是海水不断冲击山丘而形成的，有的游人会乘快艇或游泳从洞中穿过。一路上，山石嶙峋，草木葱茏，移步换景，步步皆景。不时遇到相向而行的驴友，用粤语或普通话热情地跟我们打招呼。

从山上下来，拐过一道弯，右前方就是我们此行的目的地——浪茄湾。前方，正对着大海的一大块坡地上，有一个用低矮的木栅栏围起来的院落，院子里有几幢小木屋，其他是大片的菜地。有几个人在地里莳弄蔬菜。如果不是门口立着的那块牌子的话，这幅画面简直就是“世外桃源耕作图”，可以入画入诗了，偏偏那块牌子上写的是——

“基督教福音戒毒中心”。

有同伴说，把一个戒毒中心设在这样优美的山水之间，实在大煞风景！我的看法正好相反。对于那些身体受到毒品污染的人来说，这样山清水秀的地方正宜于他们悔过自新。每天劳作、诵经之余，仰望苍翠碧绿的青山，远眺宽广蔚蓝的大海，一定能荡涤尘埃，净化灵魂。如果说我们健康人需要到青山绿水间怡情养性的话，那么他们的心灵不是更需要山水的熏陶和滋润吗？

浪茄湾，你这个传说中的最靓海湾，到底有怎样迷人的魅力，为何要到我即将离别香江之际才肯向我揭开神秘的面纱？在今后漫长的岁月里，你会给我留下什么样的深刻记忆？

我收住脚步，立在小径边，静静地欣赏她。

她夹在山岬之间，山环抱着海，海依偎着山，慵懒地卧着，仿佛柔美的少女偎靠在爱人强壮的臂弯里。近处，是一片稀疏的小树林，树下长着不知名的野草，开着不知名的野花。林间早有人支起了帐篷，准备在这里露营过夜——这里是政府指定的露营地之一。往前，是一带银色的沙滩，沙子又细又白，仿佛用筛子筛过一样不含任何杂质。正午的阳光放肆地直泻下来，砸在沙滩上，冒出点点火星，刺得眼睛忍不住流泪；偶有白云飘过，在沙滩上投下一个个奇形怪状的阴影，像一只只可爱的小动物似的。海水由近及远，一层一层地蓝下去，蓝到遥远的远方，把天空也染蓝了，透亮透亮的蓝。于是你分不清哪个是天，哪个是海。船在天上行，鸟在海里飞。远处海面上驶过的游轮，留下一声声快乐的汽笛声。忽然有一只巨型的红蝴蝶从远方天空飞来，定睛细看，原来是有人乘红白两色的滑翔伞从空中飘来，为湛蓝的天空平添了一道亮丽的风景。极目远眺，山顶云蒸霞蔚，大海波光粼粼，与山石的棕黛、树丛的翠绿交相辉映，宛若一幅淡雅清幽的水墨山水画，养眼养心，令人心旷神怡。

香港最靓沙滩，沙幼水清，风景如画，果然名不虚传！

于是忍不住一阵欢呼，脱了衣服鞋袜，换了泳衣，奔着海滩去了，奔着海水去了。沙子细细的，软软的，被阳光晒得热乎乎的，光脚丫子踩上去，脚板心痒痒的，暖暖的，又舒服，又想笑；看来沙滩也是顽皮，它一边给你按摩，一边挠你脚心，让你在享受中受点小小的虐待，反倒成了一种更大的享受。海水虽然经过了太阳的暴晒，但仍然是清凉凉的，一股凉意从脚底向上贯穿全身，身心舒泰。又是忍不住一声低吟！我们在海里互相撩水打起水仗，欢快的笑声像那浪花在海面上飘荡。

玩累了，找个阴凉的地方，把自己摊在沙滩上，彻底放松一下。沙滩里渗透了阳光，疲乏的身体贴在地面上，感觉熨帖极了！眯缝双眼，随意看潮起潮落，白帆点点；看云卷云舒，鸟雀飞舞；看层峦叠嶂，草木葱茏……此时，也许有阵阵倦意袭来，渐渐沉入梦乡，耳边传来风声、涛声、鸟鸣、虫嘶……梦中不知身是客，沉醉不知归路，任由那斜阳西坠，玉兔高悬，露水沾湿了秋衣裳。

2015 年

山里人家

山脚下那幢简陋的木屋看不见了，那位老人家也看不见了。但是我脑海里不断浮现出小木屋，不断想起那位无名的守山人。

2013年3月底，我从香港调回内地。在正式安排工作前，有一段空闲时间。四川达州的老同学说："难得清闲，到我们山区来走走吧。我们这里空气好，给你洗洗肺。"那时北京的霾已经很严重了，全国人民都知道北京的空气不好。于是我就去了。

老同学没有让我失望。达州自然景色绚丽多姿，庙宇古塔、石刻雕塑遍布全境，被明代著名地理学家徐霞客赞为"西南奇胜"。达州山多、树多、空气好，从到达那天起，我就在山里转悠，登凤凰山，朝真佛山，瞻金山寺，访元稹纪念馆……吃的是山里人家的农家菜，呼吸的是清洁无污染的新鲜空气，感觉到好久未有过的神清气爽。

第四天是周末，老同学说要带我到远离城市的山里去。我们一早就出发了，驱车几百公里，来到达州下属的通川区磐石乡。这是一个山区乡，全乡90%以上都是山地。年轻的乡党委邓书记朴实而精干，热情地邀请我们去参观乡里的草莓基地。刚刚下过一阵雷阵雨，天空蓝得跟水洗过一样，空气格外清新，让人忍不住要深深呼吸。可山间的泥石路却泥泞不堪，越野车颠得人屁股疼，让我这个在平原长大的人不免有点胆战心惊。可邓书记一路上却谈笑风生，神态自若。老同学说，他们这些乡镇干部，天天泡在基层，这样的山路闭着眼睛都敢走。

汽车在山路上颠簸了半个小时，眼前豁然开朗，出现了一大片平地。草莓基地到了。放眼望去，周围的田里全是草莓。经过雨水的洗刷，草莓叶绿油油的，果实鲜艳欲滴，看着就让人眼馋。邓书记告诉我，磐石乡资源匮乏，但是地质条件适合种草莓。经过专家咨询、市场调研，乡里把发展草莓产业作为富民工程来抓，鼓励农民种植草莓，目前草莓种植已成规模，市场需求很大，前景很好。

远处田里，几个人正在采摘草莓。邓书记用四川方言叫了几声，应声跑来一个年轻的小伙子。邓书记介绍，当地农民自发组织起来，成立了草莓合作社，他就是草莓合作社的社长。这里的草莓从种植到销售，已经形成了一个链条，打出了品牌，产品供不应求。我询问草莓种植和销售的情况，社长一一作答，黑红的脸上洋溢着憨厚而又喜悦的笑容。说话间，有农民捧来刚摘下的草莓让我品尝。我尝了几颗，甜甜的，带点酸，一股清香。热情的农民还把成筐的草莓往车里装，怎么拦都拦不住。

看过草莓基地，邓书记说：我们这里还有一个白鹭自然保护区，就是山路难走，车子开不上去，想不想看？我说：不怕，我们走上去。

前面的路果然更加难走。车子开了一小段，碰到一个坎，过不去了，我们只好弃车徒步而行。路是碎石路，下过雨之后格外难走。邓书记在前面带路，我在后面小心翼翼地跟着，还好，总算没有摔跤出洋相。走了一段路，没有看到白鹭，倒是看见了一个人，在我们前面健步走着。邓书记叫住他，打听去保护区的路怎么走。那人六七十岁的样子，瘦削的脸上刻着一道道深深的皱纹，头戴草帽，上身穿着蓝布褂，肩上扛着铁锹，看样子是刚在地里干完活。听说我是从北京来看白鹭的，他显得特别高兴，热情地给我们指路、带路、介绍情况。他告诉我们，他家就住在这山里，当过多年的村干部，现在老了，不当了，自己种点庄稼，义务看护山林。每年春天，都有好多白鹭飞到这里来，可好看了。

转过一个小山头，老人用手往前一指：看，那就是白鹭。

远远的前方，斜山坡上，长着一片茂密的竹林，竹枝上点缀着密密的白点，像一朵朵小白花，整个画面如同一幅巨大的山水画。虽然看不清楚，直觉告诉我，那些小白花就是白鹭。竹林的上空，盘旋着数不清的白鹭，如同缀在空中的音符一样。山风不大，吹动着竹枝，竹枝微微颤动，使画面有了动感。稀疏的雨点飘落在额上、脸上，带来一丝丝凉意。天、地、人、自然，显得那么地和谐，一瞬间，我竟有点莫名的感动。邓书记告诉我们，每年夏季，白鹭就会到这里来栖息繁殖，总量上万只之多。当地老百姓都很喜爱白鹭，把它们看作能带来好运的吉祥鸟，没有人伤害它们。

看过白鹭，老人邀请我们到他家坐一会儿。老人的家就在那个山坡下面，是我们在这座山里看到的唯一一户人家。房屋的简陋、破旧出乎我的意料。这是我从没见过的房屋，不知道怎么描述它才好。一排四间，屋顶盖着灰色的瓦片，墙是漏风的木墙。除了一间住人的房间四面有墙外，其他三间只有三面墙，一面敞开着，里面养着鸡、鸭、羊，堆着杂物。我们坐在屋外的小板凳上闲聊。老人告诉我们，这里只有他一家，虽然条件差点，但是吃着自己种的蔬菜、粮食，呼吸着清爽的空气，和绿树、白鹭做伴，也挺好的。房前的空地上，堆着一堆锯得一样长的木料。面对我的疑惑，老人说，这是经过政府允许从自家的自留山上砍伐的，卖了换些零钱用。邓书记告诉我们，白鹭对环境要求高，一般只有山清水秀、空气清新的地方它才落窝。为了保护白鹭的生存环境，保护区内严禁砍伐树和竹子，如有需要，须向政府提出申请，经批准后才能在自家的自留山上适量砍伐。当地农民没有别的收入，生活还比较困难。老人听到这儿，连声说：“没事，没事，我们喜欢白鹭。再说，政府还补贴我们呢。”老人告诉我们，他的儿子大学毕业后留在了城里当老师，就他们老两口住在这里。儿子要接他们去城里，他们不去，嫌城里吵、乱。“这里多好，又清静，空气又好。”老人乐呵呵地说，“我们的生活，你们城里人想过还过不上呢。”老人的一番话逗得我们哈哈大笑。

老人执意要留我们吃饭，我们谢绝了老人的好意，起身告辞。邓书记拉着老人的手说：“老人家，你有什么困难，尽管跟我们说，我们一定帮你解决。”老人说：“领导你放心，我在这儿替你们守着山林，守着白鹭。哪天你们想看白鹭了，就来！”

我们踩着泥泞的碎石路往回走，时不时地回头看看山林，看看白鹭。白鹭们依然在翩翩起舞，在空中划出优雅的剪影，仿佛还能听到它们快乐的吟唱。

山脚下那幢简陋的木屋看不见了，那位老人家也看不见了。但是我脑海里不断浮现出小木屋，不断想起那位无名的守山人。我蓦地想起，聊了那么久，我连老人姓什么都不知道呢。

2013 年

沉睡的胡杨谷

睡胡杨，这名字真好！它们没有死，它们只是睡着了。总有一天，人们还会唤醒它们，继续守望这片辽阔的土地 。

汽车行驶在南疆大地上，大片大片的农田从车窗两边向后退去，有绿油油的水稻，有金灿灿的麦浪，还有开着红花、白花的棉田，挂满果实、飘着果香的杏园……偶尔还可以看到一汪清亮亮的水，还有半青半黄的芦苇荡。如果不是不时闪过的光秃秃的荒山提醒，我常常会恍惚不知身在何处。现在正是7月下旬，虽然已是晚上9点多钟，太阳依然明晃晃地挂在天上，逡巡着不肯下沉。

当我们的汽车下了217国道，拐上一条简易公路时，我的心也随着身子剧烈地跳动起来。路是沙石铺成的，坑洼不平，迂回曲折，我们的大巴车就像茫茫大海上的一叶扁舟似的，左右摇摆，上下颠簸，车上的人就随着这颠簸摇摆晃动着。

不知走了多远，汽车终于停下了，眼前豁然开朗：传说中的睡胡杨谷到了！

这里是塔克拉玛干沙漠西北边缘，北距塔里木河20公里，西距阿拉尔市区50公里，东距龟兹古镇库车130多公里，一望无际、浩瀚辽阔的睡胡杨谷从眼前向远方展开，直抵天际。

我们雀跃着下了车，迫不及待地冲向睡胡杨谷。放眼望去，但见天似穹庐笼罩四野，荒漠如海奔腾翻卷。在这片无垠的沙海上，布满了枯死的胡杨木，没有枝丫和树皮，只剩下光秃秃的躯干，有的直立，有的斜刺，有的横卧，千姿百态，争奇斗异。仔细打量，那些奇形怪状的胡杨木引起我们的无限联想。有的如虎狼咆哮，有的像天狗噬日；有的像勇士威武，有的似屈子行吟；有的似二龙戏珠，有的像剑指天空；有的像一家三口开心相拥，有的如忠贞伴侣遥遥守望；有的高傲地昂首向天，有的谦卑地匍匐于地；有的似开怀大笑，有的像掩面而泣……你可以尽情想象，用你所能想到的物事来形容它们，用你的才华编织出无数离奇曲折的故事。在落日余晖的照射下，天与地与树，一片灰黄，一派苍凉，让人生出无限沧桑之感。心里倏然冒出唐代诗人陈子昂的著名诗句:“前不见古人，后不见来者。念天地之悠悠，独怆然而涕下。”

同伴们一边惊叹着，一边忙不迭地照相、合影。形态各异的胡杨树，每一棵都能引来欢呼和关注；大漠落日的壮观，更是引来阵阵惊呼。身着艳丽服装的女士，与枯黄的胡杨木形成了鲜明的对比，给这片沉寂的荒原增添了亮色，成为众多男士竞相拍摄的焦点。我也未能免俗，拿出手机抓紧拍下一棵又一棵胡杨木。明知道从专业角度看毫无可取之处，我们为的是留下睡胡杨的身影。

新疆生产建设兵团一师十四团的工作人员告诉我们，睡胡杨谷坐落在横穿塔克拉玛干沙漠的和田河和克里雅河古道交接处。远古时代，这里曾经是茂密的胡杨林。随着克里雅河断流、和田河改道，胡杨树集体逐年干枯。尼雅古城、圆沙古城和昆岗先民家园以及下游楼兰古城消失，史学家一致认为水源枯竭是主因，这片胡杨林成为无言的佐证。

半个世纪前，兵团一师大举开发塔里木，到这里被河流所阻戛然而止，从而完整地保留下了一片原始的胡杨林，成为生态的警世钟。2013 年年初，人们在塔克拉玛干沙漠古河道中发现了这处保存完好、枯死数千年的大面积胡杨林，仅在十四团境内就有 6 万多亩。枯死的胡杨林，虽然断臂残腿，生命不再，但依然挺立在戈壁荒漠之上，演绎着千百年来与沙漠风暴展开的生死搏斗，守护着脚下这片干涸的土地。胡杨之殇营造了一种奇特的壮丽景观。“活着的胡杨夏绿秋黄，固然旖旎；死去的胡杨更加壮美，以独有的形态，给人以思想的启迪。只有躯干，没有树皮和枝叶——虽死犹生，虽睡犹醒，故得名‘睡胡杨谷’。”专家将此地称为“塔里木原生胡杨标本库”，十四团将这片胡杨林命名为睡胡杨谷，开发与保护并重，加强了胡杨林管护工作，组织了一支20余人的护林员队伍，全年不间断地对辖区内的天然存活胡杨林进行巡护，以保障辖区胡杨的良好生长。

人们常说：胡杨生而不死一千年，死而不倒一千年，倒而不朽一千年。这样的说法很难从文献资料中找到印证，颇有点神话色彩，未必可靠；人们所赞赏的，是胡杨坚强不屈的精神。资料显示，胡杨是第三纪残遗的古老树种，它的历史可以追溯到一亿三千万年前；在库车千佛洞和敦煌铁匠沟第三纪古新世地层中部发现了胡杨的化石，至少也有6500万年的历史。《后汉书·西域传》和《水经注》都记载着塔里木盆地有胡桐，也就是胡杨。在世界范围内，胡杨主要生长在中国新疆的塔里木河流域。胡杨生长在最恶劣、最残酷的气候环境之中，它们耐寒、耐热、耐碱、耐涝、耐干旱，组成了一条壮阔的绿色长廊，阻挡了沙暴对绿洲的侵袭。它们就算死去，也屹立不倒，仍然用自己坚强的身躯守护着这片土地。千百年来，胡杨守护在边关大漠，守望着风沙，被人们誉为“沙漠守护神”“沙漠英雄树”。维吾尔语称胡杨为“托克拉克”，意为“最美丽的树”。人们从胡杨的坚劲风骨中，感受到的是强大的生命气息！

在新疆，在兵团，我听过许多关于胡杨的故事和传说，给我印象最深的是下面这个。据说，十四团所在地曾是丝路驿站。相传，公元前60年前后，汉宣帝任命郑吉将军为第一任西域都护，在渠犁（今库尔勒）一带屯田，领护当时“丝绸之路”的南、北两道。当郑吉率部进入昆岗（今阿拉尔）地界，看到茂盛高大的胡杨林一望无际，很是好奇。向导告诉他，当地人叫胡桐树（胡杨），因其耐寒、耐热、耐碱、耐涝、耐旱，又被称为“英雄树”。郑吉哈哈大笑，脱口道：“英雄胡桐树，从此归汉家。”胡杨树因此又被称为“刘家胡桐”。《汉书·傅常郑甘陈段传》说：“汉之号令班西域矣，始自张骞而成于郑吉。”史学家普遍认为，从郑吉开始，才真正实现了中原王朝对西域的实际管控，西域从此成为我国领土不可分割的一部分。

两千多年以后，一批刚刚从战争硝烟中走出来的军人来到新疆，他们就地集体转业，成为新一代的屯垦戍边人。他们在极其艰苦恶劣的环境中，一手拿枪，一手拿镐，边战斗边开荒，为边疆的稳定、发展、繁荣奉献了青春、热血甚至生命。在兵团，我们参观了屯垦纪念馆和兵团人当年居住的土坯房、地窝子，采访了多位老军垦战士，听他们讲述当年艰苦创业的历程。讲到动情处，这些坚强的老战士往往潸然泪下，我们也被感动得热泪盈眶。他们很多人是“献了青春献终身，献了终身献子孙”，真的是把根扎在这片土壤中了。

一师四团有一块墓地，这里埋葬着那些死去的四团官兵。四团人把这块墓地叫作“19 连”。

为什么叫“19 连”？

因为四团一共有 18 个连。

那一瞬间，我想起了睡胡杨。

睡胡杨，这名字真好！它们没有死，它们只是睡着了。总有一天，人们还会唤醒它们，继续守望这片辽阔的土地 。

凝望静默的睡胡杨，我分明触摸到了它们跳动的灵魂。

2015 年

恋上秋雪湖

漫步秋雪湖畔，我抚摸历史、品味人生，眼前仿佛有漫天的芦花在飞舞，耳畔仿佛传来那婉转动听的歌声。

人在大地上行走，你不知道在哪儿会遇上什么风景，不知道哪一处风景会绊住你的脚，系住你的心，让你心心念念，终生难忘。

比如秋雪湖。

秋雪湖，泰州东北部的一个湖，不知道是谁给她起了这么诗意、这么美丽、这么浪漫的名字，让人不由分说地就爱上她。

何况她还有如此姣好的容貌。

秋雪湖地处里下河平原的南缘，仍然保持着传统的苏中水乡风貌。地势低平，湖荡相连，水岸绿清，空气清新，蒲草丰茂，野凫绕船，湖港曲曲弯弯，河流恣意流淌。可谓是水的世界、苇的海洋、林的天地、鸟的天堂。

一年四季，秋雪湖有四季的美。春天，湖水如蓝，柳丝轻拂，花团锦簇，蜂鸣嘤嘤；春风过处，湖边一片青翠，芊芊芦苇，身姿婀娜，在风中轻轻摇曳，如同一片绿色的波浪。有不知名的鸟儿在苇丛上空飞来飞去，吱吱啾啾地叫着。此情此景，如在梦乡！漫步秋雪湖畔，仿佛回到了童年的时光。我的家乡紧邻秋雪湖，乡音相近，乡貌相同，也是河汊纵横，同样芦苇丛生。掰一截芦秆，一嚼一口甜汁，嚼出了童年的味道；掐一片苇叶，卷成芦笛，放在嘴边吹出吱吱啾啾的声音，恰似鸟鸣一样，让人重拾童年的心情。如今，湖畔又遍植牡丹花、郁金香、芝樱、兰花等花卉，徜徉花海，美不胜收。

夏天的秋雪湖，碧叶连天，荷花映日，古木森森，蝉嘶鸟鸣；湖水碧波荡漾，水草若隐若现，小鱼小虾在水草间穿梭往来。若是时光倒流几十年，早就脱得精光，一个猛子扎下水去，和小伙伴们打水仗去了。如今的秋雪湖，已经成了鱼的天堂。这里不仅有青鱼、草鱼、鲢鱼、鳙鱼“四大家鱼”，而且还有鲥鱼、刀鱼、河豚这些在长江濒临绝迹的珍稀鱼种。如果有闲，不妨在湖边垂钓半日，也可抵得十年尘梦。

秋天的秋雪湖，水天一色，芦荻萧萧，白鹭低飞，百果飘香，万顷稻穗，遍地金黄。更让人注目的是那雪白的芦花，开满了湖面湖边。秋风一起，芦花便漫天飞扬，飘飘洒洒，如下雪一般，正应了她的名字“秋雪湖”。

而冬天的秋雪湖，那是真正的雪的世界了。银装素裹，寂野无声，冬水镜明，天地一白。如有雅兴，偕一二挚友湖边踏雪，其雅绝不下于湖心亭看雪的明末文人张宗子。

秋雪湖的迷人处，是她的秀外慧中。她不仅拥有自然靓丽的容貌，更有那深厚的人文内涵和动人的神奇传说。

秋雪湖历史悠久，文脉绵长。九百多年前，范仲淹曾在这里修筑捍海堰，厥功甚伟，被后人称为“范公堤”。八百年前，民族英雄岳飞曾在这里抗击金兵，如今古战场还能依稀找寻。历代文人墨客诗咏歌赋不胜枚举，留下很多脍炙人口的佳作。大约早时这里的芦苇没有后来茂盛，然而清澈的湖水却已闻名遐迩，引来远近百姓争相取饮，也引来不少诗人吟诗歌咏。早在清朝咸丰二年，泰州举人储树人在《海陵竹枝词》中就写道：“抱瓮人争汲碧泓，鲍湖西去放舟轻，如何一样东流水，流到鳅鱼港便清。”鳅鱼港正是秋雪湖边一个有名的港口。清朝泰州大诗人康发祥则记叙了一则有趣的故事：“邻家有女嫁东台，船过淤溪水溯洄，昨日还家看父母，淤溪水带一瓶来。”民国年间本邑港口人陈炳昌所著《港口竹枝词》也记述了这里神奇的故事。“事到而今亦有名，鳅鱼港水厚甜清。东台一度来争贩，真伪尤须寺证明。”

提起秋雪湖，不能不提的是作家胡石言的小说《秋雪湖之恋》。正是这篇小说以及据此改编的同名电视连续剧，让秋雪湖名播天下。小说讲述了一个名叫芦花的水乡少女，与一群淳朴、正直、善良的战士演绎的“震颤心房的一幕幕悲剧”，让多少人泪洒衣襟，念念不忘！作品以红旗农场秋天的芦花为素材，叙述了当时驻军战士在极端复杂的情况下，冒险掩护一个农村姑娘的动人故事，彰显了那个特殊时期的人性之美，给人们带来了温暖和希望。

小说中关于秋天芦花的描写，最是传神：

> 秋雪湖的湖面上，整片整片地铺着白茸茸的芦花。正是看秋雪的好时光。阵风起处，芦花旋舞，蓝天之下，碧水之上，无数朵秋雪在秋阳下闪着白光，无声地、浩瀚地向东飘去……芦花虽然渺小，可是顽强。它们的生命力是摧折不了的。它们会蓬勃地长起来，远远地飞出去……

自从少年时代读过这段文字，秋雪湖，就成了我心中一个美丽的牵挂。

清清的秋雪湖水，浇灌了一方土地，滋润了一方百姓，更哺育了一方文学。汪曾祺、胡石言等文学大家都从这里走出，里下河文学让世人刮目相看。秋雪湖畔那一幢原本极为普通的二层小楼，因“文学”二字而声名远扬，成立不久的秋雪湖国际写作中心吸引了国内外文人学者来此讲学交流、潜心创作，清清的湖水与文学融为一体，交相辉映。秋雪湖水哺育了文学经典，文学经典又成就了秋雪湖。秋雪湖是一方自然之湖，更是一方文学之湖。

漫步秋雪湖畔，我抚摸历史、品味人生，眼前仿佛有漫天的芦花在飞舞，耳畔仿佛传来那婉转动听的歌声，那是电视连续剧《秋雪湖之恋》的主题曲：

“小小芦柴花，你落地生根长呀长满坡。小小芦柴花，你落地生根长呀长满坡……”

2016 年

长白山 水之趣

天地有大美而不言，不管世事如何变幻，唯有青山常在，碧水长流。

论看水，人们想到的多是张家界、九寨沟。金秋时节，我偏偏在长白山看到了形态多样、鲜活多姿的水。

天池：静水流深

天池是长白山顶的明珠，游长白山者，几乎无不为天池而来。观天池，有北坡、西坡二路线。当地人云：北坡险峻，西坡秀美。不同角度，天池展现的是不同面貌。20余年前，我曾在北坡观赏过天池；这次从西坡上山，虽是故地重游，仍不无期待。

长白山天池位于长白山主峰火山锥体的顶部，是一座火山口，经过漫长的年代积水成湖。虽届仲秋，然秋风习习，秋阳和煦，难得一个艳阳天。有从山上下来的游客说：别上去了，什么也看不见！的确，因为山顶气候变幻多端，时而云雾缭绕，时而细雨蒙蒙，天池戴着神秘的面纱，轻易不肯示人，听说登山者十有八九看不到天池真面目。然而既来之，岂有放弃之理？我们爬了1442

个台阶，终于登临山顶，终于看到了天池！天池略呈椭圆形，蓝天白云下，宛如一枚巨大的蓝宝石，清澈碧透，一平如镜。有人赞叹之余，不免遗憾：天池虽美，未免太静了。的确，水贵活而忌死，贵动而忌静，贵流而忌止。如果是一潭死水，任它名气再大，也没有灵气。余心不服，细细观之，发现此言不确。天池水看似平静，实则静中有动，寓动于静，似静而实动。在平滑如镜的水面上，有几处细细的涟漪，猛看似乎静止不动，长时间凝视，才能察觉其以极慢极慢的速度缓缓推进。是微风所致？还是暗流涌动？不得而知。长白山天池平均水深 204 米，最深处达 373 米，水面周长 13.1 千米，周围险峰环抱，人们对其只能远瞻，无法近观，故而倍感神秘，甚至有天池水怪之说。正所谓大音希声，大象无形，静水流深，智者无言。

孔雀河：清且涟漪

如果说天池的特点是深与静，那么孔雀河的特点就是浅与动。

与孔雀河相遇，是一场不期而遇的意外惊喜。

孔雀河真名“秃尾巴河”，本是一条无名小河。在人们步履匆匆奔往名山大川的路边，不知有多少这样天然清丽的无名风景被一闪而过。偏偏我们对这个土得掉渣、俗得有趣的名字起了兴趣，弃车下道，披荆拨草，寻到河流，终于没有错过一场美丽的邂逅。

第一眼看到它，我们所有人——不管男的、女的，老的、少的，都不约而同发出一声惊呼——哇！秃尾巴河美得让人心悸！在两岸杂色的乔木、灌木、芦苇、茅草夹护中，一条绿色的丝带在缓缓飘动，在秋日金色中特别醒目。临河视之，河水清洌可鉴，水中纤毫毕现。河底砂石，粒粒分明；水草丰美，摇曳生姿；幼鱼细虾，游嬉其间。水清并不足奇，水草亦属常见，然此河的水清到直视无碍，此处的水草细软柔长，密集丰茂，非它处可比。水草是秃尾巴河最奇妙的景观。这里的水草绿到发蓝，波光中如无数蓝孔雀竞相开屏，河水仿佛也被染成了孔雀蓝，于是我们给它起了一个名字叫作“孔雀河”，也有人叫它“翡翠河”，喜爱之情，无以言表。河水不急不缓地静静流淌，遇有阻碍拐弯时发出轻轻的哗哗声；水草在河水的冲刷下轻轻摆动，看上去不是河水在流动，而是水草在挣脱河水的束缚奋力前行，水草的末梢轻轻摆动，优雅至极。秃尾巴河并非名胜风景，又隐于草木丛中，虽有路牌指示，然路人多不知其妙，故而人迹罕至。我们有缘相遇，如武陵渔人误入桃花源中，缘河而行，触目皆景，恋恋不舍，沉醉不知归路。

紧江慢江：深情的拥抱

长白山，天池南，有“锦”“漫”二江，为松花江之源。当地人告知：二江原名“紧江”“慢江”。江如其名。紧江水急，慢江水缓，一缓一急，相映成趣。

在讷殷古城大门外，我远远地看到了慢江。江面开阔，水波浩渺；秋阳照耀，浮光跃金。慢江发源于望天鹅章草帽山，水流静缓，景色秀丽，如一位娴静端庄的大家闺秀，风姿绰约，仪态万方，娇羞矜持，莲步轻移。紧江发源于长白山天池，水流湍急，不舍昼夜，似一位热恋中的小伙子，为了早日见到心上人，风雨兼程，急步而行。二江于古渡口交汇，如热烈思念中的恋人深情拥吻，终于融为一体，成为头道松花江，是为松花江之源头。据说，松花江盖因松花（即松针）飘满江面而得名。这条美丽的江流不正是紧慢二江爱情的结晶吗？

讷殷溪：从远古走来

天池美景天下知，讷殷古城无人晓。

世人皆知长白山的生态之美，然而却少有人知道长白山深厚的历史文化。2014 年 10 月，学者在考察讷殷文化时，意外地发现了讷殷古城城墙和一些重要文物，从而揭开了讷殷古城的神秘面纱，这个满族的发源地也渐渐为人所知。

在讷殷古城参观时，路边潺潺流淌的溪水吸引住我的眼睛。水很清、很浅、很细，欢快地跳跃着，顺着山势流下来。年轻的解说员也说不清它从何处来，流了多少年，只知道它从来就没有断流过。这细细的溪水让我心生感慨。

古往今来，天地之间，多少豪情壮举都成过眼烟云，多少英雄豪杰都已化为泥土，作为满族古老部落之一的讷殷部也已消失400多年；而这股细细小小的溪水却一直在汩汩流淌，从不知其纪的远古流到现在，而且还将流向未来。天地有大美而不言，不管世事如何变幻，唯有青山常在，碧水长流。

2017年

大化的山啊大化的水

依我看来，大化最多的就是山和水，最美的也是山和水。不是在水上游，就是在山间行。山依着水，水偎着山，构成了大化独特的地貌。看水即是看山，看山也是看水。

大化的清晨，是在动物们的大合唱中醒来的。

到达大化后的第一个早晨，一阵嘹亮的鸡鸣声把我从梦中唤醒。喔喔喔——！喔喔喔——！我掀开被子，翻身起床，打开手机一看，还不到5点钟，距我设定的闹钟还有两个多小时。回到床上躺着，想补一觉，可是睡意全无。嘹亮的鸡叫声此起彼伏。久违了的鸡鸣声，让人仿佛回到了童年的故乡。一会儿，又传来一只鸟叫的声音：嘿—啾啾—嘿！嘿—啾啾—嘿！声音清脆悦耳，好像就在我窗外。马上又有别的鸟儿加入进来："啾啾啾，啾啾啾！""咕咕咕！"又有一只小狗——确是小狗，声音比较稚嫩，单薄而清脆，不像大狗的叫声那样浑厚——不知道是恼火被吵醒，还是不甘寂寞，也跟着叫起来，汪汪汪！汪汪汪！不管是鸡是鸟是狗，叫声皆高亢而清脆，似乎饱沾着水乡晨间的雾气。鸡鸣、鸟叫、犬吠，都市久已不闻了，恍惚间仿佛置身于世外桃源。

早餐后乘车到码头，登船游红水河百里画廊。昨天晚上一到大化，当地的朋友就不断地提起"红水河"。说这条河里的水是从云南红河流过来的，一路经过红色的丘陵地带，两岸的红土被河水冲刷而下，把河水染成了红色，故名“红水河”。这让我们非常好奇，都想亲眼看看红色的河水是什么样子。

登上轮船，举目四望，天！这哪里是什么红水河？分明是一条绿水河嘛！从来没见过这么清、这么蓝的河水，水很深，一眼看下去，是深不见底的绿，绿到发蓝。尽管知道白居易的诗句“春来江水绿如蓝”中的“蓝”，不是蓝色，而是一种蓝草。可是这河水的确“绿如蓝”，如蓝宝石一般的蓝。两岸的草木丰美极了，水与两岸草木一色，不知是水染绿了草木，还是草木映绿了水。

急急招来当地的朋友，请他解释这是何故。朋友笑眯眯地细说端详。原来，以前，这条河水确实是红的。河水从上游奔腾而下，奔突咆哮，一泻千里。从上游裹挟下来的红土，把河水染成了红色，如一匹脱缰的红色野马。那时，从云贵高原原始森林冲刷下来的树木黑压压铺满河面，成为当地百姓生火煮饭的柴薪。当然死人的事也经常发生……二十世纪八十年代末，当地建起了大化和岩滩两个大型水电站，不但有效地利用了水能，而且制服了这匹桀骜不驯的野马。从此，水清了，水绿了，出现了山奇、水秀、洞秘、峡险、洼幽、坝雄的独特景观，造就了百马巴楼山、古河百里画廊、贡川情人湾、板兰小三峡等闻名遐迩的奇丽风光。

原来如此！

我们所乘坐的，并非舒适宽敞的游船，而是水上巡逻用船。船体狭小，船舱不大，船头和甲板都很小。起初大家都老老实实坐在舱里，后来发现看不过瘾，很多人都跑到船头和甲板上，尽情远眺。

大化红水河百里画廊，是大化水电站蓄水后形成的红水河峡谷秀丽风光，昔日浑浊的河水一去不复返，今天的河水碧绿得如同翡翠一般，与蓝天交相辉映，水天一色。船头如刀尖一样劈开碧波，一条长长的雪白波涛从船尾一直向远方延伸开去，又消失在远方的山水间。红水河畔翠竹婆娑，绿树错落有致，两岸群峰林立，连绵起伏的山水充满诗情画意，真是“江作青罗带，山如碧玉簪”啊。舟行水上，两岸青山绿树依次后退，犹如在一幅幅明丽清新的山水画中行走，百里画廊的山山水水令人心旷神怡。

红水河三峡是百爱峡、龙岭峡、板兰峡的总称，全长16公里，水面宽100~300米。长湖蜿蜒曲折，两岸葱绿的峰丛山地，高出水面500~600米的悬崖峭壁直插湖中，形成险峻的喀斯特峡谷，青山倒映湖中，溶洞画壁陈列，无数瑶家木屋点缀在险峰顶、山坳口、悬崖旁和峡谷湖边。峡谷中一山连着一山，山峰连绵不绝，每座山都各具形态，当地的朋友也说不出名字。不过聪明的大化人还是给它们起了生动有趣、各具特色的名字，比如猴王山、群猴攀崖、三眼崖、神符壁、龙岭峡、方洞方岸、猫头鹰山、女娲补岩等，不时激起人们的阵阵惊喜呼声。峡谷两岸的山谷地带翠竹依依，同时分布着大片的野蕉林，而恐龙时代的植物“活化石”桫椤也生长其中，构成极美丽的生态探险游景区。

南方的天，说变就变。大化的雨真多，从抵达到离开，三天里下下停停，停停下下，几乎没有断过。刚刚还艳阳高照呢，转眼就变脸了，有时大雨倾盆，有时细雨霏霏。这也许是大化水多的原因之一吧？河面上泛起轻烟薄雾，如同笼罩了一层薄薄的轻纱，空气里也多了一些凝重和湿气。不期而至的雨水，不但没有扫了人们的兴头，反而增加了我们的兴致。大家纷纷拿出相机手机使劲拍，拍了景又拍人。花枝招展的女士们固然成为镜头前的热点，一班油腻或不油腻的大叔也不甘寂寞，啪啪啪地拍个没完。无巧不巧，偏偏在此时，远远的前方出现了一叶扁舟，一个渔人头戴斗笠、身披蓑衣，正在撒网捕鱼。这个为生活劳作的渔人不知道，他和小船、和蓑笠，无意间点染了天然的风景，给这山这水增添了几分诗意。“西塞山前白鹭飞，桃花流水鳜鱼肥。青箬笠，绿蓑衣，斜风细雨不须归。”秀丽的山水总是能荡涤人们的心扉，久居都市的人们在大自然的怀抱里找到了慰藉。

依我看来，大化最多的就是山和水，最美的也是山和水。不是在水上游，就是在山间行，除了县城外，平整的地面不多。山依着水，水偎着山，构成了大化独特的地貌。看水即是看山，看山也是看水。红水河两岸延绵不绝的山峦不必说了，这里还有大化人最引以为豪的，也是世界上独一无二的“七百弄”。

来大化，“游红水河”“登七百弄”，是两门“必修课”。还在来大化的路上，接我们的朋友就跟我们显摆大化的美食，其中最有名的是“红水河鱼”和“七百弄鸡”。“红水河鱼”好理解，无非就是产于红水河的鱼吧；“七百弄鸡”是什么意思？经朋友解释才明白，此“弄”非动词，名词也。在瑶族的语言里，“弄”是深谷的意思，指的是山间的洼地。“七百弄”是一个地名，其实有一千多个“弄”，“七百弄”只是一个保守的说法。七百弄鸡是当地山民散养的土鸡，据说肉质鲜美，口感极佳。我没口福，不知到底如何。

但是七百弄是一定要去看看的。

登七百弄，准确地说，应该是登七百弄的山。七百弄地处大化北部，总面积达251平方公里，由海拔800至1000米的5000多座高峰丛深洼地的山弄组成。座座峰丛基座相连，山峰密集成四面环围状；千姿百态的石山间的1300多个洼地，深凹如锅底，这就是瑶族的“弄”。这里的洼地是世上最陡最深最大的。山看着并不高，可是爬起来却很累，累得我气喘吁吁、汗流浃背。当地的朋友贴心地递给我湿纸巾，可擦不完汹涌而出的汗水。干脆不管它了。登临山顶，清风徐来，暑意顿消，感觉人一下子清爽多了。登上千山万弄观景台，放眼望去，那真的是群山环绕啊。重峦叠嶂，气势磅礴；山岩嶙峋，崎岖突兀；千峰竞秀，形态各异，拟人状物，如鬼斧神工。

甘房弄被誉为“天下第一弄”，有石碑为证。从弄顶往下看，只见深深的谷底散落着三五座房屋，它们的主人是世世代代、祖祖辈辈居住在这里的瑶族同胞。据说，从弄底到弄顶有1418级台阶，我们爬一次已经累得瘫软，这里的村民们要到山外去一趟，多不容易啊。

大自然的造化如此神奇，令人惊叹，然而在这样的地质条件下生存却不是一件容易的事。有人调侃说，七百弄“金木水火土”五行俱缺，唯独不缺石头。因为缺土，居住在这里的人们，长期在石头缝隙间“抠”土种庄稼。因为缺土，人们连房屋都舍不得建在平地上——实际上也没有那么多平地可供建房，巴掌大的地方都用来种庄稼了。我们看到所有的房子都是“挂”在山壁上——在山坡上炸出一个“凹”字形，整出一块平地，把房屋嵌在里面。七百弄的降雨量是很丰富的，但是1300多个“弄”就是1300多个“漏斗”，不管有多少雨水，都可“喝光”。因此，这里的瑶民祖祖辈辈艰苦劳作，日子却始终过得很凄惶。这些年，大化用企业培植的方法帮助农民改善生活，闻之令人欣慰。人们常说：“绿水青山就是金山银山。”大化的山山水水，不仅美丽了人们生活的环境，而且为人类的生存和发展提供了丰盛的资源。大化人守着这么美的山、这么美的水，何愁过不上好日子呢？

2018年

宿建德江

漫步新安江畔，但见峰峦挺秀，翠岗重叠，百川飞泻，江流曲折。坐拥如此奇山碧水，是建德人之福，也是中国人之福。想到今夜将枕着孟襄阳的建德江入眠，一时竟不知今夕何夕。我抬头看一看天空，唐朝的那轮明月还在，洒下漫天的清晖。

在浙江建德，我没想到，竟然能与古人枕着同一条江水入眠。

虽然时令已经过了立秋，但 8 月的暑气依然尖锐逼人。从杭州萧山机场出来，锐利的阳光就像针尖一样从每一个毛孔扎入体内，令人对建德朋友“17 度新安江”的自诩心生疑窦。面对大家疑惑的目光，建德的朋友们微笑不语，只是催促抓紧时间，赶到建德我们还要参观水电站呢。

抵达建德已是薄暮。马不停蹄，我们参观的第一站就是新安江水电站。

新安江水电站的大名，大约在小学或初中课本上就见到过，知道它是中国人自己建设的第一座大型水力发电站。今日第一次亲见，对它才有了更多的了解。水电站 1957 年 4 月动工兴建，1960 年 4 月正式发电，仅用了 4 年时间就把全部投资收回；到目前为止，新安江水电站上缴的利润可投资建设同样规模的水电站 13 座。现在，新安江水电站年均发电量虽然在全国不再排名第一，但它在中国水电史上的历史地位却永远是第一位的。1959 年 4 月 9 日，周恩来总理来这里视察后欣然题词：“为我国第一座自己设计和自制设备的大型水力发电站的胜利建设而欢呼！”“欢呼”二字很形象，生动地传达出总理抑制不住的喜悦之情。发电机厂房墙壁上有一幅巨型油画，描绘的正是周总理那次视察的情景，正好是对题词的佐证。

新安江水电站坐落在铜官峡谷之间。新安江多峡谷、多急流、多险滩。“一滩又一滩，一滩高十丈。三百六十滩，新安在天上。”这是对新安江的真实写照。这么多的急流险滩，对航运十分不利，却蕴藏着巨大的水能。特别是铜官峡谷一带，正是落差较大而地质条件良好的地方。1947年，当时的民国政府就提出了在新安江建设水电站的设想，这一设想终于在二十世纪五十年代末六十年代初得以实现。新安江水电站的建成，不仅为华东地区特别是上海市提供了电力能源，还发挥了防洪、灌溉、航运、养殖、旅游、水上运动、林果业等综合效益，再造了一个新建德。

进入新安江水电站，一股突如其来的浓浓寒意把我们每一个人都紧紧裹住，大家忍不住惊呼“好爽”。尽管有解说员事先提醒，然而大家还是感觉有点超乎想象，这才明白“17度新安江”并非虚言。解说员告诉我们，新安江的水从大坝底下70米深处奔流而出，因此常年恒温，保持在14℃~17℃。这恒温的江水，使得位于峡谷中的新安江城拥有了“冬暖夏凉”的独特小气候。炎炎夏日，从水电站泻下的江水犹如脱缰的野马奔流而下，搅动了河谷中低气压的空气，从而形成了一阵阵凉风，空气湿润清新，沁人心脾。“水至清，风至凉，雾至奇”是新安江“三绝”。所以，“清凉水世界，梦幻新安江”就成为当地的旅游宣传口号。

新安江的水清，自古有名。南北朝著名诗人沈约游览新安江时就曾写道：“洞澈随清浅，皎镜无冬春。千仞写乔树，百丈见游鳞。”唐代诗人李白游历新安江后，慨然叹曰：“借问新安江，见底何如此？人行明镜中，鸟度屏风里。”而孟浩然更直截了当地赞叹：“湖经洞庭阔，江入新安清。”如今，新安江水质达到国家一级标准，可以直接饮用，市场上热销的一种纯净水就取自新安江。

“雾奇”是新安江的第三特色。从大坝底下流泻的江水所产生的湿气流，与峡谷下层气流相激，产生平流雾，江面上一年四季江雾弥漫，这在全国江河中都属罕见。夜游新安江，让我们同时领略了“新安江三绝”。船在江上游，流动的空气湿湿的、凉凉的。一团团或浓或淡、形状变幻多样的云雾在江面上升腾起舞。南岸的山峦，北岸的楼宇，在黄色灯光的映衬和白沙奇雾的弥漫中，勾勒出朦胧的轮廓。

新安江之行的一大收获，是我惊讶地得知，著名的千岛湖竟然也是新安江水电站的“产物”，是新安江水电站蓄水而成的水库，因为水库中有 1078 座岛屿而得名。我多次与千岛湖失之交臂，没想到在这里与其偶遇。站在新安江水电站大坝上眺望远方，眼前一片浩浩汤汤的开阔水面，横无际涯。他们说，这就是千岛湖。不过，我们所能看到的，只是千岛湖极小的一部分。千岛湖的面积为 567 平方千米，是杭州西湖的 88 倍；它的蓄水量为 178 亿立方米，是杭州西湖的 3000 多倍；沿着它的湖岸线走一圈，60 匹马力的机帆船要开上半个月。我有限的想象力无法想象这是怎样的一种壮阔。但我要感谢勤劳智慧的前人，他们不但造福后人，而且美化了我们的环境、我们的生活，让我们在享受他们创造的物质便利的同时，还享受了他们创造的美。

建德水源的丰沛，山川的秀美，连浙江的朋友都要惊叹，更别说我们这些外省人了。新安江是浙江省的母亲河钱塘江的干流，钱塘江全长 589 千米，它的上游新安江就占了 373 千米。漫步新安江畔，但见峰峦挺秀，翠岗重叠，百川飞泻，江流曲折。坐拥如此奇山碧水，是建德人之福，也是中国人之福。

关于新安江，唐代诗人孟浩然还有一首诗，更加脍炙人口，那就是五绝《宿建德江》。“移舟泊烟渚，日暮客愁新。野旷天低树，江清月近人。”建德江就是新安江流经建德的一段。诗人行舟至此，停船靠岸，远眺江水泱泱，旷野茫茫，天幕低垂，江月近人，油然而起莼鲈之思。

其实，我到达建德当天，就惊喜地发现酒店紧邻着一条河流。从七楼的窗户看下去，河并不宽，一河碧水，静卧在窗外。河的对岸，并列着一高一低两座小山，山上密布着树木，郁郁葱葱。更远处，山的一角，隐隐约约现出一些楼宇。河的这边，沿岸是一排树木。两山之间，一座石拱桥横跨两岸，如同长虹卧波。河水清澈而静谧，倒映着蓝天、白云、青山、桥梁和绿树，宛如一幅绝美的山水画。我随手拍了一张照片发到群里，引来一阵惊呼。一打听才知道，原来这就是新安江。想到今夜将枕着孟襄阳的建德江入眠，一时竟不知今夕何夕。我抬头看一看天空，唐朝的那轮明月还在，洒下漫天的清晖。

2018 年

第四辑

若有所思

每天每天

总有无数个念头

在清风中欢快地奔跑

我伸手去捉

却被它们

顽皮地躲过

告别

人的这一生，就是由无数次相聚和无数次告别组成的。有聚就有别，有喜就有悲，这是谁也逃不过的宿命。

前些时候，一个阴雨绵绵的上午，我在八宝山殡仪馆，接连参加了两场告别仪式，送走了两位同事，都是五十出头的年纪。这是我最不愿意面对的一种告别，可却无法逃避。

不知道最早是谁的发明，把生者与逝者最后的诀别命名为“告别仪式”。众人相聚一堂，仿佛不是送别死者，而是为了与老友说一声“再见”，悲痛的仪式充满了人情味儿，同时却也让“告别”这个很普通的词汇有了悲伤的成分。

当然这并不是告别的本义。告别本来是很普通、很平常的行为，人的一生中有无数次告别，我们每天都在告别，不断地告别：与父母告别，与孩子告别，与家人告别，与同事告别，与朋友告别，与客户告别……这样的告别司空见惯，大致不会引起太大的伤感，有的甚至还有某种喜悦，带着某种期待。所以我很喜欢“再见”这个告别用语。“再见”，暂时的分别，是为了再次相见，那份期待让人感觉心里暖融融的。

可惜并不是所有的告别都这么温馨。人的一生中有很多告别是无奈的，即使不是生离死别，也会让人悲伤莫名。

我第一次知道告别的苦，还是上小学的时候。大概是五年级那一年，我的大哥应征入伍了。出发那天，我跟随父母去送他，亲眼看到母亲的悲伤。那时有一首很有名的歌曲《再见吧！妈妈》，我到现在都记得那歌词和旋律：

再见吧！妈妈，
再见吧！妈妈。
军号已吹响，
钢枪已擦亮，
行装已背好，
部队要出发。
你不要悄悄地流泪，
你不要把儿牵挂。
…………

这首歌简直就是为当时的告别而写的，从此后我只要想起它，就会想起母亲悲伤的脸，忍不住就要流泪。

我亲自体会到离别之苦，是在上大学那年。那是我第一次远离家乡，远离父母，自然异常庄重。去学校报到那天，父亲执意送了我一程又一程。父亲给我的，一向是严肃的感觉，我自小就有点怕他；可是我从哥哥的来信中得知，父亲回家之后，就扑在床上大哭了一场。我才知道我们儿女眼中的硬汉子，面对离别竟然也有这么柔情的一面。

我经历过的最无奈最悲伤的告别，是跟父亲。那是他去世前不久，报了一次病危，我当天就赶回家中。但是在家等了多日，又没有进一步发展。我心里牵挂着工作，也许被母亲看了出来，她跟父亲说了什么。有一天父亲把我叫到床头，跟我说：你工作忙，先回去吧，别在家等了，万一有了特殊情况再回来。我心里当然明白“特殊情况”的含义，“嗯”了一声，赶紧走了出去，泪水哗哗地流了下来。离家那天，当我走出家门，回望父亲留恋的眼神，眼泪又止不住地往下流。那是我所看到的父亲最后的眼神，终生难忘。明明知道此生再难相见，却不得不狠心告别，这就是所谓的生离死别吧？

人的这一生，就是由无数次相聚和无数次告别组成的。有聚就有别，有喜就有悲，这是谁也逃不过的宿命。就连苏东坡这样的旷达之士，也只能慨叹

“人有悲欢离合，月有阴晴圆缺，此事古难全”。聚固欣然，别亦无憾，这样的境界虽好，恐怕很少有人能够做到。无论你怎么努力，怎么珍惜，珍惜生命中的每个人，珍惜所拥有的每一天、每一时、每一分、每一秒——可是总有告别的那一天。当你面对离别的时候，心中还是止不住地伤痛。这真是无可奈何之事。

也许是上了年纪的缘故，我的心变得格外柔软，格外敏感，亲人间、好友间的每次离别都会令我伤感。最怕的是与亲人告别。每次离开家时，我都是笑着的，用轻松的语调跟大家打着招呼。可是一转身，我的心情就跌到低谷。随着父母年事渐高，我对离别越来越恐惧，有很多次，与亲人告别之后，我一路上都在不停地流泪。

七年前，因为工作的关系，我不得不独自调往香港。离愁别绪，加上前途未卜，令我忧伤不已。在等待出发的日子里，我含着泪水写下了散文《别了，北京》。我笔下的“北京”已经不仅仅是一座城市，而是一种感情的寄托，心中的苦涩并不为外人所知。出发那天，我独自拉着行李去了机场。过了安检通道，一边走一边流泪。

从香港回来后不久，孩子就上高中了，住校了。每个周末，儿子回家，是我们全家最开心的日子，我们像两个小孩一样做出各种幼稚可笑的举动，又唱又跳，家里欢声笑语不断。我们格外珍惜与孩子在一起的欢乐时光。

我知道，总有一天，他会潇洒地跟我们挥手告别。

2015 年

成长

人的成长真是一个奇妙的过程。这是一场热烈绽放的花事，从蓓蕾初绽，到花朵怒放，每一天都充满了快乐，每一天都带给你惊喜。

儿子高中毕业典礼上，我竟然几次流泪。

典礼很精彩，看得出师生们动了心思，费了心血。无论是学生和家长的发言，还是老师和校长的致辞，都真诚恺切，发自肺腑，让我们看到了孩子们三年丰富多彩的高中生活，看到了他们学习生活、文体锻炼、服务社会等生动而感人的片段，看到了他们成长的足迹。

对孩子们而言，这是一个庄严的时刻：从现在起，他们成人了！

也许正是这一点，令我一次次潸然泪下。是幸福？是感慨？是失落？是感动？说不清楚，似乎什么都有。

仿佛就在一瞬间，儿子长大了，快得让人措手不及。

仿佛就在昨天，他还在地板上爬行，他还在父母怀里撒娇，他还缠着大人给他讲故事、唱儿歌，他的小手还紧紧地攥着大人的手，他清脆的笑声还在耳畔回荡……突然，不知道哪一天，他的个子比你都高了，他的声音变粗了，他的嘴唇边长出小胡子了，他不再需要你的牵引了；出门在外，他会刻意跟你保持距离，他会拒绝你的哪怕是一点细小的亲昵动作……

人的成长真是一个奇妙的过程。这是一场热烈绽放的花事，从蓓蕾初绽，到花朵怒放，每一天都充满了快乐，每一天都带给你惊喜。从呱呱坠地，到嗷嗷待哺，到牙牙学语，孩子的每一点变化、每一点进步都让人欣喜。当他第一次叫出“爸爸”“妈妈”的时候，我相信没有几个为人父母者不感到无比幸福。这种快乐和幸福是任何享受都代替不了的。

成长，又是一个痛苦蜕变的过程。成长，不只是身体的成熟，更是心智的健全。在这个过程中，必然要经历化蛹为蝶的痛苦蜕变。尽管这个过程艰难残酷，但是生命的张力和极美就在这痛苦蜕变的过程中实现。一个人想要拥有健全的心智，必然要经过跌跌撞撞的挫折，经过一次又一次碰壁、摔打、跌倒。经过一次次挫折，一个人会从矮小变得高大，由柔弱变得坚强，由幼稚变得成熟，由单纯变得多智，最终成为一个真正意义上的人。

儿子从小就表现出许多优秀品质和特质，且很有主见，凡事都要问个“为什么”，很难轻易被说服。我们尊重他的个性，从小到大，除了必要的教育和抚养之外，并没有过多地干涉他的发展，更没有居高临下地对他指手画脚。我坚信，一棵无拘无束成长的树苗，远比温室里培育出的花儿健康得多！就在这样宽松的环境下，他的身心健康地发展，成长为一名优秀青年。在毕业典礼上，当我一次次从老师和同学们的嘴里听到儿子的名字时，当我看到儿子的名字和头像出现在大屏幕上时，我的内心倍感欣慰和骄傲！

校园内的走廊上，悬挂着高三毕业生们的大幅照片，儿子的笑脸阳光灿烂，格外惹眼，仿佛向世界宣告：我来了！

2016 年

寂寞

古往今来，那些成功者无不是甘于寂寞、耐得寂寞的。他们在寂寞中磨炼意志、砥砺品格，从而走向成功。

2005 年 6 月 30 日，当代著名书画家启功先生逝世后，他的朋友、著名历史学家何兹全在挽联中写道：“外幽默，内寂寞。”

启功先生的幽默是出了名的。比如，有人问他近来身体如何，他回答道：“我鸟乎了。”旁人不解何意，他进一步解释道：“差一点就乌（呜呼）了。”这一类趣话不胜枚举，流传甚广，令人捧腹。他的脾气又好，所以小小的坚净居，成天宾客盈门，笑语不断。他常说：“我是‘手心手背，没心没肺’。”这样的人怎么会寂寞？何兹全说他“内寂寞”，岂非不通？

其实不然。何兹全此语，正是至交之语。启功给人的，永远是快乐，可是他内心其实是藏着大寂寞、大悲哀的。他曾经写过一首怀念亲人的诗《中宵不寐，倾箧数钱，凄然有作》。从这标题，就可看出他内心的凄凉。诗曰：“钞币倾来片片真，未亡人用不须焚。一家数米担忧惯，此日摊钱却厌频。酒酽花浓行已老，天高地厚报无门。吟成七字谁相和？付与寒空雁一群。”这首诗，可以说是他内心深处大寂寞、大悲哀的真实写照。只是人们往往只看到他乐观幽默的一面，而有意无意地忽略了他寂寞伤痛的一面。

李白诗言：“古来圣贤皆寂寞，唯有饮者留其名。”寂寞人人都有，圣贤伟人尤甚。那些伟大的人物，他们被光环笼罩着，被万人景仰着，似乎是令人羡慕的，可是他们内心的孤独寂寞却不为人所知。而且，越是身处高位，内心越是寂寞。因为他们只能俯视人间，而很少平等对话的对手或伙伴。何兹全说启功“外幽默，内寂寞”，我理解也有这样的含义在。

在不同的人身上，寂寞会发挥不同的作用。对于意志薄弱者来说，寂寞是一份负担，成为他消极堕落的借口；对于意志坚强者来说，寂寞是一份财富，成为他积极进取的动力。

所以，千万不要“嫌弃”寂寞，说不定它是成就伟大人物、伟大事业的“催化剂”呢。王国维说，古今之成大事业、大学问者，必经过三种之境界。“昨夜西风凋碧树，独上高楼，望尽天涯路。”此第一境也。“衣带渐宽终不悔，为伊消得人憔悴。”此第二境也。“众里寻他千百度，蓦然回首，那人却在灯火阑珊处。”此第三境也。欲成大事者，必须耐得住寂寞，在寂寞中寻求生命的真谛。古往今来，那些成功者无不是甘于寂寞、耐得寂寞的。他们在寂寞中磨炼意志、砥砺品格，从而走向成功。

启功长期遭受磨难，后又经历丧失亲人之痛，晚年生活孤独。可是他没有消沉沦落，没有回味痛苦，没有怨天尤人，而是在寂寞中保持自我，在寂寞中参悟世事，在寂寞中坚强隐忍，终成一代大家。在他的身上，寂寞不是一种负担，而是一份财富，激励他一步步走向成功。这一点对于我们来说，无疑具有非常重要的启迪意义。

2016 年

秩序

人生活在社会上，也就生活在各种秩序之中。秩序约束着人们的行为，也保障了人们的合法权益。

今年暑期全家去九寨沟游玩，那天傍晚我们随众人排队候车，准备下山。队伍虽不整齐，但也算有序。当一辆大巴开过来的时候，忽然听到一串声嘶力竭的巨吼："冲！冲！冲！"话音未落，只见一位壮汉，领着三四个人，呼啸着推开前面排队的人们，奋勇冲向大巴，把守住车门。队伍立即大乱，大家挤成一团。一堆上了年纪的大爷大妈，吓得东躲西让，避之唯恐不及，只好退到了后面。

这是一个比较少见的极端的例子。但是，类似的不文明现象却绝非个别。在公共场所，排队加塞、不守秩序者比比皆是。当绝大多数人都自觉排队的时候，如果没有人维持秩序，总有那么一些不自觉的害群之马，无视秩序和公德，昂然插进队伍前面。公共交通也是如此。一个十字路口如果恰巧红绿灯坏了，如果没有警察疏导，各个方向的车辆各不相让，一定会乱成一锅粥。

中国人大概是穷怕了、饿怕了，什么都喜欢抢，秩序观念淡漠，不爱排队就是一例。早在二十世纪四十年代，梁实秋就写过一篇小品《排队》，痛陈国人不守秩序、不排队的陋习。七十多年过去了，在倡导与强制并施之下，情况有了很大的改观，排队几已成为常态。可是我相信，如果没有强制措施，很多人还会故态复萌。最典型也最恐怖的例子，莫过于某些火车站的候车大厅。在没有高铁之前的很多年内，火车站候车大厅是脏乱差的典型。只要某趟列车开始检票，众人肯定一窝蜂地争先恐后往前拥，中间夹杂着老人、小孩与行李。就算你想遵守秩序，也完全不由自主，只能被人潮裹挟而行。如果有人不慎跌倒，后果不堪设想。那情景真是让人触目惊心。

遵守秩序是一种文明行为，有时还是法律行为。人的文明意识和法律观念不是与生俱来的，需要靠教育、培养、引导和规范。几千年来，人类在一点点进步，靠的无非就是这些手段。但是有些文明行为的养成，单靠教育、倡导恐怕还不够，最好配之以强制手段和惩罚措施。在同一篇文章里，梁实秋谈到一件事。北平沦陷后，前门火车站票房前面经常有一名日本警察手持竹鞭来回巡视，遇到不排队就抢先买票的人，就一声不响高高举起竹鞭抽在他的背上。挨了一鞭之后，不排队的人就一声不响地排在队尾了，前门车站的秩序从此改良许多。说到这里，梁实秋写道："我对此事的感想很复杂。不排队的人是应该挨一鞭子，只是不应该由日本人来执行。"在现代法制社会，体罚显然是不允许的，但是如果采取一些合法的强制措施，让破坏秩序的人受到惩罚、付出代价，相信他以后会收敛很多。

人生活在社会上，也就生活在各种秩序之中。秩序约束着人们的行为，也保障了人们的合法权益。只有大家都自觉遵守秩序，维护秩序，不做破坏秩序的事情，我们的社会才能正常运转，稳定而有活力。

2016 年

距离

人与人之间的距离，其实是心与心的距离。心在一起，天涯咫尺；心不在一起，咫尺天涯。

记得曾经看过一期动物节目，介绍各种动物之间的安全距离。彼此之间保持适当距离，这是动物出于自我保护的本能。一旦其他动物越过了界限，受到威胁的动物就会毛发竖立，呜呜低吼，以示警告；如果对方继续逼近，威胁加大，有实力的会发起进攻或者自卫，弱小的则可能落荒而逃。这种情形我们在猫狗等动物身上多次看到过。

人类作为一种有感情的高等动物，也继承了动物的这种本能。不过我想，人与人之间的距离意识更多是出于心理和感情上的感受，而不是出于安全的考虑。当一个人离你太近时，你会感到一种压力，或者有不舒服的感觉。

有的朋友跟别人说话时喜欢贴得很近，弄得每次正常的谈话都像说“悄悄话”似的，不但成分复杂的气息笼罩住你的面部让你无法呼吸，更可怕的是他的唾沫星子如霰弹一样准确而密集地击中你的面部以及脖子等部位。遇到这种情况，你躲也不是，擦也不敢，只能抿嘴屏息，“唾面自干”。至于来自陌生人的“侵略”，更是数不胜数。无论在哪里排队，总有人舍不得浪费你身边的一点点空隙，让你享受各种挤压和热乎乎的气息。

人与人之间的距离以多远为好？这要视具体情况而定。美国人类学家爱德华·霍尔博士为人际交往划分了四种距离：第一种是亲密距离，15~44 厘米，这是人际交往中的最小距离，也就是人们常说的“亲密无间”，多为最亲密的人之间的距离。第二种是个人距离，46~122 厘米，这是在人际交往过程中稍有分寸感的距离。第三种是社交距离，1.2~3.7 米，它比个人距离又远了一步，体现的是一种社交性或者礼节上的比较正式的关系。第四种是公众距离，3.7~7.6 米，这是在公开演说时演说者与听众之间的距离，在此空间内，人们可以相互之间不发生任何联系。姑且不论这四种距离的划分是否完全准确，不过确实给我们提供了一个参考。如果你自认跟对方并没有达到“亲密无间”的程度，那么最好不要选择“亲密距离”。

有人说：这么麻烦啊？算了，我离您远点行吗？不行。人们常说：距离产生美。但是也有人说：适度的距离产生美，过度的距离就没有美了。的确如此。适度的距离是一种尊重、一种修养，而过度的距离则可能产生误会，甚至造成伤害。所以善于把握距离是一门艺术。把每一种距离都处理得恰到好处，增之一分则长，减之一分则短，让所有人都感觉舒服、惬意，这是高手。

人与人之间的距离，其实是心与心的距离。心在一起，天涯咫尺；心不在一起，咫尺天涯。有人调侃说：“世界上最遥远的距离，就是面对面坐着却在玩各自的手机。”这真应了陶渊明的那句诗：“问君何能尔？心远地自偏。”所以说一千道一万，用心相处才是正道。

2016 年

小事

此事看似很小，其实不小，它折射出父母和师长对少儿品行教育的缺失。这个教育不只是语言上的，更是行为上的。

那天下班回家，走在胡同里，对面一位女士带着一个十岁左右的小女孩走来，看样子是母女俩。女孩刚刚喝完酸奶，随手就把纸杯和小塑料勺扔到地上。我当即提醒："哎——小朋友，不要随地乱扔垃圾啊。"女孩一愣，看着妈妈，妈妈倒是反应快，赶紧说："快捡起来，扔到垃圾桶里去。"女孩貌似不情愿地弯腰捡起纸杯，起身要走，我又说："还有小勺子呢。"她只好又弯下腰，捡起小勺子。我适时地夸了她一句："你真懂事！谢谢你啊！"她们不理我，走了。

这实在是一件小得不能再小的小事了，我为什么非要管，管了还要写出来呢？因为我觉得小事不小，不吐不快。

咱们北京作为首善之区，人们的素质总体来说是比较高的。但是也时有一些不文明行为发生。比如随地吐痰和乱扔垃圾，就是令人头痛的顽疾。

走在北京的大街小巷上，最常见的景观就是随地吐痰和乱扔垃圾。特别是地面上的斑斑痰迹，令人恶心！有一次在西单北大街，我在前面走着，听到后面不断地传来吐痰声。"咔—吐"，"咔—吐"，每一次咳唾的声音响起来，就好像有一只手揪着我的心。后来我忍无可忍，转身对他说："拜托你不要随地吐痰了好吗？太不文明了！”那人是个男青年，猛然听到有人这么责备他，愣了一下，下意识地说了声：“哦，对不起！”低头往前走了。此后一路，他再也没有吐痰，让我深感欣慰。

我在香港工作多年，也去过台湾、澳门等地区和一些国家，对当地人民的素质之高深有感触。相较之下，越发不能容忍少数国人的陋习，所以经常会“多管闲事”，多数也还奏效。但是后来发现，凭我一己之力，实在管不胜管；而且我知道，作为成年人，很多习惯已经深入骨髓，除非采取强制手段，很难彻底改变。所以慢慢也就疲了，懒得管了。

可是这一次，我必须得管，因为对方是一个孩子！一个孩子，她的思想品德和生活习性还在养成阶段，她还是一张白纸，不能让她从小就沾染这些陋习！如果没有人及时提醒她，纠正她，她会觉得这是很正常的行为，她会习以为常；等她有了自己的孩子，她的行为又会影响下一代。

所以，此事看似很小，其实不小，它折射出父母和师长对少儿品行教育的缺失。这个教育不只是语言上的，更是行为上的，身教重于言传。父母和师长都是孩子的榜样，有什么样的榜样就有什么样的孩子。为人父母和师长者首先要规范自己的行为，一定要注意自己的一言一行、一举一动，千万不要给孩子们传达错误的信号。我记得，若干年前大街上是有戴着红袖箍的大爷大妈专管公共卫生的。现在北京市采取了最严格的禁烟措施，可是对随地吐痰和乱扔垃圾的行为却没有人管，实在遗憾！

2016 年

白菜

大白菜虽然品相粗鄙，价格低廉，可人们并不因此而小瞧它。它顽强，健康，壮硕，生命力强，全身有用，富有营养。吃多了鸡鸭鱼肉，吃多了山珍海味，人们往往需要大白菜来解解腻，爽爽口，清清肠道。所以人们常说：“鱼生火，肉生痰，白菜豆腐保平安。”

白菜有大小之分，我这里专指的是大白菜。提起大白菜，大家再熟悉不过了，这是最为常见、最为普通的一种蔬菜，不管南方北方，估计没吃过的人很少。俗语曰：“萝卜白菜，各有所爱。”可见白菜和萝卜是老百姓最常吃的蔬菜之一。

我到北京上大学之后才认识白菜。第一次见到它，我马上想到了我们老家的一种蔬菜，也是这样大棵、大叶、壮硕，长相极其相似，简直是“一母所生”。不过大白菜的叶子是以白为主，自下而上由白变绿，叶片硬一些；而我们老家的那种蔬菜叶子是白中带黄，相对柔软一些，容易煮烂，吃起来口感也有区别，方言里读如“黄缨菜”。那时我就疑心它们有亲戚关系，后来才知道大白菜中果然有一种就叫“黄芽菜”，想来就是我们所说的“黄缨菜”。最近上网查了一下，原来白菜种类很多，居然多达1000余种，而且又有开发培育的新品种不断涌现，不能尽述。我们常见的有白口菜、青口菜、青白口菜三大类；根据生长期不同，分为春大白菜、夏大白菜、秋大白菜，即早、中、晚熟三类。

在相当长一个时期中，白菜在我国冬季蔬菜供应中发挥了重要作用。在大棚种植技术发明之前，由于天气寒冷，冬季能够存活生长的蔬菜很少很少。白菜喜冷凉气候，在零下二到三摄氏度的气候下能够安全越冬，所以成为很多地方尤其是北方地区冬季百姓家中必备菜、当家菜。每年冬天到来之际，政府都会号召居民踊跃购买储存大白菜，以帮助种植白菜的农民增加收入。所以购买储备大白菜不仅解决了自己的吃饭问题，还为农民解了困、为政府分了忧，于是，大白菜就得了一个“爱国菜”的雅号。我参加工作之后，还购买和储存了好几年“爱国菜”。那时住集体宿舍，家家户户就在楼道里用一个小煤油炉点火做饭，各家的大白菜也都堆在楼道里。到了做饭时间，随手从白菜堆里揪几片叶子，冲洗干净就可以炒菜了。有时候不小心错拿了别人家的，也没人跟你计较。大白菜耐储存，存放久了，最外一层会渐渐干枯脱水，成为一层保护膜，为内部保温保湿。冬季在最低气温为零下五摄氏度左右时，大白菜完全可以在室外堆储安全过冬。如果温度再低，则需要窖藏，还可以腌制成酸菜、咸菜。所以中国的老百姓特别是北方老百姓对白菜有特殊的感情。在经济困难的时期，大白菜是整个冬季唯一可吃的叶类蔬菜，一户人家往往需要储存数百斤白菜以应付寒冬。

从屈原开始，中国古代诗人喜欢把“香草美人”互喻。《离骚》整篇可见香草美人的诗句，如：“惟草木之零落兮，恐美人之迟暮。”又如：“芳与泽其杂糅兮，惟昭质其犹未亏。”再如：“何所独无芳草兮，尔何怀乎故宇。”如果附庸风雅，把蔬菜比作女人的话，那么白菜肯定不是绝大多数男人喜欢的那一类。身材曼妙，婀娜多姿，亭亭玉立，娇小玲珑，风情万种……这些美妙的词汇都跟它无缘。它五短身材，体态臃肿，叶片阔大，毫无曲线，浑身上下圆滚滚的，像个水桶一样，无论怎么看也不是大家闺秀或者小家碧玉，顶多也就是个粗使丫头或者村姑，只配做些“洒扫房屋来往使役”的粗活儿，身份低贱得很。所幸皮肤还不错，水分也丰富，细嫩爽脆，总算挽回了点面子。天生的缺陷决定了它是上不得台面的，永远只能做做家常菜。人们形容某样物件卖亏了，往往会说：“卖了个白菜的价儿。”那话里透着可惜和鄙夷。

别看大白菜现在身份低贱，其实人家“祖上也曾阔过”。白菜是我国原产蔬菜，有悠久的栽培历史。据考证，在我国新石器时期的西安半坡原始村落遗址就发现了白菜籽，距今约有六千年至七千年。人家上过《诗经》，入过多种史书，引得众多文人为其吟诗作文，身份相当尊贵。古人把白菜叫作菘，这个名字很雅，哪像“大白菜”这么俗。而且，它还意味着白菜像松柏一样凌冬不凋，四时长有。《诗经·谷风》中有“采葑采菲，无以下体”的记载，说明距今三千多年前的中原地带，对于葑（蔓青、芥菜、菘菜）及菲（萝卜之类）的利用已经很普遍。到了秦汉，这种吃起来无渣而有甜味的菘菜从“葑”中分化出来。成书于五世纪的《南齐书》就有“晔留王俭设食，盘中菘菜而已”的记述（《武陵昭王晔传》），同时期的陶弘景说：“菜中有菘，最为常食。”宋代苏颂说：“扬州一种菘，叶圆而大……啖之无渣，绝胜他土者，此所谓白菜。”明代李时珍引陆佃《埤雅》说：“菘，凌冬晚凋，四时常见，有松之操，故曰菘，今俗谓之白菜。”李时珍也承认，“白菜”之名俗也！古代人能吃到的蔬菜品种少，对白菜十分喜欢。南宋诗人杨万里更是喜爱地称之为“水精菜”：“新春云子滑流匙，更嚼冰蔬与雪齑（齑，捣碎的菜）。灵隐山前水精菜，近来种子到江西。”（《进贤初食白菜，因名之以水精菜云二首》）我在台北故宫博物院看到过清代的翡翠白菜，以一块半白半绿的翠玉为原料，以翠玉自然的色泽刻饰出绿色的菜叶与白色的叶柄，菜叶上还雕有螽斯虫和蝗虫，鲜活欲滴，几可乱真。据说这是清代光绪皇帝瑾妃的陪嫁之物，以白菜象征新娘的清白纯洁，以螽斯虫和蝗虫寓意多子多孙。可见不光我们普通人，连帝王之家也喜爱这平常之物。

大白菜这种同时被帝王贵胄和平民百姓青睐的“本土菜”自明朝时传入朝鲜，成为朝鲜泡菜的主要原料。又于十九世纪传入了日本、欧美各国。今天，世界上许多国家和地区都引种了白菜，成了极具国际范儿的蔬菜。

前面提到的黄芽菜，又称黄芽白菜、黄芽白，有南北两种。清朝光绪二十四年（1898）《津门纪略》中记有：“黄芽白菜，胜于江南冬笋者，以其百吃不厌也。”所以其又有“北笋”之称。

白菜的做法很多，无论是炒、熘、烧、煎、烩、扒、涮，凉拌，腌制，都可做成美味佳肴，特别是同鲜菇、冬菇、火腿、虾米、肉、栗子等同烧，可以做出很多特色风味的菜肴。故俗语云：“肉中就数猪肉美，菜里唯有白菜鲜。”我在北京师范大学读书的时候，最喜欢吃的一道菜就是醋熘白菜。工作以后，家离北师大近，有时懒得做饭了，就溜达到北师大去点几样家常菜，其中多半就有醋熘白菜。

更为重要的是，大白菜具有较高的营养价值和药用价值。白菜中含有丰富的维生素B、维生素C、钙、铁、磷和粗纤维，微量元素锌的含量也非常高。中医认为白菜其性微寒无毒，经常食用具有养胃生津、除烦解渴、利尿通便、清热解毒之功效，能够防治多种疾病，能够养颜护肤。古代医书《名医别录》里记载:“白菜能通利胃肠，除胸中烦，解酒毒。”清代《本草纲目拾遗》中说:“白菜汁，甘温无毒，利肠胃，除胸烦，解酒渴，利大小便，和中止嗽。”如配葱白、生姜、萝卜等煎汤饮，可治感冒；如捣烂，炒热后外敷脘部，可治胃病。白菜根配银花、紫背浮萍，煎服或捣烂涂患处，可治疗皮肤过敏症，尤其是对面部皮肤过敏症有较好疗效。大白菜洗净切碎煎浓汤，每晚睡前洗冻疮患处，连洗数日即可见效。现代医学发现，多吃白菜还能防乳腺癌。因为白菜中有一些微量元素，它们能帮助分解同乳腺癌相联系的雌激素。故有“百菜不如白菜”的说法，白菜又有“菜中之王”的美称。

白菜吃完了，剩下的菜心，我们也舍不得扔掉。盛一碗清水，把白菜心养在里面，放在窗台上，过不几日，一枝细茎就从菜心中冒出，茎上又生出新枝，长满了细小的花苞，嫩嫩的，绿绿的，煞是可爱。等得花苞开放，黄花绿叶，清新纯正，花蕊中散发出的清香，浓郁而绵长。旁边配以一盘青碧蒜苗，一室清芬。

因此，大白菜虽然品相粗鄙，价格低廉，可人们并不因此而小瞧它。它顽强，健康，壮硕，生命力强，全身有用，富有营养。大观园里的千金小姐固然金贵，可是她们一刻也离不开那些粗使丫头。试想，如果人人都去吟诗作赋，家务活儿谁来干？那些千金小姐们又怎么能过上“衣来伸手，饭来张口”的自在生活？同样，大白菜固然平常，可是在经济困难时期是它保证了百姓的生活所需，即使在生活富足之后人们仍然喜欢这一口儿。吃多了鸡鸭鱼肉，吃多了山珍海味，人们往往需要大白菜来解解腻，爽爽口，清清肠道。所以人们常说:“鱼生火，肉生痰，白菜豆腐保平安。”

2017年

杀生

佛教主张不杀生，因为众生无不爱惜自己的生命，不但人如此，一切飞禽走兽，亦皆爱命。己所不欲，勿施于人。为了自己的快感而让别的动物遭受痛苦，这是人的自私。

中午在湖边快走，听到一句话，忽然触动了我。

农展馆院里有一个湖，每天中午都有很多人在这湖边走路。有快走的，有慢走的。我属于走得比较快的那一类。不习惯慢条斯理地踱方步。

前面有三位女生并排缓步而行。当我超过她们时，听到其中一位高个的在说一件事：

“……那条鱼的嘴都咬破了，他还拉着它在水里溜来溜去，溜来溜去，好残忍啊！”

一听而知，是钓鱼之事。

我不禁心头一紧。好多年前，有那么几年时间，我也曾经很喜欢钓鱼，每年都要到郊区去钓几次鱼。我的手气还不错，鱼塘饲养员又专门为我“喂鱼”（往我面前水域抛撒鱼饵，以吸引鱼过来），所以每次都收获颇丰。当然，丰收的代价也是不菲的，每次钓鱼都要破费不少。我在钓鱼时，也听从“老司机”的建议，经常“遛鱼”，尤其是个头比较大的鱼，不遛它一会儿是会脱钩的。彼时心里充满钓鱼之乐，不遑多想；今天听到“残忍”二字，忽然自责起来。

是啊，鱼儿被钓、被杀、被吃，本身已经历痛苦折磨，够残忍的了，在这过程中，还要用尖利的、有着倒刺的钓钩扎在它的肉中，拉着它在水里溜来溜去，更加重了它的痛苦，何其残忍也！我的心揪了起来，有了一种沉重的罪恶感。

几乎在一瞬间，我就决定了：以后再不杀生！

佛教主张不杀生，因为众生无不爱惜自己的生命，不但人如此，一切飞禽走兽，亦皆爱命。己所不欲，勿施于人。所以，佛陀不许佛家弟子夺取众生的生命，制定了“不杀生”的戒条。我不是佛教徒，从不以“不杀生”为戒条。但我心慈悲，有生以来很少伤害过其他动物的生命。但是也不能完全排除，比如小时顽皮，肯定伤害过蚂蚁之类的小生命；成年后也有钓鱼之类的残忍举动。这些行为肯定带给我快感，但这种快感是建立在被伤害动物的痛苦之上的。想到它们受伤时的疼痛，我的心也痛起来。为了自己的快感而让别的动物遭受痛苦，这是人的自私。

但我马上又想到另一个问题：我可以做到不杀害对我无害的动物，但是对那些有害的动物，我也不能杀吗？比如蚊子，它要吸我的血，还会传染疾病，我不能杀它吗？比如苍蝇，传染病菌，我不能杀它吗？再有，为了补充营养，或者为了口舌之快，我不可能完全吃素，既然吃荤，那就有杀戮。“我不杀伯仁，伯仁却因我而死。”即使因我而死，那也算是间接“杀生”。我能做到完全彻底地不杀生吗？我在冲动之下，可以立下“不杀生”的誓言，可是，冲动过后，我能坚持下去吗？“尽形寿，不杀生，汝今能持否？”如果不能坚持，那我立下这样的誓言又有何意义？

一时间，这个问题还真难住了我。我认真地想了想，我真的做不到绝对“不杀生”。既然做不到，就不要说大话、过头话。但是，我能做到：不做伤害动物的事，不做增加动物痛苦的事。而对于对人类有害无益的蚊蝇之类，我杀之是为了净化我们的生存环境，是为了我本人和人类的健康。这样，我才对得住我的良心。

2018 年

食不语

“食不语”是一件小事，但是从这件小事中就可以看出一个人的修养、品行。

相信很多朋友小的时候都有过同样的经历，因为吃饭、睡觉时说话而遭到家长或严厉或温柔的呵斥：“好好吃饭，不准说话！”“好好睡觉，不准说话！”这样的呵斥一遍两遍是不管用的，因为小孩的天性就是好玩，总要等大人说过三遍四遍五遍六遍，这顿饭才算吃完了，这个觉也终于可以踏踏实实地睡了。

及长，读了一点书，才知道原来圣人早有古训，“食不语，寝不言”并不是父母们的发明。《论语·乡党》曰：“食不语，寝不言。虽疏食菜羹，瓜祭，必齐如也。席不正，不坐。乡人饮酒，杖者出，斯出矣。乡人傩，朝服而立于阼阶。问人于他邦，再拜而送之。”这里讲了很多做人做事，包括饮食、寝眠时的规矩、礼仪。多少年来，我们是把它们奉为圭臬的。的确，我们号称“礼义之邦”，前人给我们留下了很多优秀传统，我们理应继承发扬。令人痛心的是，事实并非如此。

这些且不去说它了。近日无事，不知怎么突然想起“食不语”这句话，细加琢磨，觉得好生无理。这句话本身并不难理解，就是“吃饭时不要说话”。无论是专家还是普通读者，都是这么理解的。可是如果仔细想想，第一，这样的要求合理吗？第二，这样的要求能做到吗？吃饭，固然是解决温饱、补充营养、维持生命的需要，同时很多时候也是一种交际、交流的机会。既然是交际、交流，当然要开口说话，不能只吃饭不说话吧？一天工作下来，一家人边吃饭边聊聊白天的事情，其乐融融；多日不见，朋友们借聚会联络一下感情；就算是正式宴会，客人们之间也要“亲切交谈”吧？试想一下，如果我们在吃饭的时候，无论是家人日常吃饭，还是朋友聚会，或者其他宴会，大家都一声不吭，只顾埋头吃饭，那是一个多么滑稽的场景？是不是太沉闷了？是不是太无趣了？是不是太难受了？这样的要求，施之于幼童犹可，因为小孩没有自制力，边吃饭边说话会产生一些不好的效果。可是以此要求施之于成年人，未免太可笑了吧？几千年来，一代代人都在读圣贤书，又有几人真的做到“食不语”了呢？如果说，嘴里吃着东西的时候不要说话，这是对的；而把“食不语”理解为吃饭的过程中不能说话，这就有扩大化的嫌疑了。

圣人的话总是有其意旨的。孔夫子要求“食不语”，还有其他意思吗？我倒想到了另一种“食不语”，这未必是孔子的本意，但我认为很有必要。那就是：不要一边吃东西（包括吃饭）一边跟别人（不是同桌吃饭的伙伴）交谈。

人和一切动物一样，都是会条件反射的。就算肚中不饿，看着别人吃饭也难免唾液分泌增加。我有过几次这样的经历。最经典的一次，是因工作原因礼节性拜访一位女士。我那天见的人多，说话也多，唇干舌燥，难免有点尴尬，但也还不至于失态。该女士大概没有给客人倒水的习惯，一边品茶一边与我交谈，这也不算过分。偏偏这时女士拿出一个洗好的苹果，我想她肯定看出我的窘态了，真是善解人意啊，考虑周到啊。正要对她表示感谢，谁知她朱唇轻启，径自咯哧咯哧啃了起来，一边吃一边还把苹果皮吐了出来。当时我唾液分泌急剧增加，口倒是不渴了，反而口水过剩，又不敢开口说话，又不敢明显吞咽，那个窘啊，真是如坐针毡，只好匆匆告辞，狼狈而逃。由此想到，孔夫子“食不语”的古训，真是太英明了啊！

“食不语”，这是一种礼节，是对客人的尊重。即使从生理反应的角度来说，边吃饭边交谈也是对客人的一种折磨，会让他很难受、很尴尬。最好的办法是暂时停止吃饭，先跟客人谈话，等客人走后再吃不迟，此为上策。或者倒上一杯水，请客人在别室稍坐，吃完再谈，此为中策。如果事情紧急，必须赶紧谈，或者客人无法回避，而你又无法放下碗筷，那么就给客人倒上一杯水，让客人不至过分尴尬，此为下策。当然，客人也应尽量避免在饭时来访，这是题外话。

我的这个理解，并非歪解，古人就有先例。周公“一沐三捉发，一饭三吐哺，起以待士”，就是一个“食不语”、礼敬他人的典范。以周公之尊，他完全可以边吃饭边接待来宾，或者吃完再接待也不为过。至少至少，他可以把嘴里的饭吃完咽下去吧。可是他不，一听有客人来访，他连嘴里的食物都顾不上嚼咽，赶紧吐出来，跑出去迎接。这是一种多么虔敬的态度！曹操写道：“周公吐哺，天下归心。”天下士子之“归心”绝不仅仅因为周公吐哺这个举动，但是这一举动让人看到了他对人的尊重，因而赢得了天下人的心。

“食不语”是一件小事，但是从这件小事中就可以看出一个人的修养、品行。其实，在我们的现实生活中，这样的小事还有很多很多，我们几乎每天都会碰到。有人说，我们这么一个礼仪之邦，难道现在还要从“不要随地吐痰”“不要乱扔垃圾”开始教起吗？真的是这样。我经常会好管闲事，被我提醒的不少都是大爷大妈级别的。可是更多的时候，也只能摇头叹息，徒唤奈何，实在是管不胜管。

2017 年

别了，北京

我挥一挥手，真想摘走北京的一片云彩，拴在我的书桌前。当我一抬头，就可以看到两个大字——“北京”！

一

告别的时候终于到了。

再过两天，我就要离开北京，到温暖的南国工作去了。本来只是一次正常的工作调动，我从没想到还有离愁别绪什么的。可是，随着离别时刻的临近，我的心情却越来越糟糕。当我写下这个标题时，一瞬间，泪水竟然盈满眼眶。

我没想到我会这样。我一直以为，我会轻松地、愉快地告别北京，就像每次出差一样，带着放松的心情，到外地去小憩一段时间。就像潇洒的诗人那样:“我挥一挥衣袖，不带走一片云彩。”而且，对于北京，我似乎并没有那种刻骨铭心的爱。虽然在这个城市度过了将近二十四个年头，但我总觉得自己没有融入这个城市的市民社会中去。而且，我还经常反感着这个城市的一些方面:我反感它拥挤的交通，我反感地上斑斑的痰迹，我反感那么流利的“京骂”，我反感被污染的空气，我反感破旧的胡同……可当我想到我将要离开这个城市，离开她五年、十年，甚至更长时间，甚至一辈子，我的心里不禁充满了依恋，甚至充满了恐惧。北京，难道我真的要离开你了吗？

得知消息的同事们、朋友们，纷纷相约为我饯行。他们是由衷地为我高兴。到南国，那么温暖的地方，那么繁华的城市，担负一份更为重要的工作，这是多少人向往的好事啊！而我，在兴奋之余，心里某个角落总有一点点不安。我似乎刻意地隐瞒着这个消息，不想让更多的人知道；我宁愿拖到最后一刻，才向熟悉的朋友们公布。我不习惯那种热热闹闹的告别，我宁愿一个人悄悄地离开。在欢天喜地的告别宴会上，总有那么一瞬间，我会静默下来，心里有流泪的感觉。

北京，我怎么就离开你了呢？

二

别了，北京。

你曾是我心中最向往的地方。随着年龄渐长，那种神圣的感觉消失了，但我总忘不了刚刚投入你怀抱时的情景。

二十四年前，一个懵懂的少年，穿着土气而舒适的布鞋，一脚就迈进了京城一所著名的高等学府。至今我还不明白，当年那所大学在我们全省才招五名学生，我怎么竟有勇气报考它呢？我怎么居然就幸运地考上了，从此就与这所著名学府、就与它所在的这座古城结下不解之缘了呢？

去年年底，大学同学聚会，大家还谈起我上大学时写的一篇作文。那是我们刚刚进入大学不久，我的一篇《国庆之夜的天安门》，成为全年级同学传诵的范文。北京的同学说：我们在北京长这么大，谁也写不出这样的文章；只有你才写得出来。我明白，他不外是说我是刘姥姥进大观园，见什么都稀奇。人家是皇城根儿长大的，见得多了。我承认，在我们这些外地人眼里，北京是多么神圣的地方呀！天安门是多么神圣的地方呀！我们从小是唱着“我爱北京天安门”长大的，现在能够来到祖国的心脏，能不稀奇吗？能不激动吗？

那真是一段令人难忘的时间！我们入学后，正赶上共和国成立三十五周年大庆，天安门照例要举行盛大的游行和晚会。我们这些大学生被组织起来学跳集体舞。我不记得我这个腼腆的男生是怎样与女生配合的，但我永远记得用来伴奏的那首著名的《高山青》：

> 高山青，涧水蓝。阿里山的姑娘美如水呀，阿里山的少年壮如山。啊……啊……，阿里山的姑娘美如水呀，阿里山的少年壮如山。高山长青，涧水长蓝，姑娘和那少年是永不分呀，碧水长围着青山转。

优美的旋律和动人的歌词深深地打动了一名十几岁少年的心，从此深深地刻在我心里，多少年过去了，我都忘不了。每当听到这熟悉的旋律和歌词，我都感动得要流泪！

二十世纪八十年代是一个火热的年代，是一个思想大解放的时代。一切似乎都欣欣向荣，一切似乎都蒸蒸日上，人们思维活跃，乐观向上。共和国总理来到我们中间和我们共度教师节。方方面面的学者到校园来举办讲座。大学生们为不同的观点争论不休，各种社团活动红红火火……这一切，只有在北京，在首都，在这样一个包容性很强的城市才能出现，才能存在。

三

别了，北京。

褪去神圣光环的笼罩，你是那么一个朴素、和蔼的城市。

在来北京之前，心里对她是怀有敬畏之情的。作为一个泱泱大国的首都，作为曾被涂上太多政治色彩的城市，北京在我们心目中曾经神圣得高不可攀。然而，当我走进这座城市，我才发现，她原来是那么朴素，那么亲切，那么和蔼，就像一位朴素而和蔼的农妇一样。

我忘不了刚刚入学不久，由于不适应北京干燥的气候，我腿上长了一个小疙瘩。开始没当回事，时间长了，竟然化脓了，走起路来被裤子磨得很疼。已经很严重了，不得已才去了校医院。那天，从校医院看病回宿舍的路上，我一瘸一拐的模样引起了一位素不相识的女教师的关注。她问明了情况，当即用自行车驮着我把我送回宿舍。我不知道她是不是地道北京人，但我知道她是北京这座城市里的人。

我忘不了在鲁迅博物馆查抄资料的情形。那天，我因为要查抄的资料太多（当时好像还不兴复印，即使有的话，我这穷学生也舍不得花那个钱），抄了一天也没抄完。当我把这个情况告诉馆里一位女工作人员后，这位素不相识的女士当即答应帮我的忙。过了几天，我收到她帮我抄写的一沓厚厚的资料，一手娟秀的好字，让我欣赏而感激了许久。我不知道她是不是北京人，但我知道她是北京的人。

我忘不了在街头问路的情景。那也是我刚到北京不久，因为路不熟，近在眼前的地方就是找不着。我问了街边的一位老大爷，老大爷给我说了半天，看我还是不明白，干脆拉着我的手，领我往前走。终于看到我要去的地方了，这才撒手。这位老大爷，一口京片子，一看、一听就是地道的北京人。

在告别之际，我怎么净想起这些小事来了呢？可是，就是这些微不足道的小事，让我记了十几年、二十几年，让我对北京这座城市有了那么亲近的感觉，有了那么温暖的感觉。

四

别了，北京。

一直有一种偏见，以为北京虽然贵为首都，但基本属于守旧、土气的城市，不能与沿海发达城市相比。可在我临别回眸之际，我发现，其实北京是美的。她的美，是不事张扬的那种美，是那种有深度的美。

前些时候，一位外地的同事来京开会，我去看望他。他住的地方在天坛北边，房间在五楼，我从向北的窗户望出去，竟然看到了天安门城楼。沐浴在傍晚的阳光下，城楼裹上了一层明黄的颜色，这种颜色并不是那种令人肃然起敬的金碧辉煌，而带有一丝温情的感觉。那一瞬间，我觉得天安门并不只是让人仰望的皇权、政权的象征，它也带有人间的烟火气。在城楼这边，是一片青砖灰瓦的四合院和平房，掩映在一株株绿荫蔽日的树木中。我从来不知道北京市区还有这么多树。灰色的房，绿色的树，展示的是最平常、最世俗的平民生活，让我感受到一种朴素的美。

其实，北京作为一个有着三千多年悠久历史的历史文化名城，它的美是无处不在的。不必说故宫的宏伟壮观，八达岭长城的雄伟险峻，天坛的构筑精妙，颐和园的金碧辉煌；也不必说被列为“燕京八景”的太液秋风、琼岛春阴、金台夕照、蓟门烟树、西山晴雪、玉泉趵突、卢沟晓月、居庸叠翠；即使在街头巷尾，我们也能随时发现美。清晨，初起的朝阳令我感动；傍晚，西下的夕阳也让我感动。春天，路边的桃花让我欣喜；冬天，漫天的飞雪也让我欣喜。新起的高楼大厦，让我看到了首都日新月异的变化；古老的胡同深巷，让我领略了古都深邃的历史积淀。生活中并不缺乏美，缺乏的是一双发现美的眼睛。

一个冬日的下午，我在街头漫步，不经意间走进一个街心花园。这是一个小得不能再小的花园，也没有什么特别的花草树木。冬日的阳光慵懒地照着，花园里几乎是老人们的天下。他们有的坐在长椅上晒太阳，有的带着小狗在散步，有的在舞剑，有的在跳舞，一个个自得其乐，其乐融融。这个和谐、温馨的画面让我感动。

五

别了，北京。

作为一个有 3000 年建城历史的文化名城，你的深厚的文化积淀是无须证明的。对你博大精深的文化积淀，我不敢妄加评论，但我还是想谈谈我的感受。

多年以前，我去中科院拜访著名数学家陈景润先生。当来到中科院所在的中关村地区时，我有一种强烈的感觉，觉得我呼吸的都是科学的空气。那天的其他情形我记不太清了，唯独这种感受铭刻在心。借用这种说法，我觉得我们生活在北京，或者哪怕只是短暂地来到北京，我们呼吸到的也都是文化的空气。换言之，北京的空气中氤氲的都是文化。

要论全国哪座城市文化氛围最浓，无可争议，肯定是北京。北京有世界上最古老的城墙和举世罕见的皇宫，北京有星罗棋布的文物古迹，北京有无比丰富的地下遗存和考古发现……仅仅是这些吗？不仅是这些。北京有全国最好的高等学府和最多的高等学府，只要你有能力，你就可以接受国内最好的教育；

北京有全国最多的博物馆、剧院、电影院、音乐厅，只要你愿意，只要你有足够的钞票，你可以每天都欣赏到国内最好的、最新的电影、歌舞、音乐……仅仅是这些吗？不仅是这些。

北京的文化，不仅仅是外在的、形式上的，也是渗透在骨子里的，渗透在每一个北京人身上的。在北京街头，如果你接触到一位长者，他彬彬有礼、平静安详、恬淡闲散、幽默风趣，不用问，多半是老北京人，甚至是旗人。他们骨子里就渗透着一种贵族精神、文化教养。这种贵族精神和文化教养是与生俱来的，并非刻意修炼的。学，是学不来的。这可以说是得自北京的“地气”吧？是北京悠久的历史和深厚的文化底蕴，是北京作为帝王之都和首善之区的地位，是北京的开放和兼容，造就了它独特的文化品格。诚如学者易中天所指出的：北京是文化生态环境最好的城市。它很像一个自然形成、得天独厚的大森林，乔木、灌木、奇花、野草，共生于其间，层次分明而又相得益彰，错落有致而又浑然一体。它是帝王之都，也是文人之乡和民众之乐土。雍容华贵的皇家气派，勇敢自尊的学人风范，敦厚朴实的民俗风情，共同形成了老北京那种既“典丽堂皇”又“幽闲清妙”的文化品格；高瞻远瞩的改革开放，居高临下的兼收交融，独一无二的文化优势，又构成了新北京的非凡气象。“大气”与“平和”，是北京文化的一个显著特征，它甚至遍及每个北京人，成为北京人的一种“文化性格”。易中天先生在《读城记·北京城》中慨叹道：

> 这就是北京：古老而又鲜活，博大而又精深，高远而又亲切，迷人而又难解。它是单纯的，单纯得你一眼就能认出那是北京；它又是多彩的，丰富得你永远无法一言以蔽之。而无论久远深厚的历史也好，生机勃发的现实也好，豪雄浩荡的王气也好，醇厚平和的民风也好，当你一进北京，它们都会向你扑面而来，让你目不暇接，不知从何读起。

如果可以把城市比作书的话，北京该是多么厚的一部大书啊，任你是再博学的学者，穷其一生也读不完。

六

别了，北京。

其实，不要找任何理由，不要找任何借口，坦白地说，我就是热爱北京，我就是舍不得离开北京。平静的外表下，涌动的是激情；潇洒的举止后，隐藏的是留恋。如果让我选择，我宁愿留在北京。

然而，没有选择。前有古人的明训：“青山处处埋忠骨，何须马革裹尸还。”后有当代人的豪言壮语：“好男儿志在四方。”我也曾写下过这样的诗句：“男儿有志当如斯，慷慨悲歌赴国难！”当祖国需要的时候，我们没有任何选择。

纵使有千般不舍，万般留恋，终究，我还是要离开你，北京。义无反顾地，离开。

我挥一挥手，真想摘走北京的一片云彩，拴在我的书桌前。当我一抬头，就可以看到两个大字——“北京”！

（注：从金代到清代，“燕京八景”略有不同。本文以公元1751年乾隆皇帝钦定的“八景”为准。）

2008年

附注：2008年5月12日，我奉调香港工作，临别前感慨万分，写下此文。

2018年

斯人独憔悴

我愈加钦佩这位朋友，在这么大的变故面前，她表现得是那样坚强。她用自己瘦弱的身体，扛起了巨大的悲伤。

几年前，一位朋友到北京出差，我去看望她。这位朋友举止优雅，气质高贵，颇有大家闺秀的风范。她本来就是骨感美人，没想到这次更瘦了。问她为什么，她说我本来就瘦呀，倒是你为什么也这么瘦了呢？那时我大概也很瘦吧，自己倒没什么感觉，也许在别人看来就比较明显吧。我看她神色倒也没有什么异样，一直淡淡地微笑着，也没有多想，我们聊了些别后的情形，临别时互道保重。

后来她在给我的邮件中说：若是我憔悴得厉害，那一定是心情不好的结果，不知道你怎么样？还像我离开北京时那么瘦吗？那时我正为工作上的事情烦恼着，她博士生即将毕业，也在为找工作烦恼，所以我想我们的心情不好，都是工作闹的吧？

再后来她在给我的另一封邮件中说：

看了你的电邮，心里突然浮现的却是大学时代常常念叨，后来早已封存在记忆中的一首诗：

说是寂寞的秋的清愁
说是寥远的海的相思
假如有人问我的烦忧
我不敢说出它的名字

我不敢说出它的名字
假如有人问我的烦忧
说是寥远的海的相思
说是寂寞的秋的清愁

> 那个时候是少年不识愁滋味，却总是多愁善感，现在真有愁的时候，我却不能言说，哪怕是你这样关心我的朋友，不过也许有一天会告诉你的。

看了这封邮件，我仍然是云里雾里，不明所以；不过我知道，朋友肯定是有了大的烦恼了，绝对不只是工作上的烦恼。但是她不肯说，我也不好多问，连劝慰的话都无从说起。在同一封邮件中她还写道：

> 仔细想来，我不得不承认自己还算是幸运的，尽管现在有些低落，但至少生活和学习还是相对轻松的；想想你和别的同龄人的辛苦和压力，我实在是没有资格说自己怎样。在我看来，你是一个××××（此处删去22字）的好男人。这样的男人自然也是很累很累的。所以，去年见你突然消瘦令我惊讶（我毕竟是一直都瘦，反倒没什么），要知道没有比健康更重要的了。这个道理谁都懂，只是好多事情，好多时候是身不由己，尤其是像你这样的人，所以，我特别能理解你的烦和郁闷。

后来我终于知道，就在我们见面前不久，朋友遭遇了巨大的家庭变故。当朋友把这个消息告诉我时，我吃惊得说不出话来，连安慰的话也说不出来，因为我不知道说什么好。她还是那样淡淡地微笑着，语气中不温不火，仿佛在述说着别人的事情。我愈加钦佩这位朋友，在这么大的变故面前，她表现得是那样坚强。她用自己瘦弱的身体，扛起了巨大的悲伤。我只能暗暗祈祷，希望她早点从悲伤中解脱出来。

终于有一天，大概是两年之后吧，她在给我的邮件中说："我已从悲伤中走了出来。以前娇气、依赖性强的我也独立、能干些了。"后来她家里的事也处理好了，终于过上了平静而幸福的生活；她在事业上也小有成就，还出版了专著。

后来我出差到朋友所在的城市，我们在茶馆见了一面，我看她依然是那么清瘦，可是面色明显红润了许多。她还是淡淡地微笑着，说话仍然是不急不缓、柔声细语。无论是悲伤也好，喜悦也好，她永远是那样优雅，那样恬淡，那样从容不迫。我知道她终于彻底地走出来了，也由衷地为朋友高兴。

现在我们又有两年没见面了，不过偶尔还会通过邮件联系。她有时会问我工作怎么样，生活怎么样，我总是告诉她挺好挺好。我常常想起这位朋友，想起她引用的那首诗。她现在已经走出悲伤了，不知道还记得这首诗不？不知道她还是那么瘦吗？我想起那时候朋友老是惊讶于我的消瘦，担心我压力太大，心情不好，如果现在她见了我，肯定会大大地放心了，因为我与"瘦"字已经不沾边了，没来由地发起福来，真是没良心的。朋友也许会说："嗯，很好很好！看来心情不错嘛，心宽体胖啊！"呵呵，真的是这样吗？

2009 年

日暮乡关何处是

——关于一座村庄的思考

乡愁是我们精神世界中，永远都不能够抹去的一块暖色。我们呼唤乡愁，绝对不是要再回到过去那种贫穷的生活中去……我们不能死守着历史抱残守缺，而是要从现实中寻找答案，让乡愁长驻在我们的心灵深处。

一

寒风凛冽，寒意刺骨。站在一大片沉睡的农田前，我思绪万千。

这里，曾经是我的老家，现在已夷为平地；这里，曾经是我的村庄，现在已不见踪影。

这是 2016 年 2 月 14 日，农历正月初七。我回到我出生的地方，去寻找我的村庄。

我的老家，在江苏东部江海平原的乡村。四年前，在一场规模浩大的拆迁运动中，我老家房屋跟 6500 多户农屋一起变成残砖废瓦。一座建了两年多的两层小楼变成几十万元人民币；而我的父母和他们的邻居们一起，都搬到县城附近的一个大型小区，变成了准“城里人”。拆迁腾出的 8538 亩农用地，8000 多亩建设用地，被政府用来建设“万顷良田”工程，采取承包的方式，发展规模化、集约化、高效化农业。

客观地说，拆迁之后，老家的居住条件、交通条件、生活条件都大为改善。政府给的拆迁补偿款还算充裕，买了一套两层200多平方米的单元房后，还有一些盈余。小区紧邻一条国道、一条高速公路和多条公路，交通极为便利。但是我还是想念我生于斯长于斯的那个村庄。虽然我知道，那里除了大片大片的农田已无一户农家，但是我还是想去看看，它现在究竟变成什么样了。

那天早上，吃过早饭，侄子就开车带我出发了。我的村庄位于本市（县级市）的大西北，西北两个方向都与邻县接壤。从位于县城北郊的小区出来，沿着公路西行，一路房屋渐渐稀少，公路两侧是大片大片的农田。再向北是一条东西向的小河，过了河顺着河边的乡间简易公路继续西行，就离我家越来越近了。小河很窄，但由东向西绵延很长，直到我家门前截止。至今我们都不知道它叫什么名字，从何而来。小河在我家南面，姑且叫它“南河”吧。河面结着薄薄的冰，看得出水还是比较干净的。回想起拆迁之前回老家，看到的河水是污浊的。小河两岸，目力所及的范围内，已经见不到房屋，只有一望无际的农田，种着庄稼，估计是小麦。

汽车终于开到小河的尽头，一个丁字路口。这条路是本市通往邻县的一条乡间公路，从丁字路口向北继续前行就可以去往邻县。过去此处属于“交通要道”，白天黑夜有各种车辆不停地驶过。起初是自行车、拖拉机，然后是摩托车、卡车，后来有了面包车、小轿车，大多很旧，偶尔也有光鲜一点的。丁字路口的东北角，就是过去我家所在地了。我家的房屋，以及屋后的竹园，曾经是一个“路标”。现在，这一切已经荡然无存。

我们下车，冒着严寒，四处张望，一边感慨，一边拿出手机咔咔地照相。这里，全部变成了农田，一点都看不出当年的痕迹了。如果我是一个外来者，我完全想象不出这里曾经是密集的居住地。在我家东边，有一条南北向的小河，姑且称之为“东河”，与南河形成“T”字形。由东河到公路之间，顺着南河北岸，一字排开有四户人家。现在，我看着这短短的距离，无论如何也想象不出当年何以能够装下四户人家。

寒风呼啸着直往领子里钻，厚厚的羽绒服也挡不住袭人的寒意，拿着手机的手冻得发僵。我们匆匆拍了几张照片，便赶紧上车，顺着河南岸的马路返回。河中停着一艘船，相对于这样的小河，算是一条大船，船上有集装箱房。侄子告诉我，这条河已经被人承包用来养鱼了，承包人家就住在这艘“船房”上。想到这条河里的水曾经被污染得不能饮用，水里的鱼当地百姓都不敢吃，真的很有感慨！然后又看到当年村委会所在地边的两座小石桥，仍然完好无损地立在河面上，下来照了几张相。又开了一段，河南农田里出现了一群劳作的农民，大概有二十多个。这是我们这一路以来唯一一次看到的农人，估计是承包商雇佣的农民。我们摇下车窗照相。农民们一点也不怯生。他们大声地问我们是不是记者？是从哪儿来的？我如实地回答了他们，然后挥手再见。很惭愧，北风呼啸，我实在鼓不起勇气走进严寒里，只是在车里跟他们聊了几句就匆匆离开。与家乡的父老乡亲相比，我实在是太娇贵了。

一路上，我的脑海里不断回想起鲁迅的《故乡》，回想起《故乡》里描述的情景。同样是深冬，同样是阴晦的天气，同样是呜呜的冷风，同样是苍黄的天，同样是萧索的荒村——不，连萧索的荒村都没有，干脆就没有村庄；可是很奇怪，我并没有产生想象中应该出现的那种悲凉的情绪，我也没有人们千呼万唤的最时髦的“乡愁”。我记得，若干年前，当我的村庄还在的时候，每年冬天回来，我的心情都很悲凉的。可是今天我没有。当然我也没有特别的欣喜。我的心情很平静，一点波澜也没有。

可是，在我的内心深处，总是隐隐约约觉得有哪里不对劲，或者说，有一点隐痛。可是当我使劲寻找，它却不知藏身何处。

我的故乡，田园犹在，只是，村庄消失了。我是该庆幸还是该惋惜？

二

其实，说村庄消失了，未免有点矫情。因为，在我的故乡，我从来就没有过村庄的感觉。

我的故乡，地少人多。记得幼时，河汊密布，出门就是水，人们多逐水而居。后来大概是大办农业的结果，很多小河小沟被填了，主要的河流只剩下了南河和东河，另外还有一些不长的小河。可能是统一规划的缘故，所有的人家都住在河边。南河、东河两岸，一幢房子接着一幢房子，一字排开，每家之间几乎紧挨着。最早多是三间或四间草房，后来是瓦房、楼房。几乎没有人家有院子，当然也就没有围墙。

当人民公社还在的时候，每个大队分成若干个生产队，各个生产队相对集中居住在一个区域。比如我家所在的四队，就在南河北边、东河西边这一块；河东是九队；河南是一队、三队。至于有没有别的生产队，如果有的话它们在哪里，我是一点也想不起来了。每个生产队有一个仓库，仓库旁边有牛圈，有值班室，仓库前面则是一个大的麦场，这是队里唯一的公共活动场所，队里的会议、文艺演出都在这里举行。等到公社解散了，连这个场地也没有了。也许是多年的习惯使然，大家还是叫着“大队”，很少有人叫“村”，我的脑子里也没有村的概念。

等我后来从小说里，从电影里，看到北方的农村时，我非常惊讶，原来所谓的村子是这样的！那边的村庄，就像城堡一样，是相对封闭的，各家各户都聚居在一起。村庄有“村口”，外人要进村，就得从村口进来。如果适当防卫，外人是很难进来的。所以，在电影《地道战》中，有那句流传至今的台词：“鬼子进村喽！——”村庄里，有巷子，还有街道。前街后街，东街西街，就像城里一样。每家每户都有院子，家境好一点的有院墙和院门，差一点的也有篱笆墙。那里的孩子们，还可以利用这样的建筑和地形结构捉迷藏，多了一份乐趣。反过来看我们，哪有什么村庄啊，完全是开放式的，四通八达，外人可以从任何一个方向进来——不，不是“进来”，而是“过来”，因为根本就无村可进。我们也无法“躲猫猫”，因为根本就无处可藏，除非躲到人家屋里。这不免让我对自己的家乡产生了一丝失望，对北方乡村充满羡慕。

到得后来，当我有机会看到全国各地风格各异、历史或长或短的古村落时，我对家乡的所谓“村庄”更加绝望了。与那些古色古香、历史悠久、文化积淀深厚的古村落相比，我们那儿连村庄都算不上！那些千篇一律的房屋，毫无特色，没有过任何美感。

当然，幼时的我们并没有想这么多，我们自有我们的乐趣。家乡是一马平川的平原，小学旁边的一个小土丘就成了我们眼里的小山。我们在小土丘上钻树林，玩打仗，不亦乐乎。生产队里的小河也是我们的“战场”。我们几个小伙伴分属敌我两个阵营，分别趴在小河两岸，向对方“开火”；当一方指挥员发出“冲啊！”的号令后，双方就发起冲锋，展开肉搏战，直至一方认输为止。

门前的小河更是小伙伴们的乐园。每到夏天，我们就脱得光光的，跳到河里游水玩耍。河水清清，可以看到河底的沙土，看到水中漂浮的水草，游来游去的小鱼小虾，有一次还与一条小蛇不期而遇。小河不宽，我们可以从南岸到北岸连游好几个来回。有时憋一口长气，潜入水下，从河底“爬”到对岸。玩累了，用自制的鱼钩钓几条小鱼小虾，拿回家就是一顿美味的佐餐小菜。

小孩子的心总是很容易满足的。虽然没有北方那样城堡似的村庄，但是我们在田野里、在小河里也能找到自己的乐趣。

这么多年来，最让我留恋的，还是乡亲们的单纯、淳朴、真诚、善良，是他们的吃苦耐劳、幽默知足，是那种亲如一家的邻里关系。我对其他地方的人民没有深入的了解，我始终认为，我的乡亲们是天下最好的人。我的家乡曾经遍布刺槐。我的乡亲们就像刺槐一样淳朴，像刺槐一样笨拙，像刺槐一样憨厚，像刺槐一样本分。他们没有文化，不善言辞，胆小怕事，但是他们的心地是多么善良！小的时候，家家都穷，但凡谁家做点好吃的，一定会先送给左邻右舍尝尝。我还记得有一次，一位大婶家炸了麻团（一种用糯米粉做的油炸品），恰巧我从她家门前经过，大婶非拉我去家里吃，我不肯，她便用筷子串了一串送给我。我在前面跑，她在后面追，一直追到我家里，躲无可躲，我才在母亲的劝说下接过来。他们对别人的好，是那种掏心窝子的好。谁家有事，邻居会自发上门帮忙。要是哪家有人“老了”，那些多年的老伙计会上门来默默地坐着，陪着逝者，一句话也不说，只是那么沉默地坐着，偶尔叹一口气；妇女们则会陪着家里的女人们流泪，安慰，帮着折纸钱，干活。他们是那么勤劳，从来也不把劳作视为苦事。那些特别勤快的，简直一秒也闲不住。我的二姑父就是这样一个“勤快人”。他有一手扎笤帚、编簸箕的手艺。每次来我家，除了吃饭的工夫，他都在不停地干活，给我家把一年的笤帚、簸箕都做好了。我的父亲也是出名的勤快人，他生前曾到北京来住过几年，劳作了一辈子，我想让他享几年清福，可是一旦闲下来，他浑身难受，家里的那点家务活简直不够他“塞牙缝”。回到那片土地上后，他才找到了“感觉”。

多年以后，当我在远离家乡的异地回想起我在家乡的童年生活时，想起那些质朴而善良的乡亲，我的心里还是无限温暖，以至一次次双眸湿润。

三

如果我按照前面的思路写下去的话，很容易写出一篇充满温馨回忆的美文来，把我的家乡描绘得如同人间乐园一般。这正是很多人乐此不疲的事情。然而事实上，我的童年远非这么美好，这些童年回忆只是苦难岁月中的一点点微弱亮色而已。我的童年是在饥饿和贫穷中度过的，即使经过岁月的沉淀，即使我努力过滤掉童年的苦日子，我还是无法忘记当年挨饿的感觉，无法忘记贫穷的耻辱。我努力不去回忆痛苦，并不代表我已经忘记了痛苦。现在很多人在呼唤乡愁的时候，动辄把过去的乡村描绘得像世外桃源一般美好和幸福，我不知道是他们所处的乡村确实如此，还是他们的记忆短路。

在相当长时期中，贫穷和饥饿是中国人民特别是中国农民共同的记忆。回顾历史，似乎没有哪个朝代的农村是富庶的。即使是在被称为“鱼米之乡”的我的家乡，也是如此；即使是在“文革”结束之后好多年内，也是如此。我从考上县城的重点中学，此后上大学、参加工作，最盼的是回家，最怕的也是回家。每次回家，看到家乡的破败，家乡的贫穷落后，看到一家一家破旧的草屋，听着父母哀叹生活的艰难，我的心就一下一下地往下沉。尤其是冬天回家，那种感觉就跟鲁迅《故乡》里写的一模一样，无限悲凉。

如果这就是一些人呼唤的乡村的话，我宁可不要这种乡村；如果这就是一些人念念不忘的“乡愁”的话，我宁可不要这么愁！我坚信绝大多数中国农民更不需要这种愁！

当然，这样的状况在慢慢改变，我的心境也在慢慢改变。农民的生活慢慢变好了，一家一家的草房慢慢变成瓦房了。到后来，一家一家的瓦房又变成了楼房。

大概在十几年前，故乡的面貌终于有了很大的变化，农民的生活有了很大的改善。当地政府在发展经济、改善民生方面确实功不可没。此后每次回家，看到家乡的变化，心中就异常欣喜。我衷心地感谢当地政府，终于带领家乡父老改变了贫穷落后的面貌。

然而，家乡人民为这来之不易的温饱，也付出了巨大的代价。这也是全国农村出现的共同问题，并非我家乡所独有。

最严重的是污染。并不是工业污染，而是农民们自己污染。我的村子地理位置偏僻，没有受到企业的污染，但是富裕起来的农民普遍没有环保意识，他们把自己家的垃圾、脏水随意往河边倒，污染了土地，污染了河水。没有人去教育他们，也没有人去管理他们。我小时候那么喜欢的清清的小河变成了臭河，没有人敢下河游泳了，河水、井水不能喝了，河里的鱼没人敢吃了。因为滥用农药和化肥，土地也被污染了。农民有自己专用的地，用来给自己家人种粮食。他们专门养两头猪，供自己家人吃肉。

还有乡村伦理的沦丧。在漫长的农耕时代，家乡形成了一整套不成文的乡村伦理，成为村民们共同遵守的道德准则。比如孝顺、诚实、友善、勤劳、节俭，等等。忤逆长辈，好吃懒做，欺骗他人，挥霍浪费，以强凌弱，这些行为会遭到普遍的唾弃。然而近十几年来，这些道德规范已经基本土崩瓦解。不孝顺长辈的多了，游手好闲的多了，赌博的多了，骗子也比过去多了。有虐待老母者，待之不如猪狗，不给她饭吃，动辄打骂，污言秽语不堪入耳。村人皆怜之，却爱莫能助，村干部则完全放任不管。我的母亲心善，有时会偷偷地叫她到我们家吃饭，还不敢让那个孽子知道。

刚刚解决温饱的乡村，又陷入了另一种贫困，我不知道我心目中的村庄在哪里。

四

现在，原本就模模糊糊的村庄，干脆彻底消失了。

我们现在居住的这个小区，是当地的拆迁安置示范区。小区规模很大，据说有一万多居民，配套设施齐全，绿化面积大，环境还算不错，是当地政府对外宣传的窗口，曾有国家领导人来此视察。

长期与土地打交道的农民，很快就习惯了“城里人”的生活，虽然他们身上免不了还有农民的习气。年轻人出去打工，有的去了远方的大城市，扔下老婆孩子和老人在家里，一年回来一两次。不愿出远门的，在附近的企业、公司总能找到一份工作。他们朝出晚归，开着小汽车，穿着时髦，拿着最新款的手机，几乎与城里人毫无二致。小区里还是老人居多，他们在楼下晒着太阳，打打牌，聊聊天，一天天消磨着时光。那些过去勤快得闲不下来的老人，在自家屋前草地上种点花，种点树，种点蔬菜，莳弄着它们，给无所事事的双手一点点安慰。这样的生活，对于穷了几十年的乡人们来说，是再幸福不过了。

那些腾出来的大片大片的土地，被有钱的老板承包下来了。他们享受着政府给予的优惠政策，雇佣一些农民为他们种地，把过去一家一户的个体生产变成了规模化、集约化的大生产。这也正是我们过去梦寐以求的生产方式。不过听说，有的老板承包了土地，用完了两年优惠政策后就跑了，扔下的农田没人种。这只是听说，我并没有亲见抛荒的土地。

无论如何，不管出现什么情况，我相信消失的村庄不会再回来了，进了城的农民们大多不会再回到土地上去了。诗人们怀念的“阡陌相通，鸡犬之声相闻”的农家景象不会再回来了。这毕竟是时代进步的标志，是多少代人企盼的生活啊！

现在，“乡愁”成了一个时髦的词汇。确实，在推进城镇化的进程中，一座一座村庄消失了。这的确是一件令人遗憾的事情。在提高农民生活水平和保护村庄之间，怎么找到一个平衡点，确实考验领导者的智慧。如何才能做到“望得见山，看得见水，记得住乡愁”？

记得住乡愁，首先要保住我们美丽的乡村，要留得住青山，存得住绿水。这些年来，在“新农村建设”的名义下，那些承载着历史和文化记忆的古村落急剧消失，让人痛心！如果在建设的同时再来一次新的破坏和污染，那将与其目标背道而驰。从我的观察看，家乡在农村环境保护方面做得是好的。家乡没有古村落，政府把农民大规模拆迁后，并没有用换来的土地建设工业企业，而是用来发展大农业，使原本面临抛荒的土地有人耕种。这无疑是一条正确的道路。农民集中居住了，农村并没有消失。这不但保护了耕地，也保证了粮食安全。

在开发过程中，不但没有出现新的污染，而且农村环境还有所好转，河水的变清就是一个明证。现在我担心的是在种植中是否还在滥用化肥和农药？如果这一点能杜绝的话，真是善莫大焉！

与有形的村庄相比，我更怀念的是无形的“村庄”——那种流传数千载、蕴含在乡民们身上的乡村文化和乡村精神。恐怕这才是乡愁的核心。

什么是“乡村文化”“乡村精神”？我没有看到过现成答案，我也给不出标准答案。对于我来说，乡愁，就是对于过往乡村生活的依恋，对于乡民们特有品质的怀想。在新农村建设中，怎样让乡村文化、乡村精神重新回到人们心中，让乡愁“诗意地栖居”，这是比保护物质的村庄艰难百倍的难题。

数千年的农耕文明时代，在以儒家文化为代表的传统文化的影响下，中国乡村形成了独特的乡村文化和乡村精神。这种文化和精神不是写在纸上的，而是融入乡民们骨髓中、体现在他们行动上的。比如，对于儒家所提倡的“仁义礼智信，温良恭俭让，忠孝勇恭廉”，乡民们也许讲不出什么大道理，但是他们绝对是忠实的、自觉或不自觉的实践者。就以“孝”来说。“百善孝为先。”古人把“孝”视为百善之首。孝道文化是中华优秀传统文化的核心。孝顺为荣，不孝为耻，这是乡民根深蒂固的观念。他们也许没有听说过“老吾老以及人之老”的祖训，但是孝敬自家的长辈、尊重所有的长辈，是一种天经地义、理所当然、不用讲任何道理的行为，不孝之子、忤逆之子受到普遍的唾弃。这些包含许多积极健康内容的乡村文化和乡村精神，是几千年来维护乡村秩序和乡村伦理的无形规则。当然，其中也有糟粕，这是我们应该剔除的。然而，随着市场经济的发展，这些为乡民们所自觉遵循的规则早已失去效力，乡村秩序早已不复存在。如何涵养乡村文化，培育乡村精神，重构乡村秩序，确实是一项艰巨的任务，也是一个不容回避的话题。

乡愁是我们精神世界中，永远都不能够抹去的一块暖色。我们呼唤乡愁，绝对不是要再回到过去那种贫穷的生活中去。与保护古村落同等重要或者比前者更重要的，是涵养乡村文化、培育乡村精神，让乡愁“诗意地栖居”。我们不能死守着历史抱残守缺，而是要从现实中寻找答案，让乡愁长驻在我们的心灵深处。

我仍然怀念我的村庄。

我的村庄，你还能回来吗？

2016 年

与水为友

我们应该像他们那样善待水，敬畏水，热爱水，珍惜水，与水形成一种和谐共处的人水关系，让我们的世界更加美好。

利用双休日到江西省鄱阳县采访水利扶贫与水文化建设，第一次近距离接触水利人、踏访水利工程、深入了解水利工作的方方面面，感触颇深。虽然只有短短两天，但是我对水利工作的辛酸苦辣及其重要作用却有了深刻的认识，对“水文化”的含义也有了全新的感悟。

水是生命之源，一切生命皆是水成就的鲜活精灵。世间万物的生长都离不开水，没有水生命将不复存在。古人早就认识到了这一点，所以他们都用诗一般的语言来赞美水。老子的《道德经》说：“上善若水。水善利万物而不争，处众人之所恶，故几于道。”水泽被万物而不与万物相争，停留在人们所不喜欢的地方，这是最高境界的善行，所以最接近于“道”。《论语·雍也》说：“知者乐水，仁者乐山。”晋人葛洪《抱朴子》说：“金以刚折，水以柔全。”然而古人也清醒地认识到，水也有两面性，有其利也必有其害。正如唐代名臣魏征所说：“水能载舟，亦能覆舟。”是利还是害，全看人类如何管理它、利用它、善待它。扬水利、抑水害，便成为人类与水相处历史中的一项重要内容。大禹治水的故事便是一个典型范例，他可以说是中国最早的水利工作者。

正是因为认识到水的两面性，中国历朝历代都高度重视水政管理，政府设有专门机构和专门职务。比如，司空是古代中央政权中主管水土等工程的最高行政长官。西周时中央主要行政官有“三有司”，其中之一即“司工”，亦即“司空”。水利工程是司空职掌的重要部分。《尚书》记“禹作司空”，他的职责就是“平水土”。《荀子·王制》记：“修堤渠，通渠浍，行水涝，安水藏，以时决塞，岁虽凶败水旱，使民有所耘艾，司空之事也。”就是说，防洪、排涝、蓄水、灌溉等水利工作是司空的主要职责。其他先秦文献也多有类似记载。水利一词最早见于战国末期问世的《吕氏春秋》：“掘地财，取水利。”高诱注：“水利，濯灌。”西汉史学家司马迁的《史记·河渠书》是中国第一部水利通史。在记述了从禹治水到汉武帝黄河瓠子堵口这一历史时期内一系列治河防洪、开渠通航和引水灌溉的史实之后，司马迁感叹道：“甚哉，水之为利害也！”并指出：“自是之后，用事者争言水利。”这里，水利一词就具有防洪、灌溉、航运等除害兴利的含义。尽管古今“水利”的内涵大不相同，但是“扬利避害”的核心要义却是始终如一的。自古至今，人类社会为了生存和发展的需要，采取各种措施，对自然界的水和水域进行控制和调配，以防治水旱灾害，开发利用和保护水资源。

鄱阳县地处中国最大淡水湖鄱阳湖东岸，湖因县而得名，县因湖而扬名。鄱阳湖约有 740 平方公里水域在该县范围内，境内有大小湖泊 1067 个，被誉为“千湖之县”“中国湖城”“浪花上的城市，鸟语下的乡村”。人们皆羡慕这里的湖光山色、水丰物阜，却往往忽略了水给这里带来的灾难。据史料记载，鄱阳历史上水灾频仍，当地百姓深受其害。“明永乐四年（1406），洪水暴涨，城墙被冲坏，房屋受淹，淹死人畜甚多。”“明宣德六年（1431）六月，大雷雨，洪水猛涨，饥荒遍地。”“明宣德八年（1433）六月，大雷雨，江湖水涨，农田受淹，民房漂没甚多，淹死的人无数。”翻开《鄱阳县水利志》，这样的记载比比皆是。可以说，鄱阳县因水利而兴，也曾因水患而害。这种状况在 1949 年之后才逐步改变。从 1950 年冬起，鄱阳水利人总结前人的治水经验，采取“联圩扩建，加固堤防，上蓄下泄，积极防洪”方略，在各河支流上游陆续兴建了一大批水库；在中下游联圩扩建，加固堤防；在联圩堵汊的同时，整治河道，加快洪水下泄流速。在排涝方面，采取“高水导排，低水自排，中水提排，围洼蓄渍，综合排涝”方略。在洪涝灾害面前，多年建设并完善、遍布全县的水利设施发挥了巨大作用，最大程度地防范和减轻了水患灾害。不可想象，如果没有水利人的艰苦工作，没有这些水利工程，鄱阳人会遭受怎样的没顶之灾。地处鄱阳县北部、与安徽省毗邻的北槎垅水库，是一座以灌溉为主，结合防洪、养殖等综合利用的中型水库，自 1960 年建成之后，经过几次除险加固形成目前的规模，保护着 10 余万人口、20 余万亩耕地等生命财产安全，在几次大的洪灾中都避免了较大的损害。近年来，鄱阳水利人创新工作思路，创造性地开辟了水利扶贫的新路子，使水利工作在精准扶贫中发挥了重大作用，帮助湖区贫困农民脱贫致富，写出了一篇合格的水文章。

水利人都是朴实得像泥土一样的普通人，他们在这些平凡的岗位上一干就是几十年，日复一日地做着同样平凡的工作。然而，他们做的却是大事业，是协调人与水的关系、造福人类的大事业。他们扬水之利、抑水之害，努力让水为人们更美好的生活服务。我们不可能像水利人这样与水打交道，但是我们应该像他们那样善待水，敬畏水，热爱水，珍惜水，与水形成一种和谐共处的人水关系，让我们的世界更加美好。

一言以蔽之，人类要与水为友。

2018 年

林栋先生赠书记

众人皆赞曰：这年头，130元能送什么礼啊？这一下子就送了五个人，真不错！也有的说：现在哪有给人送书的，傻！只有我们这些人还在乎。七嘴八舌，说个不停。

戊戌年三月初九，林栋先生慷慨赠书。不过，这次赠的可不是他自己的著作。

那日晚间，老友小聚。人还没到齐，先到者三三两两聚在一起聊天。林栋先生拉住我，神秘兮兮地说："我今天去了涵芬楼，买了几本好书。嘿！真便宜！这么多，才一百三！"说着，他从一个提袋里一本一本往外掏，掏一本，赞一句。"朱光潜，《谈美》，'慢慢走，欣赏啊！'多好啊！才13块！""《老北京公园开放记》，这一本最好，介绍北京公园历史的，有当年鲁迅在中山公园来今雨轩的故事，我特喜欢！"另外还有《古希腊散文选》《北斗京华》《人生基础哲学》，每一本都是我喜欢的。一本一本展示完，不知是否看到了我贪婪的眼光，突然抽出一本递过来："这本《谈美》，我还有，送您吧。"意外之喜，收之！

闲话少叙，晚宴开始。频频举杯，把酒言欢。不提。

酒过若干巡，雪先生放下筷子，拿出家伙，开始工作了——雪先生退休前专业编辑，业余画家——业余是指主业之余，水平可是远胜专业，他画的文人肖像、文人故居为文坛一绝，一时洛阳纸贵。平常出门，他总是随身携带画笔、画纸，有空就画，逮人就画。每次朋友餐叙，他总会为座中一位或几位速写头像，文学界不少朋友都有他的画作，得之者满心欢喜，未得者翘首企盼。座中的琼女士与他同事多年，一篇《给雪村的礼物》写得活灵活现，笔淡情浓，流传颇广，甚至在某文坛前辈的告别仪式上，有不识者不合时宜地惊呼："你就是写《给雪村的礼物》的琼女士？"

这晚，雪先生的目光在全桌巡视一遍，最后定格在林栋先生脸上。林栋先生身材魁梧，阔脸方耳，最绝的是常年剃一光头，自带光环。他跟某儿童文学作家颇有几分相似，因此出去常被小朋友以及已经不小的小朋友拉住合影、签名。这样的长相，好画：画一大圆球，球上画两小眼儿，一大嘴巴，俩招风耳，多省事！——至少我是这么想的。至于雪先生是怎么想的，那我就不管了。

只见雪先生盯住了林栋先生，左右端详了一番，令他坐好了，不得左顾右盼，不得驼背塌腰，不得低头看手机，保持表情自然放松，两眼平视前方——可惜他的前方是一位帅哥而非美女。林栋先生那个难受啊，没办法，为了自己的形象，只好忍了。众人有的聊天，有的凑过去看雪先生画画，有的悠悠闲闲喝口小酒吃口小菜。终于大功告成，嘿，神了，压根儿不是我想的那样，一个大球两个眼儿。人家眼睛是眼睛，鼻子是鼻子，虽然只是寥寥几笔，但是形神俱备！

喜得林栋先生抓耳挠腮，喜不自禁，无以为报啊，忽然想起刚买的书来，赶紧掏出一本《北斗京华》，双手奉上。瞧人家雪先生多会说话："您给我当模特儿，不收我钱，还送我书，那我赚了。"笑眯眯地说完，笑眯眯地收了。林栋先生一不做二不休，又给静女士送出一本《古希腊散文选》——刚刚收了静女士一本诗集，这叫礼尚往来。

转眼间，五本书送出去三本，只剩下两本了。林栋先生要往袋子里收。俗话说："看热闹的不怕事儿大。"这事儿就这么收场了岂不可惜？热闹还没看够呢。说时迟那时快，我一把拦住林栋先生，说道："您就别往回收了，这两本干脆也送了吧。送三本留两本，等于没送；全送了，明儿说起来，买了五本书全送人了，那才有面儿。"闻听此言，林栋先生愣了愣，似有所动，又似有不舍，喃喃道："狼多肉少，不够分啊。"（此为笔者意译。原话是："就两本书，这么多人，怎么送啊？"——作者注）我知道林栋先生心疼他的书，趁热打铁，穷追猛打，不给他留下喘息机会：“没关系，琼女士一本，另一本嘛——”我还没想好，不知是谁说了一句：“那就给最年轻的吧。”最年轻者，凡先生，新识的80后小朋友。只见林栋先生又犹豫片刻，一咬牙一跺脚——好吧，割肉！终于把他最喜欢的《老北京公园开放记》给了琼美女，把《人生基础哲学》给了凡先生——我对凡先生说：“这是中国早期的心灵鸡汤，回去好好补补！”

书送完了，众人皆鼓掌喝彩，林栋先生怅怅道：“书都送完了，这袋子留着还有什么用？”干脆，也送人了，峰先生没捞着书，拿一袋子回去买菜用，也不错。值两块钱呢。

众人皆赞曰：这年头，130元能送什么礼啊？这一下子就送了五个人，真不错！也有的说：现在哪有给人送书的，傻！只有我们这些人还在乎。七嘴八舌，说个不停。唯有林栋先生犹耿耿于怀。他使劲一拍我的肩膀，道：“你小子，给你那本书就13块钱哪，够买俩庆丰包子的。”这话是嘬着牙花子往外蹦的，可见有多心疼了。我说：“买俩包子您能这么开心吗？您看您这五本书让这么多人开心！”林栋先生说：“你们回头把书名发给我，我再照样买五本去！”全桌一片笑声。

有诗为证：

秀才人情纸半张，
栋君赠书美名扬。
莫道文人不识趣，
还是读书滋味长。

2018年

先器识而后文艺

“先器识而后文艺”，也是我的文学主张。文章关乎世道人心，为文须有担当。作为一名作家，“器识”永远重于“文艺”。当我们提笔写作时，绝对不能忘记自己的责任与使命。

最近，第二届丰子恺散文奖揭晓，我的散文《司马迁的选择》有幸获奖。评委会在授奖词中说：“徐可的散文，谈文品人，论古道今，堪称世事洞明，人情练达，情理相生，文理并茂。其文字的优雅具有老派散文的质地，也是人、文高度一致的体现。《司马迁的选择》中，以知识分子的责任感与自省意识，抒写了知识分子的风骨。”我在发表获奖感言时说：“今天，我们在这里用自己的文字向丰子恺先生致敬，也是表明自己的心志：先器识，而后文艺。”评委会的授奖词强调了知识分子的风骨、责任感、自省意识，与我所说的“先器识而后文艺”，可谓不谋而合。

“先器识而后文艺”，这是丰子恺的文艺观，这一文艺观是从他的老师李叔同那里继承而来。丰子恺在《李叔同先生的文艺观——先器识而后文艺》一文中写道：“‘先器识而后文艺’，译为通俗说法，大约是‘首重人格修养，次重文艺学习’，更具体地说：‘要做一个好文艺家，必先做一个好人。’”他还说：“李先生平日致力于演剧、绘画、音乐、文学等文艺修养，同时更致力于‘器识’修养。他认为一个文艺家倘没有‘器识’，无论技术何等精通熟练，亦不足道。

所以他常诫人‘应使文艺以人传，不可人以文艺传’。”

丰子恺是典型的中国传统文人，是中国读书人的一座标杆，也是我素所敬仰、所热爱的一位作家艺术家。从少年时代读到他的散文起，这份热爱就从未改变。我至今依然记得当年阅读《缘缘堂随笔》《给我的孩子们》等作品时的喜悦。他的散文和漫画中流露的慈悲、仁爱和童心，令人感动，也给我以深刻影响。正如俞平伯所评价的那样：“一片片的落英，都含蓄着人间的情味。”

丰子恺是一个有情怀、有风骨的文人。他深受弘一大师影响，终其一生都忠实地实践着这一文艺主张，他的为文与为人高度统一。丰子恺笃信佛教，终生以慈悲为怀，他爱人类，爱社会，爱世间万物，尤其喜爱孩子。他的作品与他的人一样，充满了爱。爱，是丰子恺所有作品的主题，是他所有创作的出发点和落脚点。正是他笔下流淌出来的浓浓爱意，感动着一代又一代读者。

“先器识而后文艺”，也是我的文学主张。孔子说：“志于道，据于德，依于仁，游于艺。”孔子认为，“游于艺”（礼、乐、射、御、书、数）不过是“志于道”“据于德”“依于仁”之余事，“道”“德”“仁”先于“艺”，重于“艺”。唐代刘晏总结孔子等人的教育思想，明确提出“士先器识，而后文艺”的教育观，强调“士”要先培养自己的胸怀、器识，培养自己对社会、对人生的基本信仰和价值观，然后才能学艺。古人关于“器识”与“文艺”关系的论述对于我们仍有很重要的启发意义。人们常说：“为文先为人。”“人品决定文品。”人品指的是人的品格，文品指的是文章的格调。郭沫若先生说：“文章是人写的，因此首先是人的问题。古语说：‘文如其人。’这是说什么样的人，就写什么样的文章。”中国自古注重人的品格的塑造。孟子说：“我善养吾浩然之气。”养浩然之气、重人伦道德是文化传统的重要内容之一。古往今来贤能之士无不道德文章相得益彰，文品与人品是分不开的。王国维说：“三代以下之诗人，无过于屈子、渊明、子美、子瞻者。此四子者，苟无文学之天才，其人格亦自足千古。故无高尚伟大之人格，而有高尚伟大之文学者，殆未之有也。”没有高尚伟大的人格，就不可能有高尚伟大的文学。这一论断可谓掷地有声！

文章关乎世道人心，为文须有担当。我写《司马迁的选择》，正是有感于他在面临人生重大抉择时的风骨与勇气。司马迁一生中有三次重大选择，三次选择成就了一部伟大的《史记》，也成就了一位伟大的历史学家、作家。在面临生死选择之际，他没有为保全名节而慷慨赴死，而是以极大的勇气选择了被视为奇耻大辱的宫刑，选择了更为艰难的“隐忍苟活”，唯一的目的就是完成自己的使命：发愤著书，“究天人之际，通古今之变，成一家之言”。当我写作《司马迁的选择》的时候，我时时为之感动以至涕下。作为一名作家，“器识”永远重于“文艺”。当我们提笔写作时，绝对不能忘记自己的责任与使命。

2017 年

向大敦煌致敬

敦煌之大，大在气度，大在文化，大在精神。敦煌如一座高山，巍峨耸立；敦煌如一片大海，汪洋恣肆。

我的散文写作，基本朝两个方向展开：如果以时间为坐标，横向是当下，纵向是过往；如果以内容为坐标，横向是现实题材，纵向是历史题材。当然二者也有重合、有交集，并非截然分开。《大敦煌》（收入本书时改名为《大哉敦煌》——作者注）就是如此。它是当下与过往的交叉，现实生活与历史文化的融合。

2015 年年底，我去了一趟敦煌。这是我第二次去敦煌。第一次，是 20 多年前，那时年轻，对敦煌几乎没有了解，懵懵懂懂，纯属到此一游。而这次不同了，随着我对敦煌、对敦煌史的了解的加深，我对敦煌的崇敬也在加深。我几乎是怀着朝圣的心情去的。从兰州出发，一路西行，过武威、张掖、嘉峪关，越接近敦煌，我的心情越激动。特别是在莫高窟、在阳关，我都为之深深震撼。我还记得我站在阳关远望无边沙漠的时候，揣想古人由此出关西去的情形和心情，心中充满悲凉之感。从敦煌回来之后，我一直沉浸在这种情绪之中，我决定写一写敦煌。不写敦煌，总感觉欠它一笔。

敦煌是一座小城市，总人口才 18 万。可是在我心目中，敦煌却是无比宏大的。

敦煌之大，大在气度。它曾经是丝绸之路上的璀璨明珠，是唐代的第二大都市，仅次于首都长安，雍容大度，气势恢宏。敦煌之大，大在文化。位于敦煌的莫高窟，是世界上现存规模最大、内容最丰富的佛教艺术圣地，是举世闻名的艺术宝库。敦煌文化源远流长，博大精深。敦煌之大，大在精神。历史上敦煌曾经遭受过巨大的劫难，数不清的珍贵文物被外国人劫掠，洞窟和壁画遭到严重破坏，凋敝衰败，破烂不堪。是一批又一批有识之士，和以常书鸿、段文杰、樊锦诗等为代表的一代代敦煌守护者，怀着对祖国传统文化的至诚热爱，奔走呼号，穷经皓首，抢救敦煌，守护敦煌，研究敦煌，使敦煌文化发扬光大。敦煌如一座高山，巍峨耸立；敦煌如一片大海，汪洋恣肆。

有感于此，当我决定为敦煌写一点文字时，我确定了两个题目：一篇非虚构《敦煌守护神》，写的是几代敦煌人的无私奉献和巨大贡献；一篇就是这篇散文《大敦煌》，写的是我此行的感受。这个题目很大很难驾驭，稍有不慎就会落得大而无当。作为一篇几千字的散文，其难度是显而易见的。但我执意以此为题，我觉得只有这个题目能够表达出我对它的敬意。我深知，题目虽大，但切口要小，要抓住一点，不及其余，千万不可面面俱到，贪大求全。所以，我从去敦煌的感受写起，款款道来，步步推进，看似漫不经心，其实始终紧扣一个“大”字。写完这两篇作品，我才长长地松了一口气，心中的歉疚感稍有缓释。

感谢《北京文学》，让我有机会向我心中崇高的敦煌表达敬意！

2018 年

（附注：此文系应《北京文学》之约所写的创作谈。）

散文是真诚的艺术

散文是一门真诚的艺术，必须说真话，抒真情，以真面目对待读者，容不得一丝一毫的虚伪。没有哪一种文体像散文这样直面读者，不管你写什么内容，采用什么写作手法，一定要把自己的心扉向读者敞开。

散文能否虚构？这个问题在散文界和评论界一直争论不休。既然争论不休，说明争论双方各有各的理，谁也说服不了谁。那么，不妨先放下这个问题，我们从散文的本质谈起。

按照传统的定义，散文是一种作者写自己经历见闻中的真情实感的灵活精干的文学体裁。在还没有人能够提出为大家所接受的新的定义之前，这个定义仍然是我们遵循的原则。我们当然不能固守传统，但是大的原则还是要尊重。在文学的几种样式中，散文是以自我为中心的创作活动，是最直接表达自我的文学样式。在表达形式上，散文作者可以直接进入文本，面对读者，而小说作者只能通过叙述者进入文本。因此散文不是叙述，而是自述。不管如何创新，散文的这一本质特性无法改变。散文中既然有“我”，读者当然对“我”深信不疑，他们相信“我”说的每一句话都是真的。如果“我”在散文中撒了谎，读者会对“我”失望的。小说可以宣称“内容纯属虚构，请勿对号入座”，而散文不能。这就对散文创作提出了“真实性”要求，作者的身份真实、经历真实、情感真实，相关的事件真实。因此，说真实是散文的生命，不为夸张。

散文是一门真诚的艺术，必须说真话，抒真情。没有哪一种文体像散文这样直面读者，不管你写什么内容，采用什么写作手法，一定要把自己的心扉向读者敞开。就像巴金先生所说的，“把心交给读者”。阎纲先生说：散文就是同亲人谈心拉家常、同朋友交心说知己话。跟亲人谈心、跟朋友交心，重要的都是一个“真”字。散文相对于其他文学门类，距离作者的本心最近，是人生境界的展示，是作者真情实感的流露与审美情趣的坦露，理应得到我们的尊重与潜心追求。

散文拒绝虚伪。散文必须以真面目对待读者，容不得一丝一毫的虚伪。即使是最坚定的虚构论支持者，也从不敢公开宣称自己的作品是编造的，感情是虚假的。真实性原则与虚构等写作技法，并非一对不可调和的矛盾，我们完全没有必要把两者对立起来。即使是坚持虚构的作家，我相信他们的感情、思想也是真实的。一些作者为了强调虚构的合理性，不惜否认散文的真实性原则，我认为是一种不明智的举动。

真实是散文的生命，但是又不能用真实性原则束缚住散文的发展。所谓真实，包括事实真实和感情真实。这不是说散文必须亦步亦趋地描摹生活原貌，而是说作品中的基本事实和情感褒贬必须是真实的，不能编造；至于对一些细节、局部事实和心理活动进行合理想象、发挥（或者称之为有限虚构）则是完全允许的。此外，散文所写的事实，包括直接经验和间接经验的事实。如果仅限于作者自己亲历过的真实，那散文的题材就非常匮乏了。

有人说，散文不能虚构，那散文作家就没有想象力了。这是把虚构简单地等同于想象。虚构不等于想象，会虚构不等于会想象。散文作家同样需要想象力。散文需要想象也鼓励想象，没有想象的散文是干枯的，没有灵气、没有生命的。小说、戏剧中的很多元素应该为散文所借鉴吸收，改变目前不少散文想象力、创造力不足的现状。

主张散文虚构论的朋友，喜欢以陶渊明的《桃花源记》、范仲淹的《岳阳楼记》为例，将它们视为虚构散文的代表作，其实这是一种误读。前者是天马行空的想象而非普通意义上的虚构，因为作者笔下的“桃花源”本就是想象的产物，现实中并不存在。这样的想象在古今中外散文作品中比比皆是，没有人把它们当真。而后者同样不是虚构的产物，虽然作者并未去过岳阳楼，然而他笔下所写是有所本的，作者说得很清楚："此则岳阳楼之大观也，前人之述备矣。"作者根据"前人之述"以及其他可能的途径了解了洞庭湖的"胜状"。"桃花源"也好，"岳阳楼"也好，作家借助它们寄托的是一种美好的理想和真诚的感情，以此为散文虚构论张目岂不牵强可笑？

只要我们能够接受散文的"真实性"原则，只要我们敢于真诚面对读者，那么，一切文学样式的创作手段都可用于散文创作，包括适度、有限、合情合理的虚构。这不仅不是对散文的冒犯，还是对散文创作方法的开拓和有益补充。

2018 年

呼唤散文的古典美

——代后记

中国现代散文发展至今，似乎陷入了一个尴尬的境地：一方面写作队伍空前庞大，另一方面却没有出现伟大的作家和伟大的作品。鲁迅所说的“散文小品的成就，几乎在小说戏曲和诗歌之上”的繁荣景象已一去不复返，鲁迅、周作人、朱自清、梁实秋这样的散文大家成批涌现的景象也不复出现。不少人似乎患上了“散文焦虑症”，连“散文家”这个称谓都连带受到歧视。

其实，当下散文创作并非如此不堪，一些优秀作品已经大大超过前人。当然，总体状况不能令人满意，我们还是要认真思考散文振兴之道。关于这个问题，七嘴八舌，各有高见。我的主张是：当代散文要回望传统，从传统中汲取营养，重现中华散文的古典美。

近年来，我在多个场合反复强调这个观点。2016年，我在一个以“散文的源脉与未来”为主题的学术论坛上发言之后，会议主持人半开玩笑地说我是“文化保守主义者”。在此之前，我并没有这样的自觉。经此提醒，我意识到，这恰恰是需要强调的。周作人说过：“我相信新散文的发达成功有两重的因缘，一是外援，一是内应。外援即是西洋的科学哲学与文学上的新思想之影响，内应即是历史的言志派文艺运动之复兴。假如没有历史的基础，这成功不会这样容易，但假如没有外来思想的加入，即使成功了也没有新生命，不会站得住。”由此可见，中国现代散文的成功，既得益于中国深远悠久的历史，也得力于外国文学的输入，这两条腿是缺一不可的。然而，当下的不少散文恰恰少了传统文化这条腿。所以，它站不起来。

散文在我国源远流长，有着悠久的历史、深厚的根基和优秀的传统，涌现了许多杰出的散文家和优秀的散文作品。古人对散文的理解一直比较宽泛，通常是与韵文相对而言，泛指除诗、词、曲以外的一切不押韵的文章。直到“五四”新文化运动，一批文学革命的先锋们吸收、借鉴国外的散文样式，对中国传统的散文文体进行了大胆的改造，一改往日旧散文概念的宽泛、庞杂，而趋于后来的狭义、单纯，使散文文学性的面目日渐清晰。1921 年，周作人发表了《美文》，首次提出“美文”的概念。后来又在《自己的园地・自序》中明确提出了“抒情的论文”概念，将叙事、抒情、议论性文章并列为散文的品种，与我们现行的散文分类几乎完全一致。“五四”以后，散文创作进入了新的历史时期，出现了一个光色斑斓的新高峰。

与其他文体相比，现代散文是最早成熟的。中国古代辉煌灿烂的散文传统，以及作家们深厚的传统文化修养，与外国散文创作方式与理念相糅合，使散文的生命力格外旺盛并不断传承下去，这是其他文学体裁所不具备的。

在我国古代，散文是一种高贵的文体，古人以写出好文章为荣，诗词、歌赋、戏曲、小说都不能与它相提并论。时至今日，散文已经脱去贵族气，回归人间，成为大众写作的最平常的文体。但是我们不能数典忘祖，不能丢了前人创造的这笔宝贵财富。中国古代散文从上古延续到晚清，是一座内涵丰富、数量庞大的文化宝库。在浩瀚的历史长河中，散文承担着其他文体难以取代的巨大的社会作用。如果我们能够沉潜下来，静下心来，深入挖掘中国传统散文的古典美并发扬光大，那么我们今日之散文是否可以达到一个更新的境界？

那么，我国古典散文中有哪些传统值得我们继承弘扬呢？什么样的散文才有古典美？我想到了香港作家董桥的一句话：“散文须学、须识、须情，合之乃得 Alfred North Whitehead（阿弗烈・诺夫・怀特海，英国数学家、哲学家）所谓‘深远如哲学之天地，高华如艺术之境界’。”我认为这三点就是古典美的内核，至少是重要内容。不过，我把顺序颠倒一下，散文须情、须识、须学。我认为，“情”是第一位的，是构成一篇好散文的基本条件。

第一，散文须有“情”。

一个“情”字，令古今多少文人魂牵梦绕、失魂落魄。诚如元好问词中所言:“问世间情为何物？直教人生死相许。”古往今来的很多优秀散文都是至情之文。

散文须有情，唯有真情能动人。真情，是散文的灵魂，奠定了中国散文古典美的基础。白居易说:“感人心者，莫先乎情。”刘勰说:“登山则情满于山，观海则意溢于海。”古代很多散文名篇，之所以能流传千载，首要在于为文者秉有真情实感，以气为主，为情而设文，而绝非为文而造情，无病呻吟。韩愈的《祭十二郎文》，归有光的《项脊轩志》，冒辟疆的《影梅庵忆语》，沈复的《浮生六记》，无不是以情动人的散文精品。就连司马迁写《史记》，都带着丰沛的感情，多次感极涕下。“余读《离骚》《天问》《招魂》《哀郢》，悲其志。适长沙，观屈原所自沉渊，未尝不垂涕，想见其为人。”“余读孔氏书，想见其为人。适鲁，观仲尼庙堂车服礼器，诸生以时习礼其家，余祗回留之，不能去云。”

散文须有情，这一点为绝大多数作家所认同。散文理论家林非把“真情实感”定位为散文创作的基石，甚至将其提升到本体论的地位。1980年前后，巴金连续发表了《说真话》《再论说真话》《写真话》等文章，倡导散文要说真话，抒真情，要“当作我的遗嘱来写”，要“把心交给读者”。莫言也说:“关于散文的写法、说法很多，如果让我说，那就是一个‘真’字，真心真情真感觉。有真乃大，有真乃美。”贾平凹更是直言不讳:“散文写作有无限的可能性，但真情是最基本的，也是最重要的，没有真正触动你的东西，没有你体会的东西，就不要写散文。”一篇散文如果没有真情实感，那就“好像是出了气的烧酒，一点味道都没有”了。

抒情性本是中华散文的一个重要传统。然而，现在很多散文没有感情。一些作家愿意炫技，但就是羞于谈“情”说“爱”。他们不愿意、不屑于抒情，把抒发感情视作一件丢人的事情。当然也有很多人是根本无情可抒，因为他们心中本就没有感情。还有一些散文，虚情假意，矫揉造作，无病呻吟，令人生厌。有的人反对散文有真情实感，这一点我坚决反对。我始终认为，强调散文创作的真情实感，这是一点错误都没有的。散文相对于其他文学门类，距离作者的本心最近，是人生境界的展示，是作者真情实感的流露与审美情趣的呈现，理应得到我们的尊重与潜心追求。

散文要有真情实感，但是有了真情实感，不一定能写出好的散文。首先这种感情应该是健康的，积极向上的，同时还应该是独有的，有其与众不同之处。其次，感情的表达，一定要内敛、节制、含蕴、引而不发，切忌煽情、滥情、矫情，要达到“此时无声胜有声”的效果。这也是东方人的审美特征。当前散文在情感表达上的最大问题，在我看来是许多散文作者不善于将日常情感转化为审美情感。我写《父啊，我的父啊》《告别》等散文时，都是情之所至不得不发，而非刻意为之。

说到真情实感，必然涉及散文的真实性问题。散文作为一种表现自我、表达自我情感的文体，真实性是它的生命。这不是说散文必须亦步亦趋地描摹生活原貌，而是说作品中的基本事实和情感褒贬必须是真实的，不能虚构；至于对一些细节、局部事实和心理活动进行合理想象、发挥（或者称之为有限虚构）则是完全允许的。近年来，在散文创作中虚构已经成为一种风气或者说是时尚，对此我始终持保留态度。

第二，散文须有“识”。

《说文》曰：“识，知也。”《诗·大雅·瞻卬》：“君子是识。”唐代刘晏总结孔子等人的教育思想，明确提出“士先器识，而后文艺”的文艺观，强调“士”要先培养自己的胸怀、器识，培养自己对社会、对人生的基本信仰和价值观，然后才能学艺。

散文须有识，就是有担当、有见识、有胸怀、有格调。

散文要有责任担当，关注社会发展，关注时代进步，关注人类共同命运。中国散文素有“文以载道”的传统。“文以载道”乃散文之本，这是中华散文的“初心”。

可以说，中国散文形成之初，就不是为作文而作文，而是自觉承担了较重大的社会责任，表现了当时人们最关切的问题。春秋战国时期，《左传》《战国策》中的那些文章，讨论的都是关系国计民生的大事，带有明显的时代印记。数百年后，曹丕在他的《典论·论文》开宗明义地概括道：“文章乃经国之大业，不朽之盛事。”白居易认为：“文章合为时而著，歌诗合为事而作。”纵观古代散文传统，占据绝对优势和统治地位的无疑是“文以载道”的创作主张。毋庸讳言，这里的“道”是有其历史局限的。明清之后，一些文人出于对“文以载道”思想的反动，倡导性灵小品。这一传统也为现代散文所继承。然而，必须看到的是，此“道”中如“仁政”“民本”“忠信”等观念也有积极、合理的一面。

而且，所谓的“道”，并不是一成不变的。我们对“道”要以发展的、与时俱进的眼光去看待，不能一提到“道”就认为是保守、正统、僵化。“道”的内涵是非常丰富的，不是简单的政治说教或道德教化。“道”在不同的历史语境、不同的政治环境有不同的内涵，因而文以载道根本的内涵是时代与文学的密切关联。另外，“载道”与“言志”也不是必然矛盾的。一般而言，“言志”类散文以“自我”为中心，把散文作为个人化的文体，突出个人经验对于散文写作的意义。他们倡导散文要平和冲淡，主张散文要絮语化、闲适化。但是，他们的散文也是服务于一种时代的要求的。一些散文家正是从这里出发，真诚地表达着自己在献身社会理想过程中所收获的情思与感悟，其笔下的精神言说由“载”他人之“道”很自然地转化为“言”自己之“志”，体现了高尚的人格操守和永恒的生命境界，从而使作品走向生动鲜活与恢宏劲健。

散文要有开阔的胸怀，高远的境界，卓越的见识。借用中国古典美学的一个概念，就是要有“气韵”。这里所说的气韵，主要是指散文的思想和哲学理念。作家对社会、对人类、对世界、对一切事物要有自己的认识和判断。如果一个作家没有明晰的、积极的价值观，他的作品不会有思想的力量，而没有思想的散文一定是速朽的。优秀的作家，必须能够“仰观宇宙之大，俯察品类之盛”，做到“笼天地于形内，挫万物于笔端”。宋人罗大经在《鹤林玉露》中说，李白、杜甫之所以为“诗人之冠冕者，胸襟阔大故也”。又说：“韩退之识见高迈。”说的就是他们视野开阔、境界高远、见识卓越。当代散文家应当追求胸襟开阔，意旨高远，思想深邃，让笔下作品烛照社会，提挈人心。我写《司马迁的选择》《启功先生的文化品格》等散文，都是带着这种文化自觉的。

第三，散文须有“学”。

散文有学，我的理解，一是有文化底蕴，二是有文学素养。

先说后者。

散文被称作“美文”，应该是美的，这种美首先体现在语言上，只有优美的语言才能营造出优美的意境，才能传达出美好的思想。语言是散文的重要组成部分，语言美是散文美的重要标志。散文的语言应该讲究，必须讲究。

古代文人特别重视语言，古典诗词也好、散文也好，都有炼字炼句的传统，所谓“吟安一个字，捻断数茎须”。有人反对雕琢文字，我认为不能一概而论。过度的雕章琢句甚至以词害意、雕琢伤气，当然是要反对的。但是作为语言的艺术，文学创作必须重视语言。汪曾祺说："写小说就是写语言。"又说：世界上没有没有语言的思想，也没有没有思想的语言。这话有点绕，但是一语中的。你不写好语言，哪来好的小说、好的诗歌、好的散文？思想又何处安放？我始终认为，散文的语言应该是美的。这种美不是堆砌华丽的辞藻，而是通过语言的有效运用营造出美的意境。同时，散文的语言又要明白晓畅。韩愈说过："文从字顺各识职。"文章要表达清楚，行文自然妥帖，不矫揉造作。散文的语言，既要典雅精致，又要明白晓畅。这是一种好的文风，是对祖国语言的尊重，也是对读者的尊重。现在不少散文的语言，要不苍白无味，要不雍容华丽，要不粗鄙不堪，要不佶屈聱牙。我们提倡有难度的散文写作，这种"难度"体现为生活深度、思想高度和精神力度，但绝不要制造"有难度的阅读"。能把文章写得让人看得懂而又喜欢看，这是本事；把文章写得云山雾罩不知所云，那叫无能。

再说前者。散文有学，要有文化底蕴、有学识修养。

散文写作，光有漂亮的外衣还不行，还要有内在的品质。古人说："腹有诗书气自华。"这是说读书与人的气质的关系。一个人读的书多了，他的谈吐自然而然地就会卓尔不群、与众不同，散发出独特的魅力。一篇散文，如果没有文化底蕴、学识修养，就算写得再好，也是苍白的、浮泛的、空洞的。

当今散文一个很大的不足，就是没有文化底蕴和学识修养。很多作品，技巧上不可谓不娴熟，表达上不可谓不细腻，可是缺少思想底气、学养底蕴、人格力量，所以缺少了散文最重要的东西。学者柳鸣九曾经引用诗人卞之琳的一句话："他很善于表达，可惜没什么可表达的。"真是太经典了！有鉴于此，他大声呼唤"学者散文"，这不失为一条可取之路。我们需要一批有学者底蕴的作家，来改变目前散文创作中"善于表达却无可表达"的窘境。散文作家们更需要有意识地提高自身的哲学思辨的逻辑思维能力，强化历史文化知识的积累，努力使自己成为学者型作家。

有"情"、有"识"、有"学"，佐之以"才"，庶几能够撑起一篇优秀散文了吧？如果因此而达到"深远如哲学之天地，高华如艺术之境界"，那么应该为我们的散文额手称庆了。

图书在版编目（CIP）数据

背着故乡去远行 / 徐可著 . -- 北京：作家出版社，2025. 1. -- ISBN 978-7-5212-3123-6

Ⅰ. I267

中国国家版本馆 CIP 数据核字第 2024PS1698 号

背着故乡去远行

作　　者：徐　可
责任编辑：向　萍
封面设计：贾　莹
出版发行：作家出版社有限公司
社　　址：北京农展馆南里 10 号　　邮　　编：100125
电话传真：86-10-65067186（发行中心）
　　　　　86-10-65004079（总编室）
E-mail:zuojia @ zuojia.net.cn
http://www.zuojiachubanshe.com
印　　刷：河北星强印刷有限公司
成品尺寸：155 × 220
字　　数：245 千
印　　张：15
版　　次：2025 年 1 月第 1 版
印　　次：2025 年 1 月第 1 次印刷
ISBN 978-7-5212-3123-6
定　　价：88.00 元